Karr & Wehner · Bullenwinter

Karr & Wehner

Bullenwinter

Ein Gonzo-Krimi

Titelbild:
Bulle = © Kathriba – Fotolia.com

1. Auflage Mai 2015

Umschlaggestaltung:
Volker Pecher, Essen

Satz und Gestaltung:
Maik Gensch, Klartext Verlag

Druck und Bindung:
Printing House Multiprint ltd., Bulgarien

ISBN 978-3-8375-1410-0

www.klartext-verlag.de

Bibliografische Information der Deutschen Bibliothek
Die Deutsche Bibliothek verzeichnet diese Publikation
in der Deutschen Nationalbibliografie; detaillierte
bibliografische Daten sind im Internet über http://www.dnb.de abrufbar.

1

Die Sache mit der Geiselnahme war kein Bluff. Das wurde Gonzo klar, als er von der Steeler Straße zum Parkfriedhof abbog und den Kombi in die Sackgasse mit den Einfamilienhäusern manövrierte. Ab Nummer 12 hatten sie alles abgesperrt, Polizisten spannten zwischen den Laternen meterhohe Sichtschutzplanen über die Straße. Er schaffte es gerade noch, sich durch die Gasse zu zwängen, die sie für ihre Einsatzwagen freigehalten hatten.

Gonzo rangierte den Kombi auf den Bürgersteig neben den Kleinbus mit dem provisorischen PRESSESTELLE-Zettel im Fenster und hätte dabei fast Hohlbaum von der Lokalredaktion überfahren. Der fuchtelte mit seinem Monokel, wegen dem sie ihn den »Grafen« nannten, gerade wild vor Bindisch herum und versuchte, ihn von der Wichtigkeit der öffentlichen Meinung zu überzeugen. Dem Weihnachtsmann in seiner Schneekugel auf dem Armaturenbrett rutschten ein paar Flocken vom Kopf. Gonzo schwang sich aus dem Wagen in den Nieselregen. Die Feuchtigkeit zog sofort in sein Holzfällerhemd unter der Rangerweste. Er klappte den Kragen hoch und holte die Suzie von der Ladefläche. Seine Beinmuskeln verkrampften sich und er trat von einem Fuß auf den anderen. Es roch bitter nach Ahornlaub, im Rinnstein türmten sich schwarzbraune Blätterhaufen. Zwischen den Häusern ragten die Tannen und Zedern des Friedhofs auf. Mit der Kamera auf der Schulter pirschte er sich weiter nach vorn zu den Absperrgittern durch, hinter die die Polizei die Pressemeute verfrachtet hatte. Uniformierte klopften jedem auf die Finger, der die Sperre auch nur anfasste. Unter den Kollegen machte Gonzo eine schmale Gestalt in einem weißen Lackmäntelchen aus, die mit ihrem Mikrofon und ihrem DAT-Recorder hantierte. Gonzo setzte die Suzie an, zog das Bild auf dem Mantel scharf und sagte: »Vorsicht, Kamera!«

Jacqueline fuhr herum. Gonzo machte den Zoom auf, bis ihr Gesicht das Bild im Okular füllte. Selbst bei dieser Vergrößerung konnte er keinen Fehler in ihrem Make-up erkennen. Feine Wasserperlen glitzerten auf ihrer Stirn, ihre Mundwinkel zuckten. »Gonzo! Nimm das Ding weg!«

Er setzte die Suzie ab und schob sich neben sie an die Absperrung. Ihre Haare kräuselten sich und an der linken Schläfe klebte eine feuchte Locke. Gonzo registrierte ein paar neue Piercings an ihrer Ohrmuschel. Auf der anderen Seite der Sperre beäugte ihn Hauptmeister Endrulat von der Nordwache misstrauisch. »Hab mich schon gewundert, wo du bleibst. Wir sind hier schon seit einer halben Stunde zugange.«

»Unfall auf der A 52.« Gonzo setzte die Suzie für einen Schuss auf das verklinkerte Einfamilienhaus mit Endrulat im Vordergrund an. »Die von der Feuerwehr mussten den Fahrer aus dem Wrack schweißen. Sowas dauert.«

Sobald die Suzie lief, drehte Endrulat ihm sein Halbprofil ins Bild und setzte sein Robert De Niro-Gesicht auf. Eine Winböe trieb die Feuchtigkeit auf sie zu. Die Luft schmeckte nach Volkstrauertag und abgebrannten Friedhofskerzen. Die Wetterkarte zeigte seit Tagen ein Novemberdepressionstief nach dem anderen. Gonzo nahm die Kamera herunter. »Und was für eine Party ist das hier?«

Jacqueline fummelte ihren Notizblock heraus. »Ein Geiselnehmer, zwei Geiseln! Geiselnehmer: Ingo Boysen, Geisel: Elke Boysen und ihr Sohn Mike. Er will die beiden … naja, er will ihnen was tun, wenn nicht … also genau hat er noch nicht gesagt, was er will. Auf alle Fälle hat er eine Waffe.«

»Na toll!«

»Wir könnten da was zusammen machen!« Jacqueline arbeitete eigentlich noch beim Lokalradio, aber Gonzo hatte gehört, dass sie sich jetzt auch aufs Fernsehen verlegen wollte. Sie kramte ihr Handy aus der Manteltasche. »Ich ruf gleich mal in deiner Redaktion an.«

Gonzo nahm ihr den Apparat aus der Hand und drückte die Verbindung weg. »Jeder für sich, okay?«

Jacqueline schmollte und Gonzo spähte zum Haus. Die Lichtmasten der Polizei tauchten die Szene in grelles Neon. Die Friedhofsbäume im Hintergrund waren schwarze Scherenschnitte im Licht der vernieselten Laternenköpfe. Ein kurzbeiniger Schäferhund trottete durch die Pfützen. Auf dem Verbundpflaster vor dem Haus lag eine Polizeimütze in einer Blutlache. Im Vorgarten drängten sich geköpfte Birken und Krüppelkiefern, die Vorhänge im Erdgeschoss waren zugezogen. Gonzo glaubte, eine leichte Bewegung des Stoffes auszumachen. Im ersten Stock stand ein Fenster auf Kippe. An der Tür hing ein getöpfertes Namensschild.

Gonzo schwenkte die Szenerie noch einmal ab und nahm diesmal auch die Polizeiwagen am Straßenrand mit. Die Kleinbusse für Einsatzleitung und Krisenstab, der Kastenwagen von Hauptkommissar Hassenkamps Videodokumentationstrupp und weiter hinten in der Einfahrt zur Friedhofsgärtnerei zwei schwarze Limousinen mit zivilen Kennzeichen. Am Kofferraum des einen Wagens hantierte ein drahtiger Kerl im dunklen Kampfanzug mit schwarzer Sturmmaske. In seinem länglichen Koffer vermutete Gonzo ein Gewehr mit Präzisionszielfernrohr.

»Typische Familiengeschichte«, murmelte Endrulat. »Die beiden sind geschieden und der Typ macht Stress wegen des Umgangsrechts für seinen Jungen.«

Jacqueline notierte eifrig.

»Das war vertraulich!«, sagte Endrulat.

Gonzo nickte zu der Polizeimütze und der Blutlache. »Schlimm?«

»Bauchschuss.«

Beim Fahrzeug der Einsatzleitung gab es Bewegung. Ein grauhaariger Bulle im grünen Dienstpullover mit goldenen Kriminaldirektorensternchen auf den Schulterstücken kletterte heraus. Aus dem Wagen reichte ihm jemand einen Telefonhörer nach. Der Grauhaarige hörte kurz zu, was man ihm über die Leitung sagte, dann sprach er selbst, ohne den Blick vom Haus zu nehmen. Gonzo kniff die Lippen zusammen. Breitscheidt, Kriminaldirektor und Journalistenfresser. Bei seiner letzten Begegnung mit ihm hätte er sich fast ein Verfahren wegen Behinderung der Polizeiarbeit eingehandelt.

Die Fotografen an der Absperrung wechselten hektisch die Objektive, um Breitscheidt richtig ins Bild zu bekommen, die Schreiber spitzten die Ohren und reckten ihre Diktiergeräte über die Barriere. Die ersten Aluleitern wurden ausgeklappt, um sich einen besseren Überblick zu verschaffen. Gonzo behielt Endrulat und seine Kollegen im Auge. Auf einem vorgeschobenen Beobachtungsposten hinter einem Müllcontainer machte er Bantzok mit einem Funkgerät aus, der von dem Köter neugierig beschnüffelt wurde. Obermeister Hoffmeister pirschte sich an der anderen Hälfte des Doppelhauses durch den Vorgarten und rüttelte an den heruntergelassenen Rollläden. Hinter Gonzo begann lautstark das übliche Palaver. Die Kollegen von der schreibenden Zunft löcherten Bindisch mit ihren Fragen, obwohl jeder wusste, dass der Polizeipressesprecher sich bis jetzt nur als Nachrichtenverhinderer profiliert hatte.

Am Wagen der Einsatzleitung redete Breitscheidt weiter ins Telefon. Sein Assistent hielt schützend einen Schirm über ihn. Gonzo spähte durch den Regen zum Haus. In den Geruch des feuchten Laubes mischte sich der Qualm eines Holzfeuers. Gonzo fröstelte. Was er brauchte, war ein Kamera-Schuss auf den Geiselnehmer, egal wie verwackelt, damit Herbert in der Redaktion einen Aufmacher für sein Magazin hatte. Neben ihm rieb sich Endrulat gähnend die Bartstoppeln. Dann bewegte er sich gedeckt von ein paar immergrünen Büschen zu Bantzok hinüber, um mit ihm etwas zu besprechen. Gonzo zerrte das Absperrgitter aus dem Betonfuß und zwängte sich durch die Lücke. Er setzte die Suzie an, hielt auf das große Fenster und versuchte, den Spalt zwischen den Gardinen nicht aus der Schärfe zu verlieren.

Er hatte sich eine knappe halbe Minute ausgerechnet, aber Bindisch bemerkte ihn schon nach zehn Sekunden. »Herr Gonschorek!«, brüllte er im gleichen Moment, als sich der Gardinenspalt verbreiterte. Im Okular erkannte Gonzo Boysens Gesicht. Die hohe Stirn, den Schnauzbart und die schmalen Lippen. Gonzo riss den Zoom auf, verwackelte dabei den Ausschnitt und spürte dann auch schon Endrulats Hand auf seiner Schulter. »Wenn ich dich nicht kennen würde, würde ich dir dafür die Fresse polieren!«, zischte er und rempelte Gonzo hinter die Absperrung zurück in eine Pfütze.

Drüben bei seinem Einsatzwagen fuchtelte Breitscheidt mit beiden Armen herum und gab Anweisungen. Der Schirmträger hatte Mühe, ihn im Trockenen zu behalten. Gonzo bekam etwas von »Alles abriegeln« und »Pressegeier« mit.

Endrulat brachte das Absperrgitter hinter Gonzo wieder in Ordnung. Jacqueline hielt ihm sofort ihren Recorder vor die Nase. »Wie ist der Stand der Verhandlungen?«

Endrulat schob sie zur Seite. Im nächsten Moment hatte Gonzo das Mikro vor dem Gesicht: »Herr Gonschorek, Sie sind soeben vor dem Haus gewesen – können Sie unseren Hörern die Lage schildern?«

»Dramatisch.« Gonzo machte, dass er wieder zu seinem Wagen kam. Hohlbaum lehnte an der Seite des Kombis unter dem Schwarzahorn und studierte den Zettel hinter Gonzos Windschutzscheibe: JESUS HILFT DIR! Hauptkommissar Hassenkamp war bei ihm. Seine Kamera hatte er in eine Plastiktüte gewickelt. Hohlbaum ließ sein Monokel an einem Band kreisen und wartete, bis Gonzo die Suzie auf die Schaumgummimatratze auf der Ladefläche gepackt und die Akkus aus dem Gürtel gewechselt hatte. »Die Geschichte hat natürlich ganz andere Hintergründe, als ihr denkt!«

Gonzo nickte Hassenkamp zu. »Natürlich!« Er angelte nach dem Handy und drückte die Kurzwahl von Herberts Redaktion. »Hör zu«, sagte er, als Herbert sich meldete. »Die Geiselnahme – schon gehört?«

»Bist du da?«

»Ich hab schon Bilder.«

»Bleib da«, dröhnte Herbert. »Ich schicke einen Assistenten raus. Haben die anderen schon Übertragungswagen vor Ort?«

Gonzo sah sich um und machte nur zwei Teams aus, die sich auf den Dächern ihrer Kombis postiert hatten. »Nein. Aber die Konkurrenz aus Dortmund und der WDR wirbeln schon mächtig rum.« Gonzo drehte sich von Hohlbaum und von Hassenkamp weg und dämpfte die Stimme. »Das ist ein dickes Ding. Dieser Boysen ist ein Bulle.«

»Der Geiselnehmer?«

»Ja.«

»Woher …«

»Ich kenn ihn.« Gonzo behielt Hohlbaum im Auge, der jetzt ungewöhnlich interessiert die Schrift auf den Seiten von Gonzos Kombi betrachtete: GONSCHOREK VIDEOPRODUKTION TV UND WERBUNG. Hassenkamp beschäftigte sich mit dem Regenschutz seiner Kamera. Das Telefon rauschte und knisterte. »Vor einem Dreivierteljahr hab ich schon mal mit ihm zu tun gehabt. Reportage über verdeckte Ermittler und Korruption im Polizeiapparat. Autor war dieser Kienast. Ist deswegen extra aus Hamburg runtergekommen und hat mich drei Tage für die Interviews gebucht«.

»Du hast für Kienast gearbeitet?«, keifte Herbert. »Wieso weiß ich das nicht?«

»Du musst ja nicht alles wissen«, sagte Gonzo. Boysen war einer von Kienasts Informanten gewesen. Interview mit verdecktem Gesicht, verzerrter Stimme, absolute Anonymität. Angeblich war er anderthalb Jahre lang Undercover-Agent bei einer SOKO gewesen. »Mädchenhandel«, sagte Gonzo. »Boysen war in einem Puff in Rüttenscheid eingeschleust. Da soll er sich in eines von den Mädels verguckt haben. Jedenfalls wollte er sie als Kronzeugin abliefern, aber dann ist irgendwas schiefgelaufen.«

»Das Valentinstagsfiasko?« Herberts Stimme klang auf einmal hektisch. Bei der Riesenrazzia, mit der die SOKO gleich fünf Clubs und illegale Bordelle hatte ausheben wollen, war so ziemlich alles schiefgegangen, was nur schief gehen konnte. Gonzo erinnerte sich an die versteinerten Gesichter, mit denen der Polizeipräsident und die SOKO-Leitung auf der Pressekonferenz zu erklären versucht hatten, warum man mit zwei Hundertschaften Bereitschaftspolizei und einem SEK ausgerückt war und nicht einmal einen einzigen Ganoven mit nach Hause gebracht hatte. Als dann noch der vorlaute Kollege aus der Boulevardredaktion in Kettwig nach einem Leck in der SOKO fragte, war die Stimmung im Saal endgültig unter den Nullpunkt gesackt.

Gonzo hörte Herbert nach seinem Volontär brüllen, damit der sofort eine Anfrage nach Boysen ans LKA rausschickte. »Polizeipressestelle vor Ort?«, fragte er dann Gonzo.

»Ja.«

»Wer?«

»Blindfisch.«

Herbert stöhnte. »Bleib da. Mach Bilder. Wir fahren das ganz groß.«

Gonzo unterbrach die Verbindung und schob das Handy in die Gürteltasche. Hassenkamp hatte seine Kamera vors Auge gehoben und hielt auf Gonzo. »Mal lächeln, bitte!«

Gonzo drückte ihm die Mühle herunter. »Wie geht‘s jetzt weiter? Nervenkrieg oder kurzer Prozess?«

»Was weiß ich. Ich zeig meinen Leuten hier nur, wie so eine Nummer in Echtzeit abläuft.« Hassenkamp polierte die Linse an seiner Mühle. »Und hinterher dürfen sie alles zu einem Schulungsvideo zusammenschneiden. So was nennt man training on the job.« Er nickte zur Einsatzleitung hinüber. »Du hast dich schon unbeliebt gemacht!«

Gonzo zuckte mit den Schultern. »Ich mach auch nur Bilder.« Er verfolgte Hohlbaum aus den Augenwinkeln, der sich mit kreisendem Monokel heranpirschte, weil er wohl dachte, dass hier wieder einmal hinter seinem Rücken Informationen ausgetauscht würden.

»Heiße Geschichte, was?« Hohlbaum klemmte sich das Glas ins Auge und fixierte Gonzo.

Gonzo hob nur die Achseln, weil man bei Hohlbaum nie sicher sein konnte, ob er nun wirklich etwas wusste.

»Bin gespannt, ob Boysen das überlebt.« Hohlbaum sah Hassenkamp an, und als der nichts sagte, holte er Pfeife und Tabakbeutel aus der Jackentasche. Er drückte den Tabak in den Pfeifenkopf. »Vor einem halben Jahr war er bei uns in der Redaktion und wollte uns seine Geschichte verkaufen.« Er klemmte die Pfeife in den Mundwinkel, zückte sein Feuerzeug und rauchte sie an. »Irgendein Kommentar aus den gewöhnlich gut unterrichteten Kreisen, Herr Hauptkommissar?«

Hassenkamps Walkie-Talkie quäkte und der Hauptkommissar packte sich seine Kamera unter den Arm. »Die Pflicht ruft!« Er trabte durch den Nieselregen zu seinem Einsatzwagen. Der Schäferhund kroch unter einem weißgrünen Bulli hervor und hechelte hinter ihm her.

»Das war damals eine ganz große Geschichte!« Hohlbaum nuckelte an seiner Pfeife. Gonzo konnte sich nicht daran erinnern, auch nur eine Zeile darüber gelesen zu haben. »Und warum habt ihr die nicht gebracht?«

Hohlbaum richtete den Daumen nach oben: »Die Chefetage.« Er produzierte helle Rauchwölkchen, die nach Backpflaumen stanken. Er rückte näher an Gonzo heran. »Boysen hat uns den Kienast-Bericht mitgebracht und herumgetönt, dass das alles nur die halbe Wahrheit wäre und dass der Kienast ihn gelinkt und das Wichtigste aus dem Interview rausgeschnitten hätte. Eine Idee, was er damit gemeint hat?«

Gonzo schüttelte den Kopf, obwohl ihm ziemlich klar war, was der Bulle damit gemeint haben musste. Boysen hatte im Interview behauptet, dass die Mädchenhändlergang einen V-Mann im Polizeipräsidium platziert hatten. Beweise dafür konnte er allerdings nicht präsentieren. »Er hat eine Menge böse Sachen über seine Kollegen losgelassen. Inkompetenz, Korruption, Mobbing, die ganze Latte.« Hohlbaum nuckelte an seiner Pfeife. »Außerdem war seine Ehe kaputt, er hatte sich da mit einer von den Polinnen aus dem Bordell eingelassen und alle Hebel in Bewegung gesetzt, um sie hier zu halten. Die Ausländerbehörde soll sich wegen seiner Auftritte beim Polizeipräsidenten beschwert haben. Sie haben ihm gesagt, er soll sein Privatleben in Ordnung bringen und ihn zum psychologischen

Dienst geschickt. Die haben ihn erst dienstunfähig geschrieben und ihm drei Monate später nahegelegt, den Dienst zu quittieren.«

»Und deswegen macht er jetzt den wilden Mann?« Gonzo deutete zum Haus hinüber.

Hohlbaum nahm die Pfeife aus dem Mund. »Ist doch irgendwie verständlich. Job weg, Ehe geschieden und seinen Sohn darf er nur alle zwei Monate sehen. Da würdest du doch auch durchdrehen.«

Hohlbaum spähte zu den Kollegen, für die Bindisch an der Absperrung gerade eine improvisierte Pressekonferenz gab und rückte ab. Gonzo schnappte sich die Suzie, checkte die frischen Akkus und rempelte sich durch die Kollegen nach vorne.

»Die Alarmierung der Schutzpolizei erfolgte um 22.34 Uhr durch die Bewohnerin des Hauses«, erklärte Bindisch gerade. »Sie gab an, von ihrem Ex-Mann mit einer Waffe bedroht zu werden. Als die erste Streife zehn Minuten später eintraf, um den Streit zu schlichten, wurde sie aus dem Haus beschossen. Einer der Beamten wurde schwer verletzt und konnte von seinem Kollegen nur unter Einsatz seines Lebens aus der Gefahrenzone gebracht werden. Der Geiselnehmer hat seine Ex-Frau ...«

»Wie alt?«, fragte Jacqueline dazwischen.

»Haarfarbe? Vorname?«, assistierte der hagere Witwenschüttler aus Kettwig.

»... und seinen Sohn in seiner Gewalt. Über seine Forderungen verhandelt er zur Zeit mit der Einsatzleitung.« Bindisch klappte seinen Block zu und sah zufrieden in die Runde. »Das war's!«

Gonzo schwenkte von Bindischs Gesicht hinüber zum Haus, setzte die Suzie ab und suchte die Fenster und Dachluken in den Häusern gegenüber nach Scharfschützen ab. Hinter zwei Gardinen glaubte er, vermummte SEKler auszumachen, aber selbst als er mit der Suzie draufhielt und den Zoom voll aufdrehte, bekam er kein klares Bild. Um ihn herum quäkten die Sprechfunkgeräte der Polizisten. Ein Teil der Pressemeute zog sich zum Schutz vor dem Regen unter das Vordach des Grabschmuckgeschäftes zurück, andere bauten die ersten Nylonschirme auf. Aus dem dreifarbigen Bulli verkaufte ein Italiener belegte Brote und Kaffee in Plastikbechern. Der Schäferhund beschnupperte die Blutlache um die Polizeimütze und begann dann, die Pfütze aufzuschlabbern. Sofort setzte ein Gewitter von einem guten Dutzend Kameras ein. Breitscheidt brüllte etwas zu Hoffmeister hinüber und der trabte los. Am Ende der Straße tauchte ein gelber Kleinwagen auf und schlängelte sich hupend durch die Gaffer. In seinem Schlepptau rollten ein Taxi, ein Van mit abgedunkelten Scheiben und ein mobiler Döner-Stand in den Sicherheitsbereich. Die Reporter gaben ihre Zwischenberichte übers Handy an ihre Redaktionen durch und ein paar besonders eifrige versuchten, noch ein paar Fakten aus Bindisch herauszukitzeln.

Hinter den Sichtschutzplanen kletterte Betty aus ihrem gelben Wagen schwang sich den Träger ihrer Umhängetasche über die Schulter und gestikulierte zu dem Fahrer des Taxis, dass er warten solle. Dann hastete sie heran. Sie war 24, hatte gerade erst ihren Uni-Abschluss in einem Fach gemacht, das irgendetwas mit Medienpraxis zu tun hatte und ging Gonzo seit einem dreiviertel Jahr als Praktikantin auf die Nerven. Ihr Gesicht glühte und die hellgrüne Plastiktanne an ihrem Ohrring baumelte wild, als sie vor ihm stand. »Ich bin der Assistent.«

Gonzo zog die Augenbraue hoch.

»Herbert hat mich mit dem Handy gerade auf dem Weg zur Redaktion erwischt.«

»Was hast du denn in der Redaktion zu suchen?« Gonzo stapfte zum Kombi zurück.

»Bitte, das Band!«, sagte sie und stellte ihre Tasche in Gonzos Kombi. »Es soll sofort mit dem Taxi in die Redaktion. Herbert wartet.«

Gonzo holte das Band aus der Suzie. Betty kramte in ihrer Tasche herum und fand nicht, was sie suchte.

»Was hast du von Herbert gewollt? Reicht es dir nicht, dass du mir dauernd auf die Nerven gehst?«

Sie kippte ihre Tasche auf dem Beifahrersitz aus. Kaugummipäckchen, Papiertaschentücher, Schminkkram und Tampons verbreiteten sich in Gonzos Wagen. Schließlich förderte sie eine Hi-8.Kassette zutage. »Ich hab dich was gefragt!«, knurrte Gonzo.

»Das war geschäftlich.«

Gonzo spürte, wie ihm das Adrenalin ins Blut schoss. »Du bist scharf auf meinen Job, ja? Du schacherst da hinter meinem Rücken irgendwas mit Herbert aus.«

»Er hat mir nur eine Chance gegeben!« Ihr Blick wurde kühl. »Mehr habe ich ja von Ihnen auch nie verlangt. Ich hab für zwei Tage diese neue

Einmann-Einheit aus seinem Bestand bekommen. Und dann habe ich eine Geschichte gemacht!«

»Ach ja?« Gonzo stemmte die Fäuste in die Hüften. »Du hast eine Geschichte gemacht. Einfach so!?«

»Nichts Großes«, sagte sie. »Unfall auf der B 224. Ein paar Verletze und viel Blechschaden.« Sie wedelte mit ihrer Kassette, nahm Gonzos Band und spurtete mit beiden zur Sichtblende. Sie drückte dem Taxifahrer die Bänder in die Hand und kam wieder zurück.

Gonzo erinnerte sich vage, dass er am Nachmittag im Polizeifunk etwas von dem Unfall gehört hatte.

»Ich war vor der Polizei da«, erklärte sie stolz. »Wenigstens ganz knapp.«

»Na super«, knurrte Gonzo.

»Sie haben Ihren Funkscanner im Wagen«, meinte sie, »und ich hab mir CB-Funk einbauen lassen, wie die Lastwagenfahrer.«

»Und die helfen dir, klar«, sagte Gonzo. »Wo wir doch alle wissen, was für nette Burschen diese Drecksäcke sind.«

»Klar helfen die mir.« Betty lächelte und säuselte in ein imaginäres Mikro: »Hallohallo, hier ist die Susie-24 und ich such gerade mal Infos über heiße Unfälle ...«

Neben ihnen tauchte Jacqueline mit zwei Bechern Kaffee auf. »Hi!« Betty bekam ein Küsschen auf die Wange. »Ich war vorhin gerade mit dem Makler in diesem Büro im Gemarkenviertel. Sieht gut aus. Mit Blick auf die Kirche.«

»Was für ein Büro?« Gonzo nahm Jacqueline einen Kaffee ab. Den anderen bekam Betty.

»Wir machen uns selbständig!« Jacqueline übersah den Blick, den Betty ihr zuwarf und strahlte Gonzo an. »Free-Lance-Medienagentur, News und Features.«

»Nur so eine Idee«, sagte Betty der Form halber.

»Wenn wir Glück haben, wird das hier unsere erste große Geschichte«, plapperte Jacqueline weiter. »Hohlbaum sagt, er kann uns erstklassige Hintergrundinfos besorgen. Toll, was?«

Gonzo überlegte, ob er mildernde Umstände bekäme, wenn er Jacqueline jetzt gleich den Hals umdrehte. Unter ihrem Lackmäntelchen trug sie Jeans und eine knallbunte Strickjacke. »Lass die Finger von Hohlbaum.«

Sie sah ihn erstaunt an.

»Sonst lässt Hohlbaum die Finger nicht von dir.«

»Schlimmer als du, kann er ja wohl kaum sein.«

Gonzo sagte nichts, weil er sah, dass Bindisch vom Wagen der Einsatzleitung herüberkam. Der Pressesprecher wirkte nicht hektischer als sonst. »Gonschorek – kommen Sie mal mit!«

Gonzo schüttelte Bindischs Hand von seinem Arm. »Ich hab zu tun.«

Bindisch schob ihn von Jacqueline weg. »Es ist wichtig!«

Wahrscheinlich wollte Breitscheidt ihm wegen seiner Aktion an der Absperrung den Marsch blasen. Gonzo war froh, dass seine Bilder schon unterwegs zur Redaktion waren. »Hör zu«, sagte er. »Ich mache hier nur meinen Job, genau wie du.«

Bindisch fuhr sich mit der Zungenspitze über die Lippen. Auf seinem Gesicht mischten sich Regen und Schweiß, und in seinem Blick war etwas, was Gonzo gar nicht gefiel. »Das ist eine Anordnung.«

Die ersten paar Meter musste er Gonzo schieben, dann trottete Gonzo von allein seinem Schicksal entgegen. Seine Turnschuhe quatschten vor Nässe. Die Schiebetür des Einsatzwagens rasselte auf. Breitscheidt hockte an seinem Lagetisch, hinten saß ein Uniformierter am Funkgerät. Aus den Lautsprechern kam das Flüstern der Posten, die rund ums Haus platziert waren. Es miefte nach Schweiß und feuchten Klamotten. »Ihre Autoschlüssel!« Der Kriminaldirektor blickte nur kurz auf. Bindisch hielt Gonzo auffordernd die Hand hin.

»Nachher volltanken!« Gonzo reichte ihm den Schlüsselbund. Breitscheidt zeigte auf die Bank an seinem Tisch. »Setzen Sie sich mal!«

Hinter Gonzo rappelte die Schiebetür ins Schloss. Die Heizung unter der Bank blies ihm warme Luft um die Füße. Aus dem Funkgerät meldeten sich einzelne Posten. Gonzo zählte »Adler eins« bis »Adler vier«. Alle gaben durch, dass sie im Moment kein Ziel erfasst hätten. Breitscheidt fuhr die Geiselnahme wohl nach dem Standard-Einsatzplan. Isolierung des Geiselnehmers, hinhalten bis das SEK eingetroffen war und dann schnellstmöglicher Zugriff. Seit die beiden Volltrottel aus Gladbeck damals vor laufenden Kameras ihre Show abgezogen hatten, kriegte kein Geiselnehmer mehr einen Fluchtwagen.

»Also?«, fragte Gonzo, als Breitscheidt nichts sagte.

Breitscheidt zeigte auf das Telefon auf seinem Pult. »Er will, dass Sie reinkommen?«

Gonzo brauchte ein paar Sekunden. »Boysen?«

»Er hat Sie eben vorm Haus rumturnen sehen.«

Gonzos Zehen begannen zu kribbeln. Wenn er mit der Kamera ins Haus kam, hatte er exklusives Material für den freien Markt. Zu einem Preis, für den er sich dann endlich auch einmal ein paar Wochen Urlaub leisten konnte. Trotzdem war sein Mund auf einmal trocken. »Wieso ich?«

»Sie haben schon einmal mit ihm zu tun gehabt. Er will eine Erklärung abgeben. Er will, dass alles übers Fernsehen ausgestrahlt wird.«

Gonzo schwitzte, und das lag nicht nur an der Heizung in dem Kleintransporter. Breitscheidts Blick war kühl. Er würde sich eher eine Hand abhacken lassen, als Boysen die Chance für eine Presseerklärung zu geben. Wenn es nach Breitscheidt gegangen wäre, hätte es in den letzten zwei Jahren kein einziges Fernsehbild von seinen Einsätzen gegeben.

»Er hat es zuerst übers Telefon beim Lokalradio versucht«, sagte Breitscheidt. »Aber wir haben ihm alle Leitungen bis auf die hier abgeklemmt. Und dann sind Sie auf einmal aufgetaucht.« Er machte eine Pause. »Sie schnappen sich also jetzt Ihre Kamera und gehen da rein.«

»Klar«, sagte Gonzo und erinnerte sich an Adler eins bis vier. »Soll ich mir selber eine Zielscheibe auf den Rücken malen oder besorgt ihr das für mich?«

»Boysen ist labil. Wenn wir ihn nicht ruhigstellen, dreht er durch«, sagte Breitscheidt. »Wenn Sie drin sind, prägen Sie sich alles genau ein. Welche Waffe er hat, ob er die Türen verrammelt hat, wo er sich aufhält, wo die Geiseln sind. Lassen Sie ihn quatschen. Er muss sich beruhigen. Sagen Sie ihm, dass seine Erklärung erst in ein paar Stunden übers Fernsehen gehen kann, weil Sie das Band zum Sender schaffen und die noch irgendwas bearbeitet müssen.«

»Und wenn ich da nicht reingehen will?«

Breitscheidts Blick wurde düster. »Wir haben bisher nie besonders gut zusammengearbeitet«, sagte er. »Aber glauben Sie mir, es kann noch schlechter werden.«

Gonzo zog die Schuhe von der Heizung weg und stemmte die Zehen gegen das Oberleder. Ein taubes Gefühl kroch bis zu den Knöcheln hoch. »Okay«, sagte er. »Ich geh rein.«

2

Bindisch behielt ihn im Auge, während ihn zwei drahtige Burschen vom SEK einwiesen. Die beiden hatten sich nicht vorgestellt, sondern ihn gleich in die Mitte genommen, als er aus Breitscheidts Wagen geklettert war.

Auseinanderzuhalten waren sie nur durch die Nummern auf den Aufnähern an ihren Polizeipullovern. Nummer 624 war ein paar Jahre älter als Nummer 582 und hatte deshalb das Sagen.

»Widersprechen Sie ihm nicht«, sagte Nummer 624. »Zeigen Sie aber auch keine übermäßige Angst, um ihn nicht zu verunsichern.«

Sein Kollege drückte Gonzo eine orangefarbene Straßenarbeiter-Weste mit reflektierenden Rückenteilen in die Hand. »Anziehen!«

»Wieso?«

»Damit wir Sie von ihm unterscheiden können«, sagte 624.

»Durchs Zielfernrohr«, setzte 582 hinzu. »Aber keine Sorge, wir haben Restlichtverstärker und auch eine Infraroteinheit. Ihnen passiert nichts.«

Gonzo klebte das Hemd am Körper. Auch der kalte Wind, der inzwischen den Nieselregen abgelöst hatte, konnte seinen Schweißausbruch nicht eindämmen. Die Blätter trieben über den Asphalt. Auf den Pfützen kräuselte sich das Wasser. Bindisch kam mit Gonzos Suzie vom Kombi zurück. »In deiner Karre sieht es ja aus wie in einem Schweinestall!«

Gonzo checkte die Kamera. »Was soll das?«, sagte er, als er den leeren Akkuschacht sah.

»Sie sollen Boysen nur eine Weile hinhalten«, mahnte Nummer 624.

Gonzo riss sich die Weste herunter. »So nicht, Freunde. Ich halte meinen Arsch hin, und ich gehe da nur rein, wenn ich Akkus und eine Kassette für die Kamera habe.«

Nummer 582 seufzte. Bindisch wechselte einen sorgenvollen Blick mit Nummer 624.

»Boysen weiß, wie eine Kamera funktioniert«, sagte Gonzo. »Er hat das gesehen, als ich das Interview mit ihm aufgenommen habe.«

»Darüber reden wir später auch noch mal«, sagte Bindisch.

»Genau«, sagte Gonzo und starrte ihn an. »Später.« Er hob die Suzie hoch. »Akkus und eine Kassette. Sonst läuft hier gar nichts.«

Bindisch brauchte fünf Minuten, bis er einen Akkugürtel und eine Kassette aus Gonzos Kombi geholt hatte. »Deine Freunde draußen wollen wissen, wie alt du bist«, sagte er, als er zurückkam.

»Wieso?«

Bindisch grinste trocken. »Du kennst das doch: »... wurde der freie Kameramann Heinrich Gonschorek, 42, bei einem Schusswechsel mit dem Geiselnehmer blablabla ...« Er verstummte, weil Nummer 624 ihn zur Seite schob. Gonzo setzte die Akkus ein und drückte die Kassette in den Schacht.

»Provozieren Sie ihn auf keinen Fall«, sagte Nummer 582. »Lassen Sie ihn seine Erklärung abgeben und machen Sie dann, dass Sie wegkommen.«

Nummer 624 hob sein Walkie-Talkie zum Mund und meldete: »Geier ist jetzt bereit.«

Es dauerte ein paar Minuten, bis Breitscheidt übers Telefon mit Boysen Kontakt aufgenommen hatte. Gonzo trat von einem Bein aufs andere. »Ich muss pissen.«

Nummer 582 schob ihn hinter den Einsatzwagen. Gonzo machte mit der einen Hand die Hose auf und nestelte mit der anderen das Handy aus der Tasche. Die Nummer für Herberts Redaktion war auf einer Kurzwahl gespeichert. Der erste Strahl plätscherte gegen den Reifen, als er sich endlich meldete.

»Hör zu«, flüsterte Gonzo und gab ihm ein paar Stichworte zur Lage. Herbert keuchte. »Das lassen die Bullen nie zu, dass wir eine Erklärung von einem Geiselnehmer senden.«

»Deswegen hältst du ab sofort deine zweite Redaktionsnummer für einen Anruf frei«, murmelte Gonzo. »Ich nehm das Handy mit rein. Boysen meldet sich dann.«

Schritte kamen näher, und als Nummer 582 den Kopf um die Ecke steckte, packte Gonzo gerade wieder ein und zog den Reißverschluss hoch. »Okay, dann gehen wir mal.«

Nummer 582 hielt die Hand auf. »Das Telefon!«

»Welches Telefon?«

Nummer 582 drückte ihn gegen den Wagen und holte mit der freien Hand das Handy aus Gonzos Gürtel. »So nicht, du Schlaumeier!«

»Quittung!«, verlangte Gonzo. »Das Teil war teuer.« Nummer 582 hob gerade die Hand, als sein Walkie-Talkie quäkte. »Bussard an Adler fünf. Geier wird erwartet.«

Gonzo spürte die Finger von Nummer 582 auf der Schulter, sein Kollege drückte ihm die Suzie in die Hand und dann schoben sie ihn vorsichtig aus der Deckung ihres Kombis ins gleißende Licht der Scheinwerferbatterien, die die Straße vor dem Haus beleuchteten. Der Dönerwagen hatte sich hinter die Absperrung manövriert. Der Verkäufer reichte türkische Pizzen und Salattaschen über die Gitter.

Gonzo behielt die Suzie unten und bewegte sich langsam auf das Haus zu. Er machte einen Bogen um die Polizeimütze in ihrer Pfütze aus Wasser und braunroten Schlieren, stieg auf den Bürgersteig und stand dann vor der Hecke, die den Vorgarten begrenzte. Es stank nach Hundescheiße.

Hinter den Fenster rührte sich nicht. Die Fassade von Boysens Doppelhaushälfte war taghell ausgeleuchtet. Endlich machte Gonzo eine Bewegung zwischen den Gardinen am Wohnzimmerfenster aus. Er blieb weiter stehen, weil er nicht wusste, ob Boysen ihn hören konnte, wenn er etwas rief. Von der Presseabsperrung klang das Klicken der Fotoapparate herüber.

Dann ging das schmale Toilettenfenster neben der Haustür einen Spalt auf. »Kommen Sie!«, hörte er Boysen. »Die Haustür ist offen. Sobald Sie im Haus sind, schließen Sie ab.«

Gonzo fasste die Suzie fester und marschierte über den Plattenweg zur Haustür. An der Hauskante und vor dem ersten Treppenabsatz lösten sich die klebrigen grünen Brocken auf, mit denen die Hunde am Markieren des Eingangs gehindert werden sollten. Die Muskeln in seinem Nacken verspannten sich bei dem Gedanken, dass im Augenblick wohl mindestens zwei Präzisionsgewehre auf ihn gerichtet waren. Die Tür ließ sich ohne Weiteres aufdrücken. Gonzo blieb stehen und starrte in den dunklen Hausflur.

»Rein!«, kam Boysens Stimme irgendwo von der Seite her.

Gonzo trat ein und zog die Tür hinter sich zu. Nach dem Licht draußen machte ihn die Dunkelheit vollkommen blind. Er tastete nach dem Türschloss, fand den Schlüssel und drehte ihn herum. Es war still. Die Schwärze roch nach zu lang erhitztem Kaffee. Die Suzie zerrte an Gonzos Arm. Er überlegte, wo man in diesem Loch genug Licht herbekommen konnte, um Boysens Erklärung einigermaßen auszuleuchten.

»Die Weste«, flüsterte jemand aus dem Zimmer zu seiner Rechten. »Ausziehen.«

»Boysen bitte ...« Was hatte Nummer 624 noch gesagt? Er sollte ihn nicht provozieren.

»Ich kenne die Tricks«, sagte Boysen leise. »Ich bin selber bei genug Einsätzen dabeigewesen.«

Gonzo machte im Halbdunkel einen Schuhschrank aus, deponierte die Suzie darauf und schlüpfte aus der Weste. Boysen huschte aus dem Zimmer, nahm ihm das Teil ab und streifte es sich über. Für ein paar Sekunden erkannte Gonzo eine Waffe, eine Sig-Sauer, wie sie auch Boysens Ex-Kollegen draußen mit sich herumtrugen. Sieben Schuss im Magazin plus einen im Lauf. Genug für ein mittelprächtiges Blutbad.

»Kommen Sie!« Gonzo griff sich die Suzie und folgte ihm ins Wohnzimmer. Die typische Möbelhauskatalogeinrichtung, wie sie vor 10 Jahren einmal modern war. Schränke, die an gotische Kirchenschiffe erinnerten, Polstermöbel mit unbequemen Armlehnen. Auf dem niedrigen Holztisch zwei Kaffeetassen. Die Scheinwerfer draußen erleuchteten die Vorhänge zu einem hellen Rechteck. Auf dem Fernseher vor der Couchgarnitur lief ein Videospiel. Der Junge vor der Flimmerkiste war sieben oder acht Jahre alt und durchlöcherte gerade mit einem vierarmigen Terminator eine Horde Aliens.

Boysen schob Gonzo zur Couch. »Das ist Mike«, sagte er. »mein Junge.« Er ließ sich in den Fernsehsessel fallen und starrte auf seine Pistole. »Sie hat verhindert, dass ich ihn besuchen konnte. Hat das Gericht gegen mich aufgehetzt. Sie und ihr Anwalt.«

Der Junge legte die Spielkonsole weg. »Papa?«

Boysen hob den Kopf und grinste schief. »Kein Problem, Partner.« Die Reflektorstreifen an der Weste leuchteten. Gonzo rechtes Bein war eingeschlafen und begann zu prickeln.

»Wollen Sie das hier wirklich durchziehen?«

Boysen nickte. »Sie hat einen anderen Kerl«, sagte er. »Ich hab ihn wegfahren sehen, gerade als ich gekommen bin, um Mike abzuholen. Und sie sagt mir, dass ich den Jungen nicht sehen darf, weil sie wieder so einen Scheiß-Beschluss vom Familienrichter hat.« Er hob die Pistole. »Du weißt ja gar nicht ...«

Ein paar von den Anweisungen, die er draußen bekommen hatte, taumelten durch Gonzos Gedanken, und er fragte sich, welcher Teufel ihn geritten hatte, sich überhaupt auf diese Nummer einzulassen. »Was ist mit deiner Erklärung?«

Boysen straffte sich. »Ja.«

Stille.

»Na – was?«

Boysen nahm die Pistole von einer Hand in die andere. »Das muss gesendet werde. Ich bleibe hier sitzen, bis ich das sehe.«

»Boysen«, sagte Gonzo. »Wir sind hier nicht im Kino.«

»Nein?« Boysen hob die Waffe und legte auf Gonzo an. Dem rutschte die Hand von der Suzie, und er konnte die Kamera gerade noch festhalten, ehe knappe 80.000 Mark zu Bruch gingen.

»Da draußen sitzt Breitscheidt«, sagte Boysen. Er glitt vom Sessel und kroch zu seinem Jungen. »Ich hab für ihn gearbeitet, in der Sonderkommission gegen die Mädchenhändler. Undercover. Ich war in dem Laden von dem Italiener drin, Club Messalina, unten in Rüttenscheid. Ich habe alles zusammengehabt für die Razzia. Und was passiert?« Er fuchtelte mit der Waffe in der Hand herum.

»Der Valentinstag«, sagte Gonzo.

Boysen nickte. »Genau. Am Tag vorher schiebt Giorgio, der Chef, mich ab zu einem Job nach Wattenscheid, und als die Kollegen bei ihm reingehen, finden sie nichts. Null. Keine Illegalen, keine Drogen, nicht mal ein dreckiges Glas in der Bar. Da kann mir doch keiner erzählen, dass es da keine Verbindungen gibt.«

»Okay«, sagte Gonzo. »Da gibt es Verbindungen.«

»Das muss an die Öffentlichkeit«, sagte Boysen. »Das ist eine Bombe. Deswegen haben die mich kaltgestellt, bis ich freiwillig gegangen bin. Die haben diesen Kerl geschickt, damit er mit meiner Frau rummacht. Die wollen nicht, dass ich meinen Jungen …«

»Wenn ich irgendwas aufnehmen soll, brauche ich Licht«, sagte Gonzo.

Boysen nickte. »Nicht hier. Unten. Im Partykeller. Warte hier.« Er drückte dem Jungen die Waffe in die Hand. »Pass auf ihn auf, Partner. Ich bin gleich wieder da!«

»He«, sagte Gonzo heiser, aber Boysen war schon geduckt auf dem Weg zur Tür. Der Junge richtete die Pistole auf ihn. Eine Horde Ameisen kroch aus Gonzos Schuhen langsam die Schenkel hoch. Im Flur klappte eine Tür.

Gonzo setzte die Suzie ab und zeigte dem Jungen die Handflächen. »Kein Problem, Partner!«

Die Mündung der Waffe schwenkte ein Stück höher bis zu seiner Brust.

Er atmete tief durch. »Wo ist deine Mutter?«

»Unten.« Der Junge nahm die Pistole etwas herunter und legte neugierig einen Hebel um. Gonzo versuchte, sich daran zu erinnern, wo bei der Sig-Sauer die Sicherung saß und kämpfte vergeblich gegen einen neuen Schweißausbruch. »Papa sagt, wir fahren mal nach Eurodisney.«

»Sicher«, sagte Gonzo. »Was macht er unten?«

»Er hat Mamma unten eingesperrt.« Der Lauf der Waffe zeigte jetzt auf Gonzos Bauch. »Wenn Roger da ist, geh ich immer rüber zu ihm. Er hat SPACEKILLER 2 auf seinem Computer.« Er visierte Gonzo an und kniff ein Auge zu. »Da muss man auf den ersten beiden Levels fast alles abschießen, damit man weiterkommt. Ich hab das erst einmal geschafft. Roger aber schon öfter.«

»Roger«, sagte Gonzo, weil es das einzige war, was ihm einfiel.

Der Junge senkte die Arme und zielte ihm zwischen die Beine. Die Ameisen aus Gonzos Schuhen wanderten jetzt scharenweise über seine Oberschenkel und kletterten das Rückgrat hoch.

»Mamma sagt, ich soll nicht so oft zu Roger rübergehen«, meinte der Junge. »Und schon gar nicht unten durch den Keller. Da hat Papa mal eine Tür reingemacht, zusammen mit Rogers Vater von nebenan.« Sein Finger krümmte sich um den Griff der Pistole. Irgendetwas rastete ein und Gonzo fiel plötzlich ein, wie ihm ein Bulle einmal erklärt hatte, dass die Sig-Sauer über den Kolben vorgespannt wurde. »Papa sagt, ihr da draußen wollt uns alle erschießen.«

»Blödsinn«, sagte Gonzo. »Ich meine ... dein Papa hat das bestimmt nicht so gemeint.«

»He, Partner!« Boysen kam hereingehuscht. »Alles klar?«

Der Junge nickte und gab seinem Vater die Pistole. Gonzo hätte nie gedacht, dass er einmal erleichtert darüber sein würde, dass ihm ein durchgeknallter Ex-Bulle eine Waffe an die Schläfe hielt. »Gehen wir runter. Mike, du kommst mit!«

Gonzo tastete sich über die steile Treppe in den Keller. Immer, wenn er zögerte, spürte er die Pistole im Nacken. Unten kamen sie an einer Tür vorbei, hinter der Gonzo Boysens Frau heulen hörte. Der Junge blieb kurz stehen.

»Weiter«, sagte Boysen.

Im Partykeller hing ein altes Wagenrad an der Holztäfelung über der Sitzecke. Die vier Punktstrahler unter der Decke waren auf den Bauernstuhl gerichtet, den Boysen vor der Bar aufgebaut hatte. Das Licht würde gerade so reichen. »Mach alles fertig!« Boysen zog den Jungen in den Raum und schloss hinter sich ab. Auf dem Tresen lag ein Camcorder. Boysen drückte ihn dem Jungen in die Hand. »Du nimmst das jetzt alles auf«, sagte er zu ihm. »Wie letztes Mal im Urlaub, okay?«

Der Junge nickte. »Nur zur Sicherheit«, sagte Boysen zu Gonzo. »Damit ihr mich nicht wieder so bescheißt wie dieser Kienast.«

Gonzo wechselte das Gewicht von einem Bein auf das andere, um das taube Gefühl loszuwerden. Als Boysen sich auf seinen Stuhl gesetzt hatte, nahm er die Suzie vors Auge, kontrollierte den Bildausschnitt und zog den Mann scharf. Boysen hantierte nervös mit der Waffe. »Läuft!«, sagte Gonzo heiser.

Boysens Gesicht bekam Flecken. »Es … die haben nicht nur meine Ehe zerstört, indem sie einen Beamten auf meine Frau angesetzt haben. Jetzt wollen sie mir auch noch meinen Jungen wegnehmen. Und das alles weil ich ihr Spiel durchschaut habe. Sie haben das alles von Anfang an geplant, meinen Abzug aus dem Schutzbereich Nord, die Pensionierung, alles. Breitscheidt steckt dahinter. Es kommt überhaupt kein anderer in Frage. Er hat die SOKO geleitet … nur er besaß alle Informationen … Er hat mit den Mädchenschleppern was ausgedealt, damit sie ungestört weitermachen können … er hat Wanjas Abschiebung nach Polen veranlasst.«

Gonzo blinzelte sich einen Schweißtropfen aus dem Auge.

»Fünf Monate habe ich meinen Kopf hingehalten.« Boysen sprach abgehackt. »Aber Breitscheidt war von Anfang an klar, dass dabei überhaupt nichts rauskommen würde.« Er starrte in die Kamera. Neben Gonzo bewegte sich der Junge mit dem Camcorder.

Boysen schwitzte. »Okay! Das war‘s. Das wird gesendet.«

Er nahm dem Jungen den Camcorder aus der Hand, holte die Kassette heraus und stellte sie neben seine Volksmusiksammlung ins Regal. Dann schloss er auf und es ging wieder nach oben. Die Dunkelheit auf der Treppe ließ Gonzo stolpern. Boysen presste ihm die Waffe in die Seite. Gonzo drückte die Knie durch und bewegte die Zehen, um sich zu vergewissern, dass seine Füße noch da waren. Sofort fingen sie an zu kribbeln. Vielleicht hätte er damals doch nicht beim WDR aussteigen sollen. Dann würde er jetzt mit seinem Rentenanspruch draußen an der Absperrung stehen und Bindischs Null-Statements fürs Frühstücksfernsehen aufnehmen. Gonzo schleppte sich die restlichen Stufen hoch.

Oben huschte Boysen durch den dunklen Flur. »Geh da rein!« Boysen schob den Jungen ins Wohnzimmer und hob seine Waffe. »Und du bringst das Band jetzt raus zum Sender. In zwei Stunden will ich das hier im Fernsehen sehen.«

»Boysen«, sagte Gonzo. »Du glaubst doch nicht wirklich, dass deine Kollegen das so einfach zulassen.«

Im Lichtbalken, der durch das Fenster in der Tür hereinfiel, versteinerte Boysens Gesicht. »Das Band!«, verlangte er. »Sie sollen einen herschicken, der das Band holt. Sag ihnen, dass ich dich hier behalte, bis es im Fernsehen gelaufen ist.«

Gonzo lehnte sich an die Wand. Sein Herz pochte. Boysen stupste ihn mit der Waffe in die Seite. Im Wohnzimmer hantierte der Junge mit seinem Videospiel. »Kill them all!«, instruierte eine blecherne Stimme den Terminator.

»Geh zur Tür!«, sagte Boysen. Gonzo machte vorsichtig die Haustür auf und blinzelte ins Licht der Polizeischeinwerfer. Aus der Ferne schwappte das Klicken der Kameras herüber. Egal, ob und wie er herauskam, morgen waren ihm die Titelseiten sicher. Gonzo schirmte die Augen ab.

»Was?«, blökte eine Megaphonstimme.

Gonzo hob der Hand mit der Kassette und sah aus den Augenwinkeln im Busch neben der Haustür eine Bewegung. Ein SEKler mit Stahlhelm und Gesichtsmaske presste sich an die Mauer und nahm Gonzos Kopf ins Visier seiner Waffe.

»Jemand soll die Kassette holen!«, brüllte Gonzo. »Ich …«

Boysens Pistolenmündung kehrte an seinen Hals zurück. Eine ganze Zeit passierte nichts. Dann klingelte im Haus das Telefon. Boysen zuckte zusammen. Breitscheidts Megaphon knackte. »Gehen Sie an den Apparat!«

Der SEK-Mann an der Mauer bekam Gesellschaft. Weitere dunkle Gestalten schoben sich hinter ihn. Waffen wurden gehoben. Die Mündung in Gonzos Nacken zitterte. Das Telefon schrillte weiter.

»Gehen Sie ran!«, murmelte Gonzo. »Er will mit Ihnen reden.« Der vorderste SEK-Mann war jetzt fast bei Gonzo. Er senkte den Arm mit der Waffe, und Gonzo wollte schon aufatmen, als er sah, wie ihm sein Hintermann die Waffe abnahm und ihm eine Granate in die Hand drückte. Gonzo lief es warm am Bein hinunter. In das Telefonklingeln mischten sich die elektronischen Klänge, mit denen der Terminator aus dem Videospiel des Jungen seine Mission startete.

»Das Telefon!«, knarrte Breitscheidt.

Endlich bewegte sich Boysen hinter Gonzo.

»Ingo!«, sagte Breitscheidt.

Es musste das Codewort für das SEK gewesen sein. Die Tränengasgranate flog an Gonzo vorbei in den Flur, er hörte Boysen aufbrüllen, während hinten im Haus Glas splitterte. Der SEK-Mann schnellte auf Gonzo zu und warf ihn in den Flur. Gonzo brüllte in das Kampfgeschrei der SEKler, die auf einmal über ihn hinweg in den Gang stürmten. Er knallte mit dem Kopf auf den Boden. Für ein paar Sekunden sah er Sterne, dann trieb ihm das Gas die Tränen in die Augen. Durch einen Schleier machte er aus, dass er vor der Wohnzimmertür lag. Hinter Boysens Jungen zerplatzte die Scheibe der Terrassentür. Im gleichen Moment, in dem zwei, drei dunkle Gestalten hereinstürzten, dröhnten die ersten Schüsse des Terminators aus dem Fernsehlautsprecher. Gonzo sah das Mündungsfeuer der SEK-Leute aufflammen und noch während die Schüsse durch den Raum dröhnten, brach auf der Brust von Boysens Jungen ein blutiger Krater auf, und der Fernseher flog in die Luft.

Breitscheidt blickte angewidert auf Gonzos feuchte Hose. Die Luft in dem Wagen war zum Schneiden, aber keiner machte die Tür auf. Der Mann am Funkgerät starrte auf seine Digitalanzeigen, als gäbe es außer ihnen nichts anderes auf der Welt, während Breitscheidt sich immer noch unter Kontrolle zu bringen versuchte.

Durchs vergitterte Fenster sah Gonzo einen SEKler mit seiner Suzie in der Hand vom Haus herübertraben. Die Seitentür rasselte auf. Gonzo nahm einen kräftigen Zug kühler Luft. Der Notarzt kam aus dem Haus und setzte sich auf die Notfalltrage, mit der die Rettungssanitäter in Bereitschaft standen. Breitscheidt stieß die Luft aus. Der SEK-Mann deponierte die Suzie auf dem Resopaltisch vor dem Kriminaldirektor. Dann rasselte die Tür wieder zu.

Der Funker lauschte in seinen Kopfhörer. »Der Junge ist ex«, sagte er in Breitscheidts Richtung.

Gonzo musterte die Suzie. Der Kassettenschacht stand auf. Er war leer.

»Sie sagen, sie hätten Feuer aus dem Wohnzimmer bekommen«, meldete der Funker.

Gonzo sah Breitscheidt an. »Das war nur das Videospiel von dem Jungen.« Er erkannte seine Stimme kaum wieder.

Drüben brachten zwei Männer Boysens Frau aus dem Haus. Der Notarzt machte die Trage frei. Gonzo zog die Suzie heran und kontrollierte die Elektronik. Alle Anzeigen zeigten noch an, was sie anzeigen sollten. »War's das?« Er stand auf.

»Sie bleiben hier.«

»Ich muss was Frisches anziehen.«

»Auf dem Präsidium kriegen Sie einen Trainingsanzug. Da machen wir ein Protokoll und dann sehen wir weiter. Klar?« Breitscheidt riss die Wagentür auf. »Endrulat! Bantzok!«

Fünf Minuten später eskortierten die beiden Gonzo zu ihrem Streifenwagen. Von der Absperrung brüllten Hohlbaum, Jacqueline und die anderen ihre Fragen herüber. Bantzok schob Gonzo auf die Rückbank, Endrulat reichte ihm die Suzie. »Ohne die drehst du ja durch!« Er rümpfte die Nase und musterte Gonzos Hose. »Kleines Missgeschick passiert?«

Gonzo zeigte ihm müde den Mittelfinger. Ehe sie abfuhren, kam noch Bindisch von der Absperrung herübergeschossen und reichte Gonzo das Handy durchs Fenster. »Nicht, dass es nachher heißt, dass bei uns was wegkommt.«

»Mein Wagen …«

Bindisch musste zur Seite springen, weil Bantzok einen Kavalierstart hinlegte und den Grünweißen durch das Blitzlichtgewitter der Pressemeute jagte.

Gonzo tippte Herberts Kurzwahl ins Handy und fragte sich, warum er kein Rufzeichen hörte, bis er sah, dass Bindisch ihm die Akkus aus dem Apparat genommen hatte.

»Habt ihr Boysen?«, fragte er nach vorne.

Endrulat lachte. »Einen Dreck haben wir.«

Bantzok ging gerade so weit vom Gas, dass es den Wagen an der nächsten Ecke nichts aus der Kurve trug. »Breitscheidts Rambo-Truppe hat wieder mal alles vermasselt.«

»Da gab's im Keller eine Tür zum Nachbarhaus«, sagte Endrulat nach einer Weile. »Boysen ist weg. Wahrscheinlich über den Friedhof. Mal sehen, ob Breitscheidt morgen immer noch den dicken SOKO-Chef markiert.«

3.

Im Präsidium bekam Gonzo tatsächlich einen Turnanzug mit Polizeischulterstücken und durfte sich im Waschraum der Pforte saubermachen. Die körnige Seife aus dem Drehspender stank nach Desinfektionsmittel und gab keinen Schaum. Er rubbelte sich die Schenkel mit einem Dutzend grüner Papierhandtücher trocken. Das taube Gefühl hatte sich aus den Beinen wieder in den rechten Fuß zurückgezogen. An den Waden lagen die Adern als bläuliche Stränge unter der Haut. Gonzo fragte sich, ob so wohl Krampfadern anfingen.

Ein gelangweilter Schnösel aus Breitscheidts Mannschaft brachte ihn nach unten in den Keller, wo sich die SOKO eingenistet hatte. Mit der Suzie in der Hand stapfte Gonzo neben dem Oberkommissar her und verlangte ein Telefon.

»Später.« Der Schnösel schloss ein Verhörzimmer auf und schob Gonzo hinein. »Hinsetzen.«

Die Tür knallte, und Gonzo ließ sich auf den Plastikstuhl fallen. Im Spiegel der Einwegscheibe sah er sein Gesicht. Mit den Bartstoppeln, dem nassen Haar und den roten Augen sah er aus wie der letzte Penner. Er zog die Trainingsanzugshose hoch und sah sich die Adern an seinem Bein noch einmal genau an. Nach einer Weile entschied er sich, dass es doch keine Krampfadern waren und lehnte sich wieder zurück. Seinen Urlaub konnte er abschreiben. Seine Aufnahme von Boysen verschwand wahrscheinlich jetzt gerade als Beweismittel in Breitscheidts Safe.

Nach einer halben Stunde stand er auf und rüttelte an der Tür. Abgeschlossen. Irgendwo auf einem Polizeirevier in Süddeutschland hatten sie jemanden glatt eine Woche in der Zelle vergessen, bloß weil einer bei der

Einlieferung das falsche Formular ausgefüllt hatte. Gonzo hoffte, dass sie hier die Bürokratie besser im Griff hatten.

Es verging noch eine ganze Weile, bis die Tür endlich aufgeschlossen wurde. »Willkommen daheim!« Hauptkommissar Hassenkamp zog sich einen Stuhl heran und setzte sich.

»Schönes Schulungsvideo gedreht?«, fragte Gonzo.

Hassenkamp schob ihm zwei Blätter und einen Kugelschreiber über den Tisch. »Unterschreib.«

Hassenkamp Videostudio lag ein paar Türen weiter, und Gonzo überlegte, womit er sich jetzt seine persönliche Aufmerksamkeit verdient hatte. Gonzo hatte den Hauptkommissar vor ein paar Jahren einmal aufs Band bekommen, als er von ein paar Fußball-Hooligans aufgemischt wurde, die es nicht gut fanden, dass er sie dabei filmte, wie sie gerade einen Imbisswagen abfackelten. Die Bilder hatten sich gut verkauft, und Gonzo hatte Hassenkamp dann eine Kopie des Bandes ins Krankenhaus gebracht. Seitdem schaute er manchmal in seinem Kellerstudio vorbei und fachsimpelte mit ihm ein bisschen über die Super-Acht-Zeiten, den Filmclub im Folkwang Museum und die Pferde-Opern, die der Hauptkommissar sammelte. Im Moment sichtete er einen Karton mit alten DEFA-Western, die ihm ein Kollege vom Präsidium Frankfurt/Oder zum Geburtstag geschenkt hatte.

Gonzo starrte auf die Blätter. »Aussageprotokoll?«

»Wir haben das schon mal soweit vorbereitet.« Hassenkamp drückte ihm den Kugelschreiber in die Hand.

Gonzo las, dass er sich freiwillig zur Verfügung gestellt hatte, um die Situation der Geiselnahme zu entschärfen und um Breitscheidts Truppe Informationen aus dem Haus zu beschaffen. Beim Verlassen sei die Lage dann eskaliert; Boysen habe ihn erschießen wollen und der Einsatz des SEK habe ihm das Leben gerettet. Details habe er nicht mitbekommen, weil er das Bewusstsein verloren habe. »Gut, dass ich das jetzt weiß!«, sagte Gonzo.

Hassenkamp sagte nichts.

Gonzo warf den Kugelschreiber hin. »Und du machst hier den Schlappenschammes für Breitscheidt?«

Mit einem bisschen Phantasie konnte man Hassenkamps Kopfbewegung als Nicken deuten. »Irgendwer hat ihm gesteckt, dass ich dich kenne.« Er tippte auf die Blätter. »Das ist der offizielle Teil. Außerdem bietet er dir einen Deal an. Das ist mehr, als jemals einer von euch Pressefuzzis aus ihm rausgeholt hat.«

Gonzo lehnte sich zurück und schloss die Augen. Er sah Boysens Jungen, wie er von der Wucht der Kugel gegen die Couch geschleudert wurde und machte die Augen schleunigst wieder auf. »Dann lass mal hören.«

»Kooperation«, sagte Hassenkamp. »Wenn du kooperierst, kooperieren wir auch. Du kommst ganz oben auf Bindischs Presseverteiler, du kriegst eine Dreherlaubnis für Polizeieinrichtungen und wenn irgendwo ein Alarmeinsatz ist, rufen wir dich an.«

Gonzo blinzelte. »Eure Alarmeinsätze kriege ich auch so mit.«

»Nicht, wenn wir dir den Funkscanner endgültig aus deinem Wagen ausbauen«, sagte Hassenkamp. »Außerdem könnten wir ein Auge darauf haben, wie du fährst. Mit deinen sieben Punkten in Flensburg solltest du nicht mehr so viel riskieren.«

Gonzo spielte eine Weile mit dem Kugelschreiber. Seine Augen fingen wieder an zu tränen und sein Hals fühlte sich wie ein Reibeisen an. Hassenkamp rührte sich nicht. Gonzo unterschrieb. Hassenkamp nahm das Protokoll. »Ach ja, da ist noch etwas«, sagte er.

Gonzo sah ihn an.

»Du wirst dich in der Öffentlichkeit nicht über die Vorfälle im Haus äußern. Keine Interviews, keine Statements, nichts.« Hassenkamp wedelte mit dem Protokoll. »Du hast nichts gesehen. Haben wir uns verstanden?«

Das Kribbeln in Gonzos linkem Bein setzte wieder ein. Er kratzte sich an der Wade. Er fühlte sich einfach zu fertig, um sich darüber aufzuregen, dass sie ihn mit einem ganz billigen Köder an die Angel gekriegt hatten. »Ihr habt Boysens Jungen trotzdem auf dem Gewissen.«

Hassenkamp hob die Schultern. »Du machst nie Fehler, oder?«

Gonzo stand auf. »Kann ich gehen?«

Vor der Tür wartete ein neuer Schnösel. Es ging durch notbeleuchtete Gänge, über quietschendes Linoleum, durch Stahlblechtüren und über eine Treppe hinauf zur Pforte. Der Nachtdienst saß an seinen Pulten und trotzte dem Verbrechen. Im Fernseher neben den beiden Überwachungsmonitoren lief eine Talkshow-Wiederholung. Der Schnösel schob Gonzo in den Bereitschaftsraum. Am Kühlschrank klebten ein paar Steckbriefe von Frauen. Auf dem Tisch stand ein Pappkarton mit Gonzos Sachen. Gonzo wühlte sich durch die feuchten Klamotten, bis er das Handy fand. »Ich will die Akkus wiederhaben!«

»Die waren leer«, sagte der Schnösel. Er gab Gonzo fünf Minuten zum Anziehen. Seine Sachen waren klamm vom Regen und seinem Schweiß. Gonzo kontrollierte noch einmal die blauen Adern an der Wade, ehe er in die Hosen stieg. Der Stoff kratzte auf der Haut. Er nahm die Suzie unter den Arm und stiefelte hinter dem Schnösel her nach draußen.

Sein Kombi stand im Hof vor dem Tor zur Fahrbereitschaft, die Karosserie schimmerte frischgewaschen im Licht der Wandscheinwerfer. Der Bereitschaftsmechaniker drückte ihm die Schlüssel in die Hand. »Die Kupplung schleift und die Bremsen machen es auch nicht mehr lange!«

Gonzo sagte, dass er sich darum kümmern würde und packte die Suzie auf die Schaumgummimatratze auf der Ladefläche. Breitscheidts Crew hatte das Chaos unter den Sitzen beseitigt und sogar die Fußmatten gesaugt. Die Schneekugel mit dem Weihnachtsmann und seinem Rentierschlitten glänzte frisch poliert. Auf dem Beifahrersitz stapelte sich, was sie noch für verwertbar gehalten hatten: Werbekugelschreiber, Kaugummis, leere Pfandflaschen und auch die Familienpackung Kondome, die er mal im Sonderangebot gekauft hatte. Der Restmüll stand in drei Plastiktüten auf der Rückbank.

Erst als er sich hinters Steuer schwang, bemerkte er, dass der ganze Wagen nach Sagrotan roch. Er drehte die Seitenfenster herunter.

Die Uhr am Armaturenbrett zeigte halb drei. Gonzo rieb sich die Müdigkeit und ein bisschen Tränengas aus den Augen, rangierte den Wagen in die Ausfahrt und hämmerte an der Schranke auf die Hupe. Der rotweiße Balken blieb unten und der Beamte in seinem Glaskasten wedelte mit seinem Telefonhörer zu ihm herüber. Fluchend kletterte Gonzo aus dem Wagen. Der Pförtner reichte ihm den Hörer durchs Schiebefenster.

»Was ist jetzt noch?«, knurrte Gonzo.

»Wir möchten das Band«, sagte eine Männerstimme. »Sofort.«

Sicher irgendeine Redaktion, die spitzgekriegt hatte, dass er bei Boysen etwas aufgenommen hatte. »Leck mich!«, sagte er. Die Stimme verwehte, als er dem Pförtner den Hörer zurückreichte. Er bekam gerade noch etwas mit, was sich wie »Friedhof« anhörte.

Gonzo rollte vom Hof des Präsidiums. Das Band mit seinen Bildern aus Boysens Keller würde er sicher nie wiedersehen. Bei der Camcorder-Kassette, die der Junge aufgenommen hatte, sah das anders aus. Mit ein bisschen Glück hatten Breitscheidts Leute sie nicht sichergestellt. Gonzo überlegte sich, ob die Mutter des Jungen vielleicht mit sich reden ließ. Er rechnete schnell zusammen, wieviel er bei den Sendern für das Band herausschlagen konnte und kam auf mindestens vier Wochen Karibik mit Vollpension.

Die Straßen glänzten noch regenfeucht, als er im Schleichgang in Richtung Rüttenscheid rollte. Erst im letzten Augenblick bemerkte er, dass er fast die Auffahrt zur Stahlbrücke über die Alfredstraße verpasst hatte und riss das Steuer herum. Bremsen kreischten hinter ihm auf und im Rückspiegel schlingerte ein dunkler Wagen knapp an der Leitplanke vorbei hinter ihm her auf die Abbiegespur.

Der Kombi ratterte über die Eisenbleche, die Ampel an der Kreuzung am Ende der Brücke blinkte auf Dauergelb. Gonzo ging vom Gas und kreuzte die Hauptstraße. Dumpfe Bässe dröhnten von hinten heran. Ein schwarzer Van folgte ihm und schob sich näher, die Bässe wurden zu einem gesunden Rock 'n' Roll und Elvis keuchte atemlos King Creole.

Gonzo kurvte nach rechts, der Van zog nach links und als er auf gleicher Höhe war, blickte Gonzo hinüber. Die Scheiben des Van waren abgedunkelt. Gonzo trat auf Gas und der Van fiel ein paar Meter zurück. Elvis wurde leiser, aber nicht langsamer. Dann kam der Van wieder näher.

»When the king starts to do it, it's as good as done«, röhrte Elvis. »He holds his guitar like a Tommy Gun«.

Gonzo fluchte, jagte den Wagen durch die Gänge und wechselte erneut die Spur. Der Fahrer neben ihm hielt mit, machte eine halbe Wagenlänge gut und versuchte gerade an Gonzo vorbeizuziehen, als aus einer Seitenstraße ein Zeitungslieferwagen herausschoss. Der Fahrer des Van drängte einfach nach links und verfehlte mit seiner Stoßstange nur knapp Gonzos Heck.

»He plays something evil, then he plays something sweet«, keuchte der King, Gonzo drückte auf die Hupe und schoss mit Vollgas auf die Gegenfahrbahn. Der Schweiß lief ihm bis in die Hose, er sah nach rechts, um wieder auf die richtige Spur zu kommen und über die Schulter, weil der King auf einmal nicht mehr zu hören war. Im gleichen Augenblick, in dem sich der Van aus dem toten Winkel schob, plärrte der King wieder los: »You are nothing but a hound dog.«

Der Van schoss an Gonzo vorbei, setzte sich vor ihn und versuchte, ihn auszubremsen. Gonzo ließ den Wagen auslaufen, täuschte einen Schwenk nach links vor und riss erst im letzten Moment das Steuer herum, um knapp an der hinteren Stoßstange vorbei auf die rechte Fahrbahn zurückzuwechseln. Als er den Van passierte, bemerkte er aus den Augenwinkeln, dass die Scheibe auf der Beifahrerseite heruntergedreht war und jemand ein dunkles Rohr aus dem Fenster schob. Dann krachte ein Schuss in das Lied des Kings hinein.

Gonzo registrierte nicht mehr als einen scharfen Luftzug an der Stirn und in der nächsten Sekunde machte sich auch schon sein Rückspiegel selbständig. Die Fassung schoss durch den Wagen, Glassplitter flogen herum und der Wagen machte einen Satz nach vorn, weil Gonzo in der ersten Panikreaktion das Gaspedal voll durchgetreten hatte. Elvis heulte immer noch den Hound Dog, die Reifen des Van radierten hinter ihm über den Asphalt und dann tauchte die schwarze Schnauze wieder im Seitenspiegel auf.

Aus dem Fenster des Van ragte ein Unterarm und der Lauf eines Gewehres. Es knallte wieder. Gonzo ließ das Steuerrad kreisen und zwang den Kombi gegen die Fliehkraft über die Fahrbahn. Der Van hatte es wegen seiner Größe etwas schwerer und fiel zurück. An der nächsten Kreuzung fegte Gonzo ohne Rücksicht auf Schilder und Ampeln nach links in Richtung Innenstadt. Elvis war merklich leiser geworden, aber der Van war immer noch hinter ihm und holte schnell wieder auf. Gonzo umkrampfte das Steuer und kämpfte gegen das Zittern seiner Hände. Er bog bei der nächsten Gelegenheit nach rechts in einen Wohnbereich ab, um den Van loszuwerden, entdeckte viel zu spät, dass er in der falschen Richtung durch eine Einbahnstraße bretterte und betete, dass er nicht einem einsamen Nachtschwärmer auf der Heimfahrt begegnete. Der Van hatte sichtlich Probleme, mit gleicher Geschwindigkeit zu folgen und Gonzo machte wieder ein paar Meter gut. Er sah zu, dass er aus der Einbahnstraße herauskam, schlug zwei, drei Haken und verlor den Van für ein paar Sekunden aus dem Spiegel. Vor ihm tauchte die Einmündung zur Richard-Wagner-Straße auf. Gonzo ging vom Gas, weil man in der Gegend auch um diese Zeit noch mit Verkehr rechnen musste und sah sofort wieder den Van im Außenspiegel.

Gonzo trat das Pedal voll durch, schoss über die Fahrbahn, rumpelte über den Grünstreifen in der Mitte auf die Gegenspur, wechselte eine Sekunde zu spät auf die Bremse, weil er gleichzeitig wie wild am Lenkrad kurbelte und entging mit dem Kühler gerade noch den parkenden Wagen am Straßenrand. Er glaubte schon fast, dass er es geschafft hatte, als es krachte und der Kombi nach rechts ausbrach. Er versuchte, gegenzusteuern, aber der Wagen schlingerte unkontrolliert quer über die Fahrbahn und rumpelte über den Bürgersteig in die Parkanlage neben dem S-Bahn-Haltepunkt.

Gonzo stemmte sich mit aller Macht gegen die Bremse, als er einen Baum auf sich zurasen sah, riss das Lenkrad herum und schaffte es gerade noch, den Kombi schräg vor dem Stamm zum Stehen zu bringen. Seine Hände flatterten. In den Schläfen hämmerte es. Gonzo sah sich erst gar nicht um, sondern riss die Fahrertür auf. Das Hämmern verstärkte sich, Gonzo brauchte einen Moment, bis er Elvis mit Blue Suede Shoes schräg über den Bürgersteig auf sich zuschießen hörte. Gonzo rannte um den Kombi, wuchtete die Heckklappe hoch und riss die Suzie von der Schaumgummimatratze. Der Van kam knapp fünf Meter hinter ihm zum Stehen. Scheinwerfer und Motor gingen aus, und Gonzo erwischte noch einen Blick auf das Nummernschild: BB 3000. Der King rockte noch ein paar Takte, dann wurde ihm der Saft abgedreht. In Gonzos keuchenden Atem klang das gefährliche Klicken, mit dem das Gewehr nachgeladen wurde.

Gonzo schützte die Optik der Suzie mit dem Arm, warf sich in die Büsche neben der Wiese und zwängte sich auf der anderen Seite aus dem Dickicht wieder heraus. Er hastete durch das Gewirr aus Brombeerranken und Weißdorn, riss sich ein paar Winkel in die Jeans und hechelte zur Rellinghauser Straße hinauf.

Er erreichte die Fahrbahn kurz vor der Brücke über die Bahngleise. Unter ihm rauschte eine S-Bahn auf den Haltepunkt Bahnhof-Süd zu. In dem ehemaligen Vorortbahnhof war seit ein paar Jahren eine Schicki-Micki-Kneipe, aber Gonzos Hoffnung, dass er hier wenigstens ein paar gute Augenzeugen des Showdown finden würde, erfüllte sich nicht.

Die Kneipe war geschlossen, der Parkplatz davor leer. Die Laternen leuchteten die Szene fast taghell aus. Gonzo hetzte über die Straße und erwartete jede Sekunde den finalen Schuss, weil er bei diesen Sichtverhältnissen ein wunderbares Ziel für seine Verfolger abgeben musste. Die Suzie zerrte an seinem Arm.

Er erreichte den Treppenabgang zu den Bahngleisen, ohne dass man ihm das Licht ausblies und riskierte einen Blick zurück. Eine dunkle Gestalt schob sich auf der anderen Straßenseite aus den Büschen. Der Van war auch wieder da. Er holperte über den Bürgersteig auf die Fahrbahn. Auch Elvis meldete sich zurück. »Don't be cruel«.

Unten rollte eine S-Bahn in Richtung Hauptbahnhof heran. Gonzo stolperte die letzten Stufen zum Bahnsteig hinunter. Sein Herz hämmerte. Die S-Bahn glitt bis zum letzten Haltepunkt des Bahnsteiges vor, keine Tür ging auf. Gonzo jagte über den Bahnsteig. Aus dem Treppenschacht hinter ihm hallte das Echo von schnellen Schritten. Gonzo hatte den letzten Wagen schon fast erreicht, als die Schritte verstummten. Er rannte weiter, bekam den letzten Türgriff zu packen und riss daran. Langsam glitten die Türen auseinander. Sobald der Spalt groß genug war, umklammerte Gonzo die Suzie und warf sich mit ihr in den Wagen. Ob es noch ein Schuss war, was er hörte, während sich die Türen wieder schlossen, konnte er nicht sagen. Er hockte sich schweißnass auf den nächsten Sitz, umklammerte die Suzie und sagte sich, dass das alles bestimmt nur ein Scheiß-Alptraum war. Dann wurde ihm schlecht und er kotzte das bisschen, was er noch im Magen hatte auf die gegenüberliegende Sitzbank.

Zum Glück war das Abteil leer. Gonzo würgte und spuckte. Als er endlich den Geschmack seiner Galle im Mund hatte, lehnte er sich erschöpft zurück. Die S-Bahn rumpelte in Richtung Hauptbahnhof. Mehr als vier oder fünf Minuten blieben ihm nicht. Er legte die Suzie auf die Polster, wischte sich den Mund ab und starrte durchs Fenster in die Nacht. Die Verbindungstür zum nächsten Wagen klappte und brachte seinen Adrenalinhaushalt wieder durcheinander. Ein Schaffner kam auf ihn zu, baute sich vor ihm auf und musterte den grüngelbbraunen Schleim auf dem Sitz, ehe er sich sanft nach Gonzos Fahrtausweis erkundigte.

»Nachher!« Gonzos Stimme rutschte weg. Er spuckte einen Rest Galle aus. »Hast du was zu trinken?«

Der Schaffner trat zurück. »Schwere Nacht gehabt?«

Gonzo nickte und hielt sich an der Suzie fest.

Der Schaffner sah ihn unschlüssig an. »Keine Fahrkarte?«

Gonzo schüttelte den Kopf.

»Irgendeinen Ausweis?«

Gonzo tastete seine Jacke ab. Nichts.

»Dann kümmern wir uns mal um dich!« Der Schaffner grinste nur und holte sein Sprechfunkgerät aus der Gürteltasche.

Als die S-Bahn am Hauptbahnhof einrollte, warteten schon zwei Uniformierte vom Bahnsicherheitsdienst auf ihn. Der Schaffner stand mit Gonzo an der Wagentür und hielt ihn am Kragen fest. »Tut mir leid«, sagte er zu ihm. »Aber nach dem neuen Bonussystem kriegen wir für jeden Schwarzfahrer einen Prämienpunkt.«

»Na dann«, murmelte Gonzo.

»Und unter den zehn Jahresbesten wird dann eine Reise nach Eurodisney verlost!«

Er übergab Gonzo den beiden Kollegen und achtete darauf, dass man auch seine Dienstnummer für die Prämie notierte. Die Bahnbullen nahmen Gonzo in die Mitte und brachten ihn nach unten, führten ihn durch die versackten Nachtschwärmer und frühen Berufspendler an den Imbissständen auf der Galerie vorbei nach hinten zu ihrem Büro. Gonzo war zu müde, um sich noch über irgendetwas aufzuregen. Nur als der eine ihm die Suzie aus der Hand nehmen wollte, protestierte er. »Finger weg!«

Im Büro setzten sie ihn auf einen wackeligen Holzstuhl vor einen zerschrammten Metallschreibtisch. Die Wände waren in einem ungesunden Gelb aus den Restbeständen der DDR-Farbwerke gestrichen, darauf pappten die Playmates der letzten vier Jahre zwischen den Bilder der aktuellen ICE-Generation.

Sie fragten Gonzo, wie er hieß und wo er wohnte und was er machte, trugen alles auf ihrem Computerterminal in eine Abfragemaske für erwischte Schwarzfahrer ein und sagten dann, dass sie die Polizei anrufen müssten, weil er keine Papiere hatte. »Normalerweise würdest du nur einen Tritt in den Arsch kriegen und dann hier rausfliegen!«, meinte der Ältere der beiden. »Aber wir haben hier dieses neue Bonussystem, wo wir …«

»Schon klar!« Gonzo gähnte. »Leistung muss sich wieder lohnen.« Der Kollege des Älteren hatte sich gerade ans Telefon geklemmt und verlangte den Wachhabenden der Nordwache, als Gonzo den Finger auf die Gabel legte. Der Bahnpolizist hob eine Augenbraue.

»Spezialeinsatz«, sagte Gonzo. »Ruf im Präsidium an. Sonderkommission, Breitscheidt.«

Die beiden Bullen wechselten einen langen Blick. Gonzo konnte es ihnen nicht verdenken, schließlich standen ihre Bonuspunkte auf dem Spiel. »Keine Sorge«, sagte er. »Ihr kriegt eure Prämie schon.«

Trotzdem mussten die beiden noch geschlagene fünf Minuten beratschlagen, ehe sie im Präsidium anriefen. Gonzo hörte, wie sie sich mit Breitscheidts Sonderkommission verbinden ließen und sagte sich, dass er gleich erfahren würde, ob er wirklich einen Deal mit dem Kriminaldirektor hatte. Der Blick des jüngeren Bullen ruhte die ganze Zeit auf ihm. »Ja«, sagte er schließlich. »Gonschorek. Wie er aussieht? Klein und dreckig.« Er lauschte, legte auf und nickte seinem Kollegen zu.

»Kaffee, Herr Gonschorek?« Der Ältere machte sich an der Maschine auf dem Fensterbrett zu schaffen. »Milch, Zucker?«

»Schwarz.« Gonzo griff nach dem Becher, den sie ihm gaben. Der Kaffee war heiß und stark. Gonzos Magen zog sich zusammen. Für ein paar Sekunden wurde ihm schwindelig, aber dann gewann das Koffein die Oberhand über seinen Kreislauf. Er entspannte sich etwas.

»Die im Präsidium sagen, dass man Ihren Wagen sichergestellt hat.« Der Jüngere starrte auf seinen Computerbildschirm. »Wir können Sie schnell hinfahren, wenn Sie wollen.«

Gonzo trank seinen Kaffee aus. Der Ältere goss ihm sofort nach. »Oder wollen Sie sich erst was ausruhen? Im Erste-Hilfe-Raum ist das kein Problem.«

»Geht schon!«, sagte Gonzo. Der jüngere Bahnbulle starrte immer noch auf seinen Bildschirm. »Also die Beförderungserschleichung kann ich ja noch löschen, aber die Verschmutzung im Zug krieg ich nicht mehr aus dem System raus.« Er kratzte sich am Kopf. »Das muss an die Putzkolonne weitergegeben werden, und die brauchen einen, dem sie die Kosten belasten können.«

Sein Kollege sah Gonzo an. »Wenn wir ‚Verursacher unbekannt' eingeben, kriegen wir wieder einen Prämienpunkt abgezogen, verstehen Sie?«

Gonzo stöhnte und einigte sich mit ihnen, dass er die Reinigungskosten übernehmen würde. Weil er ihnen damit ihren Prämienpunkt gesichert hatte, fuhren sie ihn dann auch tatsächlich in ihrem grünen Vectra zum Präsidium.

Breitscheidt erwartete ihn persönlich vor der Werkstatt der Fahrbereitschaft im Innenhof. Der Kriminaldirektor lehnte neben dem Rolltor an der Mauer, rieb sich über die Augen und gähnte. Trotzdem war er frisch rasiert und roch nach einem teuren Aftershave. Drinnen in der Werkstatt werkelte der Werkstattmeister schon wieder an Gonzos Kombi herum.

»Sie sind wie die Krätze«, knurrte Breitscheidt. »Wenn man Sie erst mal am Hals hat ...«

Gonzo marschierte um den Kombi herum. Der Werkstattmeister schraubte gerade einen neuen Rückspiegel an. Auf der Beifahrerseite war der Wagenhimmel über zwanzig Zentimeter aufgerissen, Schaumgummi quoll aus dem Schlitz. »Für solche Orgien sind Sie eigentlich noch zu jung.« Der Meister drückte einen breiten Streifen Klebeband über den Riss.

Breitscheidt kam heran. »Irgendeine Erklärung?« Er deutete auf das Durcheinander im Wagen. Der Müll war wieder gleichmäßig im Inneren verteilt, das Handschuhfach stand auf.

»Die wollten mich umbringen«, sagte Gonzo. »Die haben geschossen.«

Breitscheidt fischte die Kondompackung aus dem Müll und begutachtete sie kurz. »Geschossen? So aus dem Seitenfenster?«

Gonzo nickte.

Die Kondome landeten wieder im Wagen. »Wir sind hier nicht im Kino, Gonschorek.«

Der Werkstattmeister wischte sich die Hände an seinem Kittel ab. »Ich hab kein Geschoss gefunden.«

Gonzo rekonstruierte widerwillig die Sekunden, als ihm der Rückspiegel um die Ohren geflogen war. Er hatte wegen des Gestanks beide Seitenfenster heruntergedreht gehabt, die Kugel musste quer durch den Wagen gesaust sein.

»Irgendwelche Beobachtungen?«, fragte Breitscheidt. »Personenbeschreibungen? Autonummern? Was man so für eine Anzeige braucht?« Er deutete hinüber zu den Büros des Kriminaldauerdienstes.

Gonzo sah sich schon die nächsten zwei Stunden in dem muffigen Büro sitzen und Formulare auffüllen. Und wenn er Breitscheidts Kollegen dann wider Erwarten doch davon überzeugen konnte, dass er eine Begegnung der dritten Art mit Elvis gehabt hatte, würden sie den Kombi sicherstellen, um nach Spuren zu suchen. »Morgen!«, sagte müde. »Ich will nach Hause.«

In der nächsten Sekunde fragte er sich, ob er da jemals ankommen würde, wenn der schwarze Van wieder vor dem Präsidium auf ihn wartete. Breitscheidt schien seine Gedanken zu ahnen. »Wir schicken eine Streife hinter Ihnen her.« Er verzog das Gesicht. »Falls wieder jemand auf Sie schießen sollte.«

Gonzo kletterte in den Wagen, fegte die Sachen vom Fahrersitz und vergewisserte sich erst einmal, dass seine Papiere noch hinter der Sonnenblende steckten. Der Motor kam nach einigem Stottern in Gang und er rangierte den Kombi aus der Werkstatt. Dann dauerte es noch ein paar Minuten, bis Breitscheidt eine Streife organisiert hatte, die ihn nach Hause brachte. Mit dem beruhigenden Bild eines Grünweißen im Rückspiegel rollte er durch die Zufahrt, ließ die Schranke hinter sich und zuckelte durch den dünnen Morgenverkehr in Richtung Altenessener Straße. Unterwegs fielen ihm an den Ampeln ein paar Mal die Augen zu, und einmal schrak er erst wieder hoch, als seine Begleitung hinter ihm auf die Hupe drückte.

Ohne weitere Zwischenfälle erreichte er schließlich die Einfahrt zu seinem Loft auf dem Hinterhof neben dem ehemaligen Kino. Hinter dem abgeklebten Schaufenster des Computershops, den sein Vermieter im Vorderhaus betrieb, flackerte bläuliches Licht. Der Streifenwagen hinter ihm stellte sich auf den Behindertenparkplatz zwei Häuser weiter, Gonzo rangierte den Kombi durch die Einfahrt, parkte neben dem Müllcontainer und schleppte seine Ausrüstung nach oben ins Loft. Seine Beine schliefen bereits, als er sich die Treppe hochquälte. Er schaffte es gerade noch, die Suzie auf seinen Arbeitstisch zu packen und die Akkus ins Ladegerät zu schieben. Dann sackte er auf sein Feldbett und blendete sich aus.

4

Er war sich nicht sicher, ob es die klamme Kälte war, die ihn weckte, oder die Schmerzen. Jemand schien ihm eine Handvoll Nägel direkt ins Kleinhirn zu treiben, dazu kam das Ziehen in seinen Beinen und ein dumpfes Bohren in der rechten Schulter. Gonzo wälzte sich frierend auf die Seite, kroch tiefer unter die Decke und beschloss, die nächsten zwei Jahre einfach so liegen zu bleiben. Nach zehn Minuten quälte er sich dann aber doch in die Höhe. Er drehte die Heizung auf, um die Kälte aus dem Raum zu vertreiben und rieb sich die Arme. Seitdem ihn sein Vermieter im März mit einer vierstelligen Nebenkostennachzahlung überrascht hatte, versuchte er sich einzureden, dass Wärme nur relativ war und 18 Grad Raumtemperatur sich nicht besonders von 24 unterschieden. Der Anrufbeantworter auf dem Schreibtisch sprang an. Gonzo spähte auf das Display und registrierte überrascht 52 eingegangene Nachrichten. Vor dem Fax lag ein Haufen Papier und die Maschine blinkte nach einer neuen Rolle.

Ein trister Morgen zeichnete den Hinterhof und das Vorderhaus Grau in Grau. Die Pappel an der Mauer hatte ihre letzten Blätter schon vor Wochen verloren. Auf dem Plakat neben dem Müllcontainer prostete ihm eine Horde Bikinischönheiten schon seit Monaten von ihrer Bacardi-Party zu.

In dem Loft war früher einmal eine Druckerei gewesen, und Gonzo hatte beim Einzug nur die Löcher im Boden verschmieren müssen, in denen vorher die Druckmaschinen verankert gewesen waren. Sein Schreibtisch bestand aus der alten Panzerglastür einer Bank, die auf ein paar stabilen Böcken lag. Seine Büroausstattung hielt sich in Grenzen, obwohl Betty von Anfang an herumgequengelt hatte, dass er sich schleunigst einen größeren Computer leisten sollte.

Gegenüber der Pantryküche auf der einen Seite des Raumes hatte Gonzo bei seinem Einzug den Videoschnittplatz und die anderen Geräte aufgebaut, mit denen ihn seinerzeit Wahnfried, sein Teilhaber bei der Blackbox-Productions ausgezahlt hatte, als sie sich schon zwei Monate nach der Firmengründung zerstritten hatten. Wahnfried war damals noch WDR-Redakteur im Studio Dortmund gewesen, wo Gonzo als Kamerasklave für die aktuelle Berichterstattung jede Woche zweimal die örtlichen Parteispitzen bei ihren Statements zum aktuellen Stand des Strukturwandels abgedreht hatte. Mit der eigenen Produktionsfirma hatte Wahnfried es später fast geschafft, seinen Traum vom Fernsehserienmogul zu verwirklichen, bis er dann in einem ehemaligen Weltkriegsbunker das Zeitliche segnete.

Der alte Tresor in der Ecke des Lofts hatte zum Inventar der Druckerei gehört. Gonzo hatte anfangs noch versucht, jemanden aufzutreiben, der die Kombination des Ziffernschlosses kannte, weil er vorhatte, den Stahlschrank als Hausbar zu benutzen. Aber dann hatte ihm der alte Druckereibesitzer erzählt, dass auch er den Stahlklotz schon von seinem Vormieter übernommen hatte, ohne zu erfahren, wie man ihn öffnen konnte. Seitdem benutzte Gonzo das Ding nur noch als provisorische Ablage.

Gonzo rieb sich die klammen Hände, genehmigte sich ein Aspirin aus der Hausapotheke und marschierte unter die Dusche. Das heiße Wasser löste die verspannten Muskeln im Nacken und vertrieb die Kälte aus den Gliedern. Langsam ließen auch die Kopfschmerzen nach. Verwundert starrte Gonzo an sich hinunter und phantasierte sich ein paar Bilder von Jacqueline zusammen, bis sich das Problem erledigte. Als er aufsah, entdeckte er den dunklen Schatten hinter dem Duschvorhang.

»Entschuldigung«, sagte Betty. »Ich wollte nicht stören.«

Gonzo lehnte sich gegen die nassen Fliesen und atmete erst einmal tief durch. »Raus aus meinem Badezimmer!«

Der Schatten verschwand, die Tür klappte. Als Gonzo fünf Minuten später frisch rasiert und in einem Hotelbademantel aus dem Berliner Adlon ins Loft kam, empfing ihn Kaffeeduft. Betty saß hinterm Schreibtisch und tippte schon irgendwelche Abrechnungen ins Buchhaltungsprogramm. An ihrem Ohr baumelte ein flaschengrüner Plastiktannenzapfen in einer diskreten Platinfassung.

»Was fällt dir eigentlich ein?«

Sie schrieb weiter. »Sie waren solange da drin, dass ich mir Sorgen gemacht habe«, sagte sie. »Ich wollte nur nachsehen.«

Gonzo hatte keine Lust, das Thema zu vertiefen. Er holte sich die Brötchentüte, die sie mitgebracht hatte und nahm sich einen Kaffee aus der Maschine. Betty tippte weiter die Honorarabrechnungen von Herberts Redaktion ein, saldierte alles und verglich die Zahlen mit Gonzos letztem Bankauszug. Eine steile Falte erschien auf ihrer Stirn.

»Ich weiß«, sagte Gonzo. »Es reicht mal wieder nicht.«

Sie schüttelte den Kopf. »Im letzten Quartal haben Sie ein Plus gemacht. Fast fünftausend Mark.«

Gonzo tappte zu ihr herüber und verglich die Ziffern. Es stimmte. »Versteh ich nicht«, murmelte er.

Sie grinste ihn an. »Das wird der Aufschwung sein, von dem sie alle reden.«

Gonzo rechnete ein bisschen hin und her, wo er stehen würde, wenn ihn der Aufschwung auch in den nächsten Quartalen heimsuchte. »Hast du im September etwa auch diesen Schröder gewählt?«, fragte er.

»Sie könnten mir einen Bonus geben«, meinte sie. »Oder Sie investieren in unsere Firma. Als stiller Teilhaber.«

»Soweit kommt's noch!«

Sie lehnte sich zurück. »Sie haben doch überhaupt keinen Grund, das so persönlich zu nehmen«, sagte sie. »Geben Sie mir und Jacqueline doch einfach eine Chance.«

»Chancen muss man sich verdienen.«

»Sie haben Angst vor uns, ja? Dass wir schneller sind. Dass wir Ihnen Aufträge wegschnappen.«

Gonzo starrte aus dem Fenster. Drüben im Vorderhaus ging das Licht an. Toby tauchte am Fenster im ersten Stock auf und winkte mit der trägen Abgeklärtheit seiner sechzehn Jahre herüber. Seine rothaarige Freundin stellte sich neben ihn. Sie hieß Mecki und war bis vor ein paar Monaten mit einem glatzköpfigen Radaubruder zusammengewesen, ehe ihr Toby über den Weg gelaufen war. Gonzo verdrängte rasch die ganze Geschichte, mit der Renate ihm das kleine, grafittisprühende Miststück als seinen Sohn unterzuschieben versucht hatte und widmete sich seinem Brötchen.

Betty raschelte mit den Faxen und ihren Telefonnotizen. »Also«, sagte sie. »Da waren drei Fernsehproduzenten auf dem Automaten, die ein TV-Movie aus Ihrer Geschichte bei der Geiselnahme machen wollen. Außerdem zehn Interviewanfragen von Zeitungen und 25 von Fernsehmagazinen. Die restlichen Anrufe waren von Ihrem Freund Herbert. Sie sollen sich gefälligst in die Redaktion bequemen, und zwar pronto. Ach ja, und eine Geistheilerin will Sie gratis segnen.« Sie nahm sich die Faxe vor. »Alles von der Polizeipressestelle. Einladungen für dies, Einladungen für das. Alles mit freundlichen Grüßen von Hauptkommissar Bindisch, Pressestelle.«

Gonzo blätterte die Faxe durch. Das SEK hielt eine Übung ab. Im Knast an der Krawehlstraße spielte eine Polizeimannschaft im Rahmen eines Resozialisierungsprojektes gegen eine Häftlingsauswahl. Das neue Sicherheitskonzept für den Hauptbahnhof wurde erläutert und noch eine Menge anderer Aktionen im Kampf gegen das Verbrechen angekündigt.

»Sie sind auf einmal der beste Freund von denen«, sagte Betty. »Haben Sie Bindisch gestern was in den Kaffee getan? Oder wie kommt das?«

Gonzo gab ihr eine Kurzfassung von dem, was in Boysens Haus passiert war und wurde ziemlich vage, als es um den Schuss auf den Jungen und seinen Deal mit Breitscheidt ging. Die Geschichte mit dem Van ließ er vorsichtshalber ganz weg. Betty hörte zu und nagte an der Unterlippe.

»Verstehe!« Sie tippte auf Bindischs Faxe. »Sie haben sich von denen kaufen lassen!«

»Ich tue was für sie, sie tun was für mich. Irgendwelche Probleme damit?«

Sie schüttelte enttäuscht den Kopf. »Vor zwei Stunden habe ich Ihre neuen Freunde in voller Aktion erlebt. Irgendwer hat mir den Wagen aufgebrochen, das Radio geklaut, das CB-Funkgerät ausgebaut. Und was sagen die, als ich auf der Wache anrufe? Ich soll vorbeikommen, sie hätten keine Zeit, zu mir rauszufahren.«

Gonzo würgte das trockene Brötchen hinunter. »Aufgebrochen?«

»Alles durchgewühlt. Das sah so aus wie bei Ihnen im Wagen.« Sie sah noch einmal die Faxe durch. »Die Polizei tut also was für Sie?«

Gonzo holte sich frischen Kaffee und noch ein Aspirin. Als er an den Tisch zukam, schob Betty ihm einen zerknüllten Zettel hin. Gonzo runzelte die Stirn.

»Eine Autonummer«, sagte sie. »Ihr Freund Bindisch könnte sie mal überprüfen.«

Gonzo entzifferte die Buchstaben und die Zahlen. In seinem Nacken kribbelte es und der schwarze Van raste plötzlich an seinem inneren Auge vorbei. BB 3000. »Woher hast du die?«

Sie druckste ein bisschen herum, bis sie endlich mit der Sprache herauskam. Als sie gestern Nachmittag mit Herberts Einmann-Einheit den Unfall auf der B 224 aufgenommen hatte, war ihr ein Wagen mit der Nummer aufgefallen. »Ein schwarzer Van. Der Fahrer hat sich um einen Verletzten gekümmert.«

Gonzo spähte auf den Hof. Alles war so, wie es immer war, aber das beruhigte ihn nicht im Geringsten.

»Die Polizei kam grade an, als ich den Unfall gedreht habe«, erzählte Betty. »Ganz normale Sache, Vorfahrt nicht beachtet und dann direkt in die Beifahrerseite gerauscht. Ich frage mich, warum die nicht auf den Krankenwagen gewartet haben, sondern der eine den Verletzten mit dem Van weggebracht hat.«

»Weggebracht?«, fragte Gonzo, während er versuchte, ein bisschen Ordnung in seine Gedanken zu bringen.

Betty nickte. Als dann die Polizei eingetroffen war, hatte sie den Beamten eigentlich sagen wollen, was passiert war. »Aber die Bullen waren absolut unfreundlich. Haben rumgebrüllt, dass ich verschwinden soll, sonst würden sie ...«

»Was?« Gonzo vergewisserte sich, dass unten im Hof immer noch alles in Ordnung war.

»Sonst würden sie mir den Arsch versohlen!«, murmelte Betty.

Gonzo grinste.

»Natürlich«, sagte sie. »Sowas gefällt Ihnen.«

»Wo hast du das Band?« Vielleicht war Bettys Van doch ein ganz anderer Van als der mit dem schießwütigen Elvis.

»Ich habe es dem Kuriertaxi mitgegeben, das Ihr Band von der Geiselnahme in die Redaktion gebracht hat.« Sie hielt ihm den Handapparat des Telefons hin. »Rufen Sie an?«

Gonzo tippte Bindischs Nummer ein und wartete, bis ihn der Vorzimmerkommissar mit dem Pressesprecher verband. »Was ist denn noch?«, raunzte Bindisch. »Habe ich dir nicht genug rübergefaxt?«

Gonzo heuchelte ein paar Minuten Interesse an dem Fußballspiel im Untersuchungsknast. Bindisch versprach, ihm bei der Gefängnisverwaltung eine Drehgenehmigung zu besorgen. Betty rutschte auf ihren Stuhl hin und her.

»Ach ja, noch was«, meinte Gonzo. »Ich bräuchte da mal einen Kfz-Halter. Schwarzer Van, Kennzeichen BB 3000.«

Bindisch lamentierte eine Weile und zählte die Dienstvorschriften auf, gegen die er verstoßen würde, falls er das Kennzeichen bei der Meldestelle abfragte.

»Was du damit sagen willst«, meinte Gonzo, »ist doch einfach, dass du mit deinem Computer und dieser neuen Vernetzung nicht zurechtkommst, ja?«

»Das ist aber das erste und einzige Mal!« Er hörte Bindisch an seinem Terminal herumtippen. Betty brachte ihm Kugelschreiber und Zettel Dann drückte Bindisch die Verbindung auf einmal in die Warteschleife. Gonzo hörte zwei Minuten Üb immer Treu und Redlichkeit, bis Bindisch sich wieder meldete. »Die Nummer gibt's nicht.«

Gonzo starrte auf Bettys Zettel. »Was?«

»Du musst dich irgendwie vertan haben«, sagte Bindisch. »Und damit du es weißt: ich kann mit dem Computer umgehen!«

Gonzo sah auf den Hof hinunter und sagte nichts.

»Was ist?«, fragte Betty. Als er es ihr sagte, schüttelte sie nur den Kopf. »Ich bin doch nicht zu blöd, um mir eine Autonummer zu merken.«

Gonzo konnte ihr nur zustimmen. Aber vielleicht war Bindisch doch nur unfähig, den Computer richtig abzufragen. Oder er war dabei auf etwas gestoßen, was er Gonzo nicht sagen wollte.

Das Telefon klingelte und Betty nahm das Gespräch an. »Gonschorek Videoproduktion TV und Werbung – Brockmann am Apparat.« Gonzo hörte Herbert schon toben, ehe sie ihm den Hörer hinhielt.

»Was denkst du dir eigentlich?«, brüllte Herbert. »In zehn Minuten will ich dich hier sehen, sonst kannst du dir einen neuen Job suchen!«

Gonzo unterbrach die Verbindung, zerrte an seinem Arbeitstisch die Akkus aus dem Ladegerät und redete sich dabei ein, dass der dumpfe Kopfschmerz hinter den Augen vorbeigehen würde, sobald er draußen an der frischen Luft war.

»Du bleibst hier!«, sagte er noch zu Betty, ehe er ging. »Keine Extratouren, ist das klar?«

Sie zuckte nur mit den Schultern. »Ich kümmere mich nochmal um diesen Unfall«, sagte sie. »Und ich kriege was raus. Notfalls rufe ich meinen Vater an.«

Gonzo schleppte die Suzie, die Tasche mit den Akkus und den Kabeln hinunter zum Wagen und lud alles ein. Hinter beiden Scheibenwischern flatterten Handzettel im Wind: »Bürgerprotest gegen die Privatisierung der STAWOBAU.« Gonzo entsorgte den Volkszorn im Müllcontainer. Gerade als er einsteigen wollte, kam Toby aus dem Haus. Die Haare hingen ihm feucht in die Stirn und unter dem verwaschenen Armeeparka blitzte seine blanke Hühnerbrust. Er pflanzte sich vor dem Kühler auf. »Hast du mal einen Hunni?«

»Geh arbeiten.«

»War ich ja. Bei Heimwerkerladen vorne an der Ecke.«

Gonzo starrte ihn an. »Aber?«

Toby zuckte mit den Schultern. »Der Typ hat pleite gemacht. Ich krieg noch fünfhundert von ihm.«

»Dann hol sie dir«, sagte Gonzo. Schließlich musste er ja auch immer hinter seinem Geld herlaufen.

»Geht nicht«, murmelte Toby. »Der Typ hat sich aufgehängt. Zehnerhaken in die Decke, Abschleppseil dran, die Trittleiter für 59,90 drunter und tschüss.«

Gonzo kramte in seinen Taschen, bis er einen Zwanziger fand. Er drückte ihn Toby in die Hand und der Junge zog ab.

Als er mit dem Kombi aus der Einfahrt kam, spähte er erst einmal nach links und rechts und atmete erleichtert aus, als er keine Spur von dem schwarzen Van bemerkte. Am Computershop neben der Einfahrt klebte sein Vermieter gerade eine neue Schriftfolie ans Schaufenster: TELEFONLADEN. Der Junge war erst knappe 20 und hatte sich seine erste halbe Million schon vor dem Abitur mit ein paar selbstgeschriebenen Computerprogrammen verdient. Irgendwer hatte ihn dann überzeugt, dass Immobilien eine gute Geldanlage seien und er hatte sich das Haus und noch ein paar in der Nachbarschaft angeschafft. Gonzo lauerte noch auf eine Lücke, in die er sich einfädeln konnte, als der Junge herüberkam. Gonzo drehte die Seitenscheibe herunter und wartete auf die obligatorische Mahnung wegen der letzten Miete.

»Ich verkauf den Kasten an eine Gesellschaft. Zuviel Stress mit der ganzen Verwaltung«, sagte der Junge stattdessen mit einer Handbewegung zum Haus. »Die teilen das in Eigentumswohnungen auf. Wenn Sie wollen, können Sie das Loft haben.«

Gonzo dachte an die fünftausend Mark Plus, die er gemacht hatte. »Wieviel?«

Der Junge kratzte sich am Kopf. »250.000? Freundschaftspreis.«

Gonzo trat eine Sekunde zu spät aufs Gas und verpasste die Lücke im Morgenverkehr. Die Wagen schlichen im Auspuffnebel ihrer Vorderleute voran. Eine Straßenbahn bimmelte sich den Weg zur City frei.

Ein paar Straßen weiter reduzierte sich das Tempo dann noch weiter, weil ein Bautrupp auf einer Fahrbahn seine Sperren aufbaute. Die feuchtkalte Luft stank nach Abgasen. Der türkische Gemüsehändler, vor dessen Laden die Arbeiter ihren Presslufthammer, den Kompressor, den Radlader und das Ein-Mann-Klo abgestellt hatten, lamentierte lauthals herum, dass ihm die Kundschaft wegbleiben würde. Auch vor der Pizzeria nebenan schimpften zwei Italiener über die Baustelle. Die Arbeiter in ihren orangefarbenen Anzügen zuckten nur mit den Schultern. Vor Gonzo setzte ein Hupkonzert ein, und dann flog das erste Gemüse. Der Händler und seine Kinder feuerten

Rettich, Rosenkohl und leere Holzkisten auf die Arbeiter. Leute blieben stehen und Gonzo drehte das Fenster wieder halb in die Höhe. Die Italiener wollten sich aus dem Gemüsevorrat des Türken bedienen, aber als der das merkte, nahm er mit seinem Nachwuchs die Pizzeria unter Beschuss. Aus dem Restaurant stürmte Verstärkung auf die Straße. Einer der Kerle hatte einen Mastino an der Leine. Der Hund verfolgte das Gebrüll für ein paar Sekunden aufmerksam, ehe er sich losriss und auf die Türken losstürmte.

Die Bauarbeiter brachten sich auf ihrem Radlader in Sicherheit, die Italiener brüllten auf den Hundebesitzer ein, und der Besitzer des Gemüseladens versuchte, sich den Hund mit eine leeren Obstkiste vom Leib zu halten, während seine Kinder ins Geschäft flüchteten. In der Straßenbahn, die sich aus der City dem Geschehen genähert hatte, hingen die Leute an den Fenstern. Gonzo ruckelte in seiner Schlange drei Meter weiter, ohne die Sache aus dem Blick zu verlieren.

Ein Streifenwagen schob sich mit heulender Sirene und voller Weihnachtsbeleuchtung an der Schlange vorbei und stoppte vor der Pizzeria. Die beiden Uniformierten stiegen aus, einer drängte mit wilden Armbewegungen die Italiener zurück, während der andere nach seiner Waffe langte und auf den Türken zusteuerte. Der Hund hatte inzwischen den größten Teil von dessen Obstkiste zerlegt. Die Bauarbeiter brüllten dem Polizisten zu, dass er vorsichtig sein solle. Als ob er es gehört hätte, ließ der Hund auf einmal den Gemüsehändler in Ruhe und schoss mit gefletschten Zähnen auf den Uniformierten zu. Der bekam in allerletzter Sekunde seine Waffe aus dem Holster und erwischte den Hund mit einer Kugel in den Hals, bevor der ihm an die Kehle konnte. Die Köter sackte zu Boden, zuckte mit den Beinen, versuchte sich wieder aufzurichten, rutschte auf seinem eigenen Blut aus, fiel wieder hin und schnappte nach dem Bein des Polizisten, bis ihn die zweite Kugel in den Kopf traf. Die Zuschauer auf dem Bürgersteig und die Bauarbeiter applaudierten, die Italiener rissen den Hundebesitzer zurück, der sich auf den Polizisten stürzen wollte und der Türke lehnte sich keuchend mit den Resten seiner Obstkiste an die Hauswand.

Gonzo drehte die Scheibe ganz hoch und hantierte ohne großen Erfolg an dem Gebläseregler herum. Entweder blies ihm die heiße Luft direkt ins Gesicht oder das Ding verteilte nur die kalten Abgase seines Vordermannes im Wagen. Als es dann endlich weiterging, sah er im Rückspiegel noch, wie der Hundebesitzer neben seinem toten Liebling kniete und betete.

5

In den Seitenstraßen rund um den Zeitungskonzern gleich hinter dem Bahnhof war wie immer alles zugeparkt. Durstige Lokalredakteure schlurften zur ENTE, um sich vor dem Mittagessen auf den richtigen Pegel zu bringen. Als Gonzo zum zweiten Mal durch die Straßen kreuzte, machte er Hohlbaum auf dem Bürgersteig aus. Er hatte seine Pfeife im Mundwinkel und produzierte kleine Qualmwölkchen. Gonzo versuchte ein paar Sekunden zu übersehen, wie Hohlbaum ihm hektisch zuwinkte und fuhr dann aber doch rechts ran.

»Ich brauche unbedingt ein Interview mit dir!« Hohlbaum machte die Beifahrertür auf und quetschte sich auf den Sitz. Sein Pflaumentabak füllte den Kombi. Sekunden später hatte Gonzo ein Diktiergerät vor der Nase. »Was ist da gestern im Haus passiert? Warum ist der Junge tot? Wieso konnte Boysen entkommen? Wie fühlst du dich?«

»Kein Kommentar.«

»Wer hat dich unter Druck gesetzt? Mit was droht dir die Polizei?«

»Hör zu ...«

»Hat Boysen Informationen über korrupte Kollegen gehabt?«

Gonzo drückte das Diktiergerät weg. »Boysen hat einen Knall. Private Probleme, sonst nichts.« Er machte die Tür auf Hohlbaums Seite auf. »Und tschüss.«

Hohlbaum schimpfte, dass Gonzo sich zum Knecht der repressiven Pressestrategie der Polizei hatte machen lassen und verzog sich. Gonzo gab die Hoffnung auf einen freien Parkplatz auf und steuerte die Pforte zum Innenhof des Zeitungskomplexes an. Der Pförtner in seiner Loge war eine Aushilfe und musste erst bei Herbert anrufen, damit der bestätigte, dass Gonzo auch der war, der er behauptete zu sein. Gonzo stellte den Kombi neben einen eierschalenfarbenen Bentley ab, der sich wie selbstverständlich über zwei Direktionsparkplätze verbreitete. Mit einem flauen Gefühl im Magen kletterte er hinunter in die Redaktion. Die Jungjournalisten, die Herbert unter dem Verwand, dass er ihnen eine Ausbildung verschaffte, ausbeutete, trabten mit flatternden Faxen über den Nadelfilz.

»Gleich durch zum Chef!«, sagte die Rothaarige am Empfang. Auf dem Weg zum Büro kam Gonzo Magnus Magnussen entgegen, der Scharlatan, der jeden Tag aktuelle Weissagungen, Zukunftsdeutungen und anderen Schnickschnack zum Magazin beisteuern durfte, seitdem Herberts Bosse glaubten, dass sie mit Esoterik noch mehr Zuschauer bekommen würden. Magnussen warf seine blonde Mähne zurück und warnte: »Saturn steht im Quadrat!«

Gonzo stieß die Tür zu Herberts Büro auf. Als er die smarte Blondine in ihrem schlichten Hosenanzug sah, wurde ihm klar, dass er gleich ziemlichen Ärger bekommen würde.

»Setz dich«, sagte Herbert. »Frau Doktor Zander kennst du?«

Gonzo erinnerte sich an den Bentley. »Flüchtig!«

Doktor Diana Zander von der Kanzlei Gottlich & Zander, Rechtsanwälte und Notare. Sie war ihm vor ein paar Monaten als Vertreterin des Kaufhauskonzerns über den Weg gelaufen, in dessen Tiefgarage er eine Kolonie von kriminellen Straßenkindern aufgestöbert hatte. Von den Kollegen aus den Redaktionen wusste Gonzo, dass die schöne Diana ziemlich großzügig mit Unterlassungserklärungen und Schadensersatzklagen umging.

»Frau Doktor Zander vertritt Frau Boysen!«, sagte Herbert, als wäre damit alles klar.

»Und in diesem Zusammenhang«, sagte die Zander, »stelle ich folgendes fest: Wir werden nicht dulden, dass Sie oder andere Beteiligte über die Vorfälle der letzten Nacht die unsere Mandantin betreffen, sowohl direkt als auch indirekt, irgendwelche Äußerungen in den Medien abgeben. Meine Mandantin besteht darauf, dass ihr Persönlichkeitsrecht gewahrt und sie in ihrem Schmerz um den Verlust ihres Kindes nicht belästigt wird. Als Belästigung werden wir alle Maßnahmen ansehen, die geeignet sind …«

»Schon klar«, sagte Gonzo. »War's das?«

Diana Zander hatte blaue Augen mit einem Stich ins grünliche, und mit ihrem perfekten Gesicht, den schmalen Wangenknochen und den dezent geschminkten Lippen hätte sie jederzeit Fotomodell werden können. Aber stattdessen hatte sie sich mit Gottlich, dem Star der Strafverteidiger, zusammengetan und betreute in ihrem Teil der Kanzlei die Zivilsachen. Sie holte einen Schriftsatz aus ihrem krokoledernen Aktenköfferchen und knallte ihn Herbert auf den Schreibtisch. »Damit wir uns verstehen.« Sie stand auf. Ihre blickdichten Nylons raschelten. »Einen schönen Tag noch!«

Herbert beherrschte sich, bis sie aus dem Büro war. »Warum fressen Haie keine Anwälte?«, knurrte er.

Gonzo zuckte mit den Schultern.

»Weil man sich unter Kollegen nichts tut.« Herbert überflog den Schriftsatz und deponierte ihn sorgfältig neben dem Telefon. »Am liebsten hätte sie den Sendebetrieb hier einstellen lassen. Aber nicht mit mir. Die Zentrale in Köln gibt uns Rückendeckung. Wir fahren die Geschichte heute Abend ganz groß, plus Zulieferung für das Hauptprogramm. Abendnachrichten, Spätjournal, die ganze Latte. Du gibst nachher live im Studio ein Interview, also geh gefälligst zum Friseur und zieh dir was Ordentliches an.«

Gonzo schüttelte den Kopf. Herbert stockte.

»Was ist los?«

»Kein Interview.« Gonzo bewegte die Zehen im Schuh. »Ich mach mich besser hinter der Kamera.«

Die Zornesader auf Herberts Stirn schwoll an. »Jetzt hör mal gut zu: Da haben die Bullen einen Jungen abgeknallt und wenn jetzt hier keiner sagt, was da wirklich abgelaufen ist, dann kommen sie mit ihrer halbgaren Geschichte von Zwangssituation und Fehleinschätzungen irgendwelcher Untergebener auch noch durch. Willst du das?«

Gonzo drückte mit den Zehen gegen das Oberleder des Schuhs. »Willst du, dass die Zander hier wieder auftaucht?« Er fischte den Schriftsatz vom Tisch. »Wenn ich erzähle, was mit Boysens Jungen passiert ist, dann ist das doch bestimmt …«, er überflog die Seiten,» … die Publikation einer direkten oder indirekten Äußerung über die Persönlichkeitssphäre meiner Mandantin Elke Boysen.« Er legte den Schriftsatz wieder zurück. »Ich glaube nicht, dass eure Rechtsabteilung da immer noch hinter dir steht.«

Herbert mahlte ein paar Sekunden mit den Kiefern. »Wer hat dich gekauft?«, keifte er. »Einer von diesem Fernsehproduzenten, die hier dauernd anrufen? Die Konkurrenz? Irgendeine Illustrierte?«

Gonzo überlegte, welche Antwort Herbert am wenigsten aufregen würde. Das Kribbeln in seinem Fuß wurde stärker. »Da gibt es vielleicht ein Video«, sagte er und erzählte von Boysens Jungen und seinem Camcorder.

Herbert rutschte auf seinem Stuhl herum. »Wo ist das Band?«

»Könnte mir zugespielt werden.«

Herbert telefonierte kurz mit der Rechtsabteilung. »Das ginge«, meinte er, nachdem er aufgelegt hatte. »Als Dokument der relativen Zeitgeschichte oder so ähnlich. Besorg das Band. Und zwar subito.«

Gonzo rieb Daumen und Zeigefinger aneinander. Herbert murmelte etwas von »verdammter Geier« und machte erst ein Angebot, als Gonzo schon aufgestanden war. Gonzo sagte ihm noch, dass er nichts garantieren könne und ging.

Der Sklavenmarkt lag ganz am Ende des Ganges. In dem kahlen Zimmer mit drei Telefonen, einem Fax und einem Computer durften sich die freien Mitarbeiter herumdrücken, bis Herbert ihnen die Gnade eines Auftrages zukommen ließ. Außer einem Jungspund mit Dreitage-Bart und ausgelatschten Sneakers, der seinen Kater mit dem Gemeinschaftskaffee bekämpfte, war niemand da. In der Kanne schwappte nur noch ein Rest. Gonzo wühlte sich durch leere Milchpackungen, Würfelzucker und Filtertüten.

»Alle«, murmelte der Dreitagebart.

»Was?«

»Kaffee.«

Gonzo drehte sich um. »Dann kauf welchen.«

Der Junge rührte sich nicht. »Kaffeekasse ist leer. Das sind doch alles Ganoven hier. Saufen das Zeug weg und tun nichts in den Pott.«

Auf dem Flur war es still. In der Redaktion wurde über der Abendausgabe gebrütet. Neben dem Kaffeeautomaten erinnerte eine Einschaltquotengrafik jeden daran, warum er hier arbeitete. Gonzo opferte eine Mark. Im Inneren des Automaten grummelte und gluckerte es, bis der Kasten endlich einen dunkelgelben Strahl in den Plastikbecher abließ. Beim Herausnehmen verbrannte Gonzo sich die Finger.

»Fördernd ist Behutsamkeit!«, sagte Magnus Magnussen hinter ihm.

Gonzo fuhr herum. Der Kaffee schwappte ihm über die Jacke. Der Astrologe förderte ein Papiertaschentuch zutage und putzte an ihm herum. »Tut mir leid.« Er sah zu Herberts Büro. »War‘s schlimm?«

»Nicht schlimmer als sonst!«

»Ich soll heute Abend live auspendeln, wo Boysen sich versteckt hält!« Magnussen ließ sein massiv goldenes Meisterpendel vor Gonzos Augen hin und herschwingen. »Hast du irgendeinen Tipp?«

»Glaubst du wirklich an den ganzen Scheiß?«

Magnussen pendelte mit geschlossenen Augen. »Es sagt mir, dass du vor etwas davonläufst!« Er musterte Gonzo mit ganz neuem Interesse. »Es gibt eine Frage, die dich beschäftigt.«

In einem der Technik-Räume sang Elvis leise Santa Claus Is Back In Town. Gonzo versenkte Magnussens Pendel in seinem Kaffee. Dann drückte er ihm den Becher in die Hand und machte sich davon. An einem Schnittplatz sah Jacqueline sich einen Showauftritt des Kings an.

»Glaubst du, dass er wirklich noch lebt?«, fragte sie, als Gonzo den Kopf zur Tür hereinsteckte.

»Klar«, sagte er. »Er hat drüben in Herne eine Pommesbude.«

Sie wedelte mit einer Promo-Mappe. »Ich habe gerade den ersten Auftrag für unsere Agentur an Land gezogen. Berichterstattung über den Elvis-Imitatorenwettbewerb in der NEMESIS-Halle unten an der Pferdebahn. Du kannst die Bilder für uns machen, wenn du willst!«

Gonzo blätterte die Mappe durch. Alle Elvis-Imitatoren aus hundert Kilometer Umkreis waren eingeladen. Jacqueline fischte ein Blatt aus den Unterlagen. »Club CC. Der Besitzer organisiert das alles. Cemal Ceyhun. Schon mal gehört?«

Gonzo schüttelte den Kopf, obwohl er sich genau an die rote Leuchtschrift im ehemaligen Industriegebiet erinnern konnte. Gleich um die Ecke standen sich immer ein paar Frauen vor ihren Wohnwagen die Beine in den Bauch. Er grinste. »Super-Auftrag.«

Eine steile Falte erschien zwischen ihren Augenbrauen. »Willst du mich verarschen?«

»Kein Stück. Bei dem Job könnt ihr eine Menge lernen.«

Ein Stück weiter knallte eine Tür und dann brüllte Herbert auch schon »Gonzo!?« Zwei Sekunden später hatte er ihn aufgespürt und fuchtelte ihm mit einer Telefonnotiz vor dem Gesicht herum.

»Bindisch hat eben angerufen«, dröhnte er. »Er sagt, das mit der Drehgenehmigung sei klar. Wegen der Geschichte, die du mit ihm für mein Magazin ausgemacht hast! Kannst du mir das mal erklären, was er damit meint?«

»Welche Geschichte?«, fragte Gonzo, obwohl ihm schon etwas dämmerte. Jacqueline widmete sich intensiv ihrem Elvis-Band.

»Dieses kranke Fußballspiel im Untersuchungsknast«, donnerte Herbert. »Was fällt dir eigentlich ein? Wer macht denn hier das Programm? Du oder ich?«

Langsam wurde Gonzo klar, was es mit Magnus Magnussens »Saturn im Quadrat« auf sich hatte. »Ich finde die Geschichte gar nicht so schlecht. Wird bestimmt lebendig, bunt, ungewöhnlich, engagiert …«

Herbert lehnte sich an die Wand und wischte sich den Schweiß von der Stirn. An Jacquelines Schnittplatz flüsterte der King »Are you lonesome tonight«. Sie markierte sich die Stelle zum Abklammern.

»Seit wann sind denn der Polizeipräsident und der Oberbürgermeister lebendig und ungewöhnlich?«, schnappte Herbert. »Die ganze Nummer steht doch unter der Schirmherrschaft von Aschhoff und Defregger. Das gibt nur Gelaber und wenn wir hinterher nichts von ihrem Quatsch senden, kriege ich wieder einen Anruf aus dem Rathaus.«

Gonzo konnte sich beim besten Willen nicht daran erinnern, dass auf Bindischs Fax etwas von einer Schirmherrschaft gestanden hatte. »Seit wann hast du denn Probleme mit den Anrufen aus dem Rathaus? Wo doch eure ganze Rechtsabteilung hinter dir steht? Dreißig Sekunden in den bunten Nachrichten und die Sache ist gegessen.«

»Defregger-Termine kann man nicht in dreißig Sekunden machen«, sagte Herbert. »Das weißt du genau.«

Defregger war der Bill-Clinton-Verschnitt, der seiner Partei mit seiner Kandidatur bei den letzten Wahlen zum ersten Mal seit zehn Jahren wieder ein kräftiges Plus beschert hatte. Seitdem ließ er sich in seinem ganz in Stahl und Glas eingerichteten Oberbürgermeisterbüro als Kommunalpolitiker der neuen Generation feiern und versprach jedem, der es hören wollte, dass er die Stadt in ein wundervolles neues Jahrtausend führen würde.

Jacqueline ließ das Bild auf ihrem Monitor mit einem Tastendruck gefrieren. »Wenn Sie eine Story dazu brauchen, kann ich das ja machen!«, sagte sie.

»Nein!«, sagte Gonzo.

Herbert sah Jacqueline an.

»Ich kann das!«, sagte sie. »Wir von der Agentur News and Features liefern schnell und …«

Herbert sah zu Gonzo.

»Das ist nicht dein Ernst«, sagte Gonzo.

»Also, ich stell mir das so vor«, sagte Jacqueline und formte mit den Händen einen Kasch vor ihren Augen. »Erst der Knast von außen, dann die Zellen, alles ganz dynamisch geschnitten, dazu nehmen wir den Jailhouse Rock von Elvis und dann …«

»Nein!«, sagte Gonzo noch einmal.

»Doch!«, sagte Herbert. »Strafe muss sein!«

»Super!«, sagte Jacqueline und Gonzo nahm sich vor, ihr bei nächster Gelegenheit wirklich den Hals umzudrehen.

6

Auf dem Hof sammelte der Pförtner einen Stapel Flugblätter ein, mit denen der ganze Fuhrpark der Presse bestückt worden war. Gonzo fischte gerade noch einen Wisch aus dem Handschutz eines Motorrollers: »Rettet die Frohnhauser Wochenpost. Gegen das Meinungsmonopol der Einheitspresse.« Gonzo steckte das Blatt ein.

Sie nahmen Gonzos Wagen, und Jacqueline entsorgte als erstes mit einem souveränen Schwung den Müll vom Beifahrersitz in den Fußraum. Während Gonzo sich in die Großkreuzung vor der Bahndirektion vortastete, zog sie im Schminkspiegel ihre Lippen in einem frischen Zartrosa nach. Dann zerrte sie ein Klemmbrett mit ein paar Zetteln aus ihrer Tasche, schob sich eine Designerbrille auf die Nase und vertiefte sich in Bindischs Infos. Auf der feuchten Fahrbahn ruckelte sich Gonzo im mittäglichen stop-and-go in Richtung Rüttenscheid.

Am Museum stauten sich die Wagen vor der Ampel. Die Schaukästen des CLUB MESSALINA an der Ecke gegenüber waren noch nicht beleuchtet, aber trotzdem drückten sich hin und wieder unauffällige Männer in den Laden. Auf der Wiese vor dem Museum versenkte ein städtischer Kranwagen eine große Tanne in ihre Halterung. Arbeiter in orangefarbenen Sicherheitswesten legten die elektrische Lichterkette auf dem feuchtbraunen Rasen aus. Gonzo kontrollierte mit einem schnellen Blick die Wagen hinter und neben sich.

»Was hast du denn?«, fragte Jacqueline.

»Kümmer dich um deinen Kram.« Die Ampel sprang um. Gonzo schlängelte sich durch die Seitenstraßen.

Jacqueline puhlte an dem Riss im Wagenhimmel herum. »Was ist denn da passiert?«

»Nichts Besonderes.«

Vor der Einfahrt zum Untersuchungsgefängnis standen schon die Wagen der Kollegen aus Dortmund. Ein paar Zeitungsschreiber drückten sich vor der Pforte herum und die Fotografen schossen aus Langweile die Knastfassade ab. Parkplätze gab es natürlich nicht mehr. Gonzo fluchte.

»FKK-Gelände!«, murmelte Jacqueline. »Friedhof, Kloster, Knast.«

Gonzo drehte eine Runde und rangierte vor dem Tor des katholischen Mädchengymnasiums. Jacqueline verzog das Gesicht. »In dem Nonnenknast haben sie mich neun Jahre lang getrietzt!« Sie fummelte ihre Zigaretten aus der Tasche.

»Hier drin wird nicht geraucht!«

Sie steckte sich eine an. »Hör zu«, sagte sie. »Du kannst Betty rumkommandieren. Mich nicht.«

Als sie wieder am Gefängnis vorbeikamen, rollte gerade eine schwarze Luxuskarosse auf den Bürgersteig. Die Türen sprangen auf und Defregger präsentierte sich samt Referent und persönlichem Pressechef den versammelten Medien. Gonzo jagte den Kombi auf den Feuerwehrparkplatz und hatte in Rekordzeit die Suzie von der Ladefläche geholt. Während er noch mit den Akkus herumfummelte, war Jacqueline schon in die Meute rund um Defregger eingetaucht. Sein Pressereferent verteilte Fotokopien mit dem Statement, das sein Meister gleich abgeben würde. Defregger sagte, dass er nichts sagen würde, ehe nicht sein lieber Freund und Kollege Aschoff eingetroffen sei.

Der erste Schuss, den Gonzo machte, war das Öffnen des Rolltors in der Einfahrt. Drinnen wurden sie von einer Horde nervöser Justizwachtmeister in Empfang genommen, die erst einmal die Personalausweise einsammelten und dann aufpassten, dass sie alles, was sie nicht zum Arbeiten brauchten, in die Blechschließfächer packten. Defregger und seine Mannschaft wurden vom Direktor des Untersuchungsgefängnisses in den Sicherheitsbereich durchgewinkt. Danach durften auch sie in Dreiergruppen durch die Schleuse. »Keine Gespräche mit den Gefangenen!«, knarrte ein Oberwachtmeister. »Und auf keinen Fall Körperkontakt.« Sein Blick glitt über Jacqueline, die ihr Lackmäntelchen über dem modischen Hosenanzug zusammenraffte.

Gruppenweise wurden sie zur Sporthalle durchgeschlossen. Der Presseplatz war mit Flatterband abgesperrt. Auf der anderen Seite machten sich die beiden Fußballmannschaften warm. Defregger stand mit Aschhoff neben dem Rednerpult. Der Polizeipräsident hatte sich zur Feier des Tages in einen hellgrauen Zweireiher geworfen. Gonzo setzte die Suzie an, zog den Zoom auf und erkannte das Muster aus kleinen Sheriffsternen auf Aschhoffs

Schlips. Jacqueline kritzelte auf ihrem Klemmbrett herum. »Wir machen nachher ein persönliches Statement von Defregger.«

Gonzo schwenkte weiter zu den Fußballspielern. Er suchte bei der Polizeimannschaft nach bekannten Gesichtern und machte Endrulat und Hoffmeister bei professionellen Dehnungsübungen aus. Der Rest der Mannschaft wurde vom halben Rauschgiftdezernat und den etwas sportlicheren Naturen der Mordkommission bestritten. Die Knastmannschaft bestand im Wesentlichen aus Tätowierungen und Pferdeschwänzen. Am Spielfeldrand lief sich der Wärter warm, der das Spiel pfeifen sollte.

Gonzo hatte nicht erwartet, dass Defregger oder Aschhoff etwas Wesentliches zu sagen hatten, und genauso war es dann auch. Aschoff erklärte das Fußballspiel zu einem Experiment in Sachen Kriminalitätsbekämpfung und Resozialisierung und übergab dann an seinen lieben Freund Defregger.

»Strafe heißt nicht Ausgrenzung!« Defreggers Stimme hatte den sonoren Ton, mit dem sonst in der Fernsehwerbung Lebensversicherungen verkauft wurden. »Strafe heißt auch nicht Sühne. Strafe heißt, den Straftätern die Rückkehr in unserer Gemeinschaft zu ermöglichen und ihnen den Weg zur Einsicht aufzuzeigen.«

In der Knastmannschaft hatte ein schwarzgelockter Südländer seine Kameraden um sich geschart und gab flüsternd die letzten taktischen Anweisungen aus. Der Schiedsrichter kontrollierte den Ball.

»Nimm Defregger«, zischte Jacqueline neben ihm und unterstrich ein paar Zeilen in Defreggers Statement. Gonzo schwenkte über eine Gruppe Knackis und zog den Oberbürgermeister scharf.

»Doch uns sollte nicht an der Strafe gelegen sein, sondern an der Vorbeugung. Ein Verbrechen, das nicht geschieht, ist ein größerer Erfolg als jede noch so hohe Aufklärungsquote. Dass ist das Ziel der konsequenten Prävention, die mein lieber Freund Aschhoff und seine Kollegen mit unserer politischen Unterstützung vorangetrieben haben – und die Erfolge geben uns recht. In dieser Zeit sind nämlich die Kapitalverbrechen in unserer Stadt um fünf Prozent zurückgegangen. Einbrüche und Raub haben sich sogar um fast zehn Prozent reduziert. Wir können also mit Fug und Recht sagen: Unsere Stadt ist sicherer geworden – sicherer und lebenswerter.« Aschhoff reichte ihm eine silberne Trillerpfeife. »Und wenn ich jetzt gleich dieses Fußballspiel hier anpfeife, dann möchte ich, dass Sie alle daran denken, dass all dies eine Leistung unserer Polizei ist. In diesem Sinne also: Spiel ab.«

Sein Pfiff geriet ihm ein bisschen dünn. Gonzo drängelte sich mit der Suzie auf der Schulter ganz nach vorn an die Absperrung und bekam den ersten Angriffszug der Polizei mit. Ein Drogenfahnder spielte einen langen Pass zu Endrulat, der ließ einen hageren Pferdeschwanz gekonnt aussteigen und gab dann weiter zu einem Mordkommissar. Der Knasttorwart ging in Position, kam aber nicht zum Einsatz, weil der Mordkommissar am langen Bein eines Bodybuilder-Typen scheiterte. Der Schiedsrichter zeigte Gelb und gab der Polizei einen Freistoß. Die Knackis am Spielfeldrand buhten. Der Wärter neben der Gruppe wedelte mit den Armen, um sie zur Ruhe zu bringen. »Schwuchtel!«, brüllte jemand. Die Männer lachten.

In den nächsten zehn Minuten sahen noch zwei andere Knackis und ein Polizist gelb, und Gonzo bekam eine schöne Platzwunde aufs Band, die sich ein Rauschgiftfahnder auf dem Hallenboden holte. Die Zuschauer johlten.

Zwei Rettungssanitäter spurteten aufs Spielfeld, um den Verletzten zu versorgen und Gonzo hatte Zeit, um ein paar Impressionen vom Randgeschehen zu drehen. Er schwenkte die Zuschauer ab, sah die fliegenden Fäuste, mit denen die Häftlinge auf einmal untereinander und auf die Wärter losgingen. Er hatte Mühe, die Szene weiter im Bild zu behalten, weil sich die Zeitungsfotografen an ihm vorbeirempelten, um auch etwas von der Schlägerei mitzubekommen. Da vorn kein Durchkommen mehr war, kletterte er an der Seite über das Flatterband und setzte die Suzie an. Das Bild wackelte ein bisschen, aber das war immer gut für einen dramatischen Eindruck.

»Meine Herren!«, dröhnte Aschhoffs Stimme durch den Lautsprecher. »Ich muss doch …«

Der Rest ging im Gejohle und Gebrüll unter, mit dem sich die Schlägerei weiterentwickelte. Auf dem Spielfeld warteten die Fußballer darauf, dass sich wieder jemand für das Spiel interessierte. Gonzo wagte sich noch ein paar Meter weiter vor, schob einen schmächtigen Tätowierten zur Seite und nahm die Schlägerei voll ins Bild. Von allen Seiten kamen Wärter herangeeilt und prügelten mit ihren Gummiknüppeln auf die Gefangenen ein. Männer stürzten, andere warfen sich auf die Wärter. Eine Uniformmütze segelte zu Boden, und mitten in dem Getümmel sah Gonzo im Okular eine reglose Gestalt in einer türkisfarbenen Trainingshose am Boden liegen. Er zog den Zoom auf, um mehr Details zu bekommen. Ein Stoß in den Rücken ließ ihn taumeln. Der schmächtige Tätowierte rempelte ihn an und trat ihm vors Schienenbein. »Aufhören!«

»Schnauze!« Gonzo setzte die Suzie wieder an und bekam einen Schlag in den Magen, der ihm die Luft nahm. Er krümmte sich zusammen. Der Tätowierte blieb auf Körperkontakt und Gonzo spürte auf einmal etwas Scharfes an seiner Halsschlagader. »Ich stech dich ab!«

Gonzo hatte keine Ahnung, was sich da gegen seinen Hals drückte, aber an dem Blick des Tätowierten sah er, dass der es ernst meinte. Vom Wachpersonal interessierte sich keiner für ihn und die Kollegen waren vollauf mit der Schlägerei beschäftigt.

»Alles klar?«, zischte der Tätowierte.

Gonzo zwang sich, ruhig durchzuatmen. »Alles klar.«

Der metallische Druck gegen seinen Hals ließ trotzdem nicht nach. »Du hast eine Verabredung!« Der Tätowierte drängte Gonzo zurück hinter die Absperrung. »Heute Abend. Ostfriedhof. Punkt acht in der Kapelle. Verstanden?!«

Gonzo versucht zu nicken. Die Metallspitze bohrte sich in die Haut. »Verstanden.«

Er bekam noch einen heftigen Schlag gegen die Nieren, knickte ein und japste nach Luft. Ein Zeitungskollege fing ihn auf. »Alles in Ordnung?«

Gonzo nickte und sah sich nach dem Tätowierten um. Der Bursche warf sich gerade auf einen bulligen Justizwachtmeister und riss ihn zu Boden. Sofort kamen zwei andere Wächter dazugeschossen und rissen ihn von ihrem Kollegen weg. Der Tätowierte knallte auf den Hallenboden, die Arme wurden ihm auf den Rücken gedreht. Handfesseln klickten. Ein spitzgefeiltes Besteckmesser klimperte aus seiner Hand. Gonzo griff sich an den Hals, die Haut brannte ziemlich unangenehm.

Inzwischen hatten die Wärter die Schlägerei in den Griff bekommen. Wer von den Gefangenen noch laufen konnte, bekam Handfesseln und wurde aus der Halle gebracht. Andere hockten blutend am Boden und warteten auf die Sanitäter. Nur einer schien schwerer verletzt zu sein. Der Mann in der türkisfarbenen Trainingshose lag reglos zwischen den umgestürzten Holzbänken. Gonzo atmete tief durch und hob die Suzie vors Auge. Auf der Wange des Burschen prangte eine lange rote Narbe. Er war Mitte dreißig und hatte kurzgeschorene, schwarze Haare.

»Gonzo? Alles klar?« Jacqueline ließ sich neben ihm auf die Bank sacken. Ihr Gesicht glühte. »Das wird eine Supergeschichte. Los, wir holen uns Defregger. Oder Aschhoff. Oder alle beide.«

Sie half ihm hoch und zerrte ihn nach vorn zu den Offiziellen, die sich hinter ein paar kräftigen Wärtern verschanzt hatten. Aus den Augenwinkeln sah Gonzo noch, wie sich der Gefängnisarzt um den Verletzten in der türkisfarbenen Hose kümmerte. Er brüllte nach einer Trage.

Während der Gefängnisdirektor über die Lautsprecheranlage das Spiel für beendet erklärte, bemühten sich Defregger und Aschhoff um Schadensbegrenzung. Gonzo stand eingekeilt zwischen den Schreibern und Fotografen und hatte Mühe, den Bildausschnitt ruhig zu halten, während Jacqueline ihr Aufnahmegerät an die Suzie anschloss. Defregger sprach von einem »unglücklichen Stern« unter dem die Veranstaltung wohl gestanden hätte und Aschhoff versprach rückhaltlose Aufklärung der Vorfälle. Gonzos Schramme schmerzte.

»War das eben nicht die Bankrotterklärung für Ihr Sicherheitskonzept?«, krähte Jacqueline und hielt Defregger das Mikro unter die Nase. Gonzo nahm die Schweißperlen auf der Oberlippe des Oberbürgermeisters ins Bild.

Defregger rang sich ein Lächeln ab. »Aus Fehlern kann man lernen.« Er schob Jacquelines Mikro zurück. »Das werden Sie auch noch begreifen, meine Liebe!«

»Arschloch!«, murmelte Jacqueline zehn Minuten später, als sie in der Eingangsschleuse ihre Ausweise zurückbekamen. Sie zerrte ihre Tasche aus dem Metallspind. »Was bildet der sich eigentlich ein? Den mach ich fertig. Das hätte hier völlig außer Kontrolle geraten können. Wenn die Knackis jetzt Geiseln genommen hätten?«

Gonzo kontrollierte die Suzie, nahm die Kassette heraus und warf sie Jacqueline in die Tasche. Sie starrte ihn an.

»Ich bin nur für die Bilder zuständig!«, sagte er. »Alles andere klärst du mit Herbert, okay?«

Sie strich über seinen Hals. »Alles in Ordnung mit dir?«

»Sicher!« Gonzo roch ihr Parfüm. Ein Hauch Zimt oder Muskat, er war sich nicht ganz sicher. Die Schmucksteine ihres Ohrläppchenpiercings funkelten. Ihr Atem streifte seine Haut und sorgte für einen angenehmen Schauer.

Gleich darauf standen sie mit den anderen wieder vor dem Gefängnis. In ihrem Rücken schloss sich das Tor. Defreggers Limousine verschwand um die nächste Ecke. Jacqueline trabte hinter Gonzo her zum Kombi. Ein Windstoß wehte ein paar von Defreggers Statements in den Friedhofseingang. »Kommst du alleine zurück?«, fragte Gonzo. »Ich muss noch was erledigen.«

»Warum hast du eigentlich immer Streit mit Herbert?«

»Mit Herbert hat jeder Streit.«

»Ja? Er ist doch nett.«

»Sicher. Wenn man Sugar-Daddies mag.«

Sie sah ihn an. »Was für dreckige Sachen denkst du gerade?«

Gonzo drückte die Heckklappe herunter. »Abmarsch! Ich setz dich am nächsten Taxiplatz ab.«

Der Kombi röchelte ein paar Sekunden, bis er in Gang kam. Gonzo vergewisserte sich, dass ihn keiner sah und nahm dann die Einbahnstraße in der falschen Richtung, weil er sich damit den Umweg durch die Anwohnerstraßen rund um die Nonnenschule sparte.

»Pass mal auf«, sagte Jacqueline. »Ich weiß, dass du mich nicht magst.« Gonzo erwischte die nächste Ampel gerade noch bei Gelb. »Dir stinkt es doch, dass Betty und ich die Agentur aufmachen.«

Gonzo kümmerte sich um den Verkehr und meinte: »Defregger hat schon recht: aus Fehlern kann man lernen.«

»Du bist ein Riesen-Arschloch, weißt du das?«

Am Taxistand am Gemarkenplatz drängten sich die Wagen. Gonzo rollte an der Schlange entlang bis an die Spitze. »Und tschüss!«

7

Weil sich in der City schon die Weihnachtshysterie mit Verkaufsbuden und Touristenbussen aus Holland breitmachte, nahm er ein paar Schleichwege durch Rüttenscheid in Richtung Steele. Im Lokalradio durften die Hörer per Telefon Weihnachtslieder singen. Gonzo drückte den Sender weg und schaltete den Funkscanner ein. Auf der Feuerwehrfrequenz und bei den Rettungsdiensten war alles ruhig. Im Polizeifunk plätscherten Unfalleinsätze und kleine Familienstreitereien. Die dunklen Wolken, die schon seit dem Vormittag am Himmel hingen, schoben sich vor die schwächliche Sonne. Es wurde düster, Windböen fegten den Müll aus einem umgekippten Papierkorb über die Fahrbahn, und dann fing es an zu nieseln. Gonzo glaubte, in dem Regenschleier schon ein paar matschige Schneeflocken auszumachen. Aus dem Scanner kamen die ersten Einsätze für die Rettungswagen.

An der roten Ampel vor der Ruhrkohle-Zentrale angelte er das Handy von der Mittelkonsole und ließ sich von der Auskunft Boysens Nummer geben. Noch während er die Zahlen drückte, sprang die Ampel um. Sein Hintermann hupte ihn an. Mit dem Handy am Ohr schlich Gonzo auf der rechten Spur entlang und lauschte dem Rufzeichen. »Hier ist der Anrufbeantworter von Elke und Mike Boysen ...« Er drückte die Verbindung weg.

Im Rückspiegel machte er einen dunkelgrünen Opel aus, der genauso langsam voranschlich wie er. Sofort stellten sich seine Nackenhaare auf. Er ging noch weiter vom Gas, bog in die nächste Seitenstraße ein und stellte sich auf einen Behindertenparkplatz. Nur ein paar Sekunden später kam der Opel hinter ihm her und rollte an ihm vorbei. Der Typ hinter dem Steuer sah zu ihm herüber. Ein Nullgesicht, solariumsbraun mit Schnauzbart. Am Ende der Straße erwischte der Opel einen Parkplatz. Noch während er einrangierte, scherte Gonzo aus seiner Lücke aus, geriet beim Wenden fast auf den Bürgersteig und drängte sich mit aufheulendem Motor wieder auf die Vorfahrtsstraße zurück. Hinter ihm tat sich nichts. Er wischte sich den Schweiß von der Stirn und schlug zur Sicherheit noch ein paar Haken durch die Seitenstraße, ohne dass er den Opel sah.

Erst als er sich auf dem Weg zu Boysen befand, machte er ihn wieder aus. Diesmal war der Opel vorsichtiger und hielt sich zwei bis drei Wagen hinter ihm, so dass er immer wieder im Nieselregengrau verschwand. Gonzo steuerte die nächste Ecke an und schoss, ohne vom Gas zu gehen, in die Seitenstraße. Hundert Meter weiter rollte ein Transporter aus einer Toreinfahrt und Gonzo quetschte sich sofort durch die Lücke hinter dem Wagen in die Einfahrt. Im Hof stapelten sich Europaletten, alte Bierkästen und angerostete Liefercontainer. Ein Kerl im Blaumann hantierte in einer offenen Garage an seinem Motorrad.

Gonzo rangierte ein bisschen, bis der Kombi mit der Schnauze zur Einfahrt zurück und behielt den vorbeifließenden Verkehr im Auge. Eine Mutter karrte ihren Kinderwagen vorbei, eine Oma schlich mit zwei Einkaufstüten zur Haustür in der Einfahrt und musterte Gonzo misstrauisch. Auf der anderen Straßenseite unter dem Vordach einer Kaufhalle kauerte ein Bettler mit seiner Pappe und drei Aldikoffern. Ein schwarzer Sheriff kam aus einem Kaffeegeschäft und brachte ihm einen Becher vorbei. Dann geschah eine Weile nichts.

Als der grüne Opel nach fünf Minuten immer noch nicht aufgetaucht war, riskierte Gonzo es, weiterzufahren. Erst als er die City schon halb umrundet hatte und sich dem Wasserturm an der Steeler Straße näherte, ließ seine Anspannung nach. Er steuerte den Kombi bis zur Ecke der Sackgasse mit Boysens Haus und stellte ihn neben die Altglascontainer.

Als er ausstieg, legte sich die Feuchtigkeit auf sein Gesicht und zog in die Kleider. Er knöpfte die Rangerweste zu und stapfte in die Sackgasse. Vor Boysens Haus erinnerte nichts mehr an das Drama der letzten Nacht, selbst der Blutfleck auf dem Verbundpflaster war verschwunden. Eine leere Filmverpackung hing in einem Kanalgitter fest.

An Boysens Haus waren alle Rollläden heruntergelassen. Der Vorgartenrasen hatte erheblich unter dem SEK-Einsatz gelitten, die Zwergkiefern sahen aus, als wären sie nur knapp einem Mähdrescher entkommen. Gonzo schob das Gartentor auf. Wahrscheinlich bewegten sich in seinem Rücken schon die ersten Gardinen. Er überlegte sich, mit welcher Geschichte er der Frau kommen könnte, falls sie doch da war und drückte die Klingel unter dem getöpferten ELKE UND MIKE BOYSEN. Im Haus schlug Big Ben an. Gonzo scharrte mit dem Fuß über die Eingangsstufen und versuchte es noch einmal.

Er ging auf die Straße zurück, wanderte einmal bis zum Ende der Sackgasse und widmete sich dann der anderen Hälfte von Boysens Doppelhaus. Hier waren die Rollläden auch heruntergelassen, aber neben der Seitenwand gab es einen Durchgang zum Garten. Gonzo tat so, als würde er hier hergehören und schob sich an der Rauputzwand entlang. Hinten gab es eine Terrasse, ein trockengelegtes Feuchtbiotop, eine vergessene Wäschespinne, an deren Leinen sich die der Nieselregen sammelte und eine Treppe zur Kellertür. Hinter den Büschen am Ende des Gartens lag der Friedhof, über den Boysen sich letzte Nacht davongemacht hatte. Ein Schäferhund drückte sich durch ein Loch im Zaun.

Gonzo kletterte die Kellertreppe hinunter. Rund ums Türschloss klebte verschmiertes Fingerabdruckpuder. Er drückte die Klinke und sah verblüfft, wie die Tür aufschwang. Der Kellergang führte geradeaus, er ertastete einen Lichtschalter. Zwei Sparbirnen erhellten den Gang. Er lauschte. Irgendwo beschwor das NAABTAL DUO Patrona bavariae. Gonzo schlich an Kellerverschlägen und einer gekachelten Waschküche vorbei und spähte um die Ecke. Links, wo Boysens Haus sein musste, machte er eine Bautür aus. Als er sich näherte, kam auch das NAABTAL DUO näher.

Gonzo zog die Tür vorsichtig auf und spähte in den Gang dahinter. Ein Stück Wand war nicht verputzt. Das NAABTAL DUO wurde lauter, je weiter er sich durch den Gang schob und schließlich bekanntes Terrain wiederfand: Boysens Keller. Hinter der Tür zum Partykeller kam das Duo jetzt zum Ende. Licht sickerte unter dem Türspalt hervor. Gonzo überlegte, ob sich Boysens Frau hier unten verkochen hatte. Er hatte schon den Rückzug angetreten, als die Tür zum Partykeller aufging.

»Herzilein«, sangen die Wildecker Herzbuben, und Gonzo starrte Boysen an, der mit Stoppelbart und Trainingsklamotten in der Tür stand. Dass er seine Pistole in der Hand hielt, schien er vergessen zu haben. Gonzo hob trotzdem vorsichtshalber die Hände. »Hallo Boysen!«

Der Ex-Polizist dirigierte ihn mit einer Bewegung der Waffe in den Partykeller. Das »Herzilein« dröhnte aus der Stereoanlage, auf dem Boden stand eine Batterie Bierflaschen und in der Ecke lag eine Luftmatratze. Boysen setzte Gonzo die Pistole an den Kopf. »Wer schickt dich?«

»Keiner. Ehrlich!«

Boysen schob ihn auf einen Barhocker. Im Plattenregal entdeckte Gonzo die Camcorder-Kassette in einem Haufen CDs. Die Pistole tanzte vor Gonzos Gesicht herum. »Ihr wollt mich reinlegen.«

»Aber nein.«

»Wieso bist du sonst hier?«

Gonzo atmete tief durch. »Du hast ganz schön Nerven, dich hier zu verkriechen. Draußen drehen sie gerade jeden Stein nach dir um.«

»Wer hat dir gesagt, dass ich hier bin?«

»Keiner.«

»Elke?«

»Nein.« Boysens Blick war düster. Er hantierte schon wieder mit der Waffe. »Hör mir zu!«, sagte er.

Boysen zwinkerte. Seine Augen waren gerötet. Er rieb sich mit einer hektischen Bewegung das Stoppelkinn.

»Du willst doch, dass deine Erklärung ins Fernsehen kommt«, versuchte es Gonzo. Boysen wurde ein bisschen ruhiger, aber trotzdem brauchte er noch ein paar Minuten, bis sich halbwegs normal mit ihm reden ließ. Gonzo angelte die Camcorder-Kassette vom Regal. »Das war clever von dir!«, sagte er. »Das Band aus meiner Kamera haben sie mir abgenommen, aber das hier können wir senden.«

Boysen riss ihm das Band aus der Hand. »Du willst das bloß beiseiteschaffen. Ich weiß doch, wie das geht.«

»Hör mir zu, du Arsch!«, brüllte Gonzo. Boysen zuckte zusammen. »Keiner weiß, dass du hier bist. Ich bin auf deiner Seite. Verstehst du das?«

»Auf meiner Seite, ja?«, murmelte Boysen. »Ihr habt meinen Jungen abgeknallt. Ihr habt ihn einfach so abgeknallt, und du …«

»Ich hab ihn nicht abgeknallt!«, sagte Gonzo. Und nach einer Weile: »Mich haben sie genauso verarscht wie dich.«

Endlich schien Boysen wieder klar zu werden. Er fuchtelte nicht mehr mit der Pistole herum, wollte wissen, was Breitscheidt inzwischen wegen ihm unternommen hatte und wie die ganze Sache weitergegangen war. Als Gonzo ihm von dem schwarzen Van erzählte, blinzelte er aufgeregt. »Klar«, sagte er schließlich.

»Klar – was?«

»Du bist ihnen zu nahe gekommen. Sie wollen dich loswerden.«

»Sie?«

Boysen nickte.

»Geht's auch ein bisschen genauer?«

»Sie arbeiten zusammen«, flüsterte Boysen. »Alle. Die Bullen, die Ganoven, die Stadt.«

»Also Boysen …«

»Du glaubst das nicht, oder?«

»Hast du irgendwelche Beweise? Wenn du was weißt, kannst du das sagen. Du kommst ins Studio, die machen ein Interview, du kriegst einen Anwalt.« Nebenbei rechnete Gonzo durch, was ihm so ein Coup einbringen würde. Immer vorausgesetzt, dass Boysen wirklich etwas zu erzählen hatte

Boysen schüttelte den Kopf. Dann drückte er Gonzo die Kassette in die Hand. »Ich trau dir erst, wenn ich das im Fernsehen sehe.«

Gonzo steckte die Kassette ein, damit Boysen sie nicht mehr im Blick hatte, falls er ihm gleich wieder mal nicht trauen sollte. »Okay«, sagte er. »Das läuft im Fernsehen.«

Boysen nickte. Von der CD jodelten Marianne und Michael. Gonzo rutschte vom Hocker und knickte ein, weil ihm sein Bein eingeschlafen war. Er hielt sich an der Bar fest, während das Blut prickelnd zurückfloss. »Was ist mir deiner Frau?«, fragte er.

»Bei ihren Eltern«, murmelte Boysen.

»Weiß sie ...«

Boysen schüttelte den Kopf. »Lange geht das hier nicht mehr«, sagte er. »Ich muss woanders hin.«

Gonzo schob ihm seine Visitenkarte hin. »Sag Bescheid, okay?«

Boysen steckte die Karte ein und schien sie im nächsten Moment schon wieder vergessen zu haben. »Ich hab einen Kumpel. Erik. Ist im Augenblick undercover in einem Puff. Der gibt mir vielleicht seine Wohnung.«

»Traust du ihm?«

»Sicher.«

Noch während Gonzo darüber grübelte, wie Boysen eigentlich Freund und Feind auseinander hielt, schob der ihn aus dem Partykeller. »Denk dran, ich will das Band im Fernsehen sehen.«

Gonzo sagte ihm noch, wann und welchen Sender er einschalten sollte und tappte dann durch den Gang zurück, bis er wieder draußen im Garten stand. Aus dem Nieselregen war mittlerweile ein Schauer mit halbgefrorenen Graupeln geworden. Die Eiskügelchen, die es bis auf die Terrasse schafften, tanzten auf dem Terrakotta. Gonzo zog den Kopf ein und spurtete zum Kombi zurück.

Die Heizung im Wagen blies ihm fünf Minuten lang feuchtkalte Luft ins Gesicht, bis sie endlich zu arbeiten anfing. Gonzo schlich im Schritttempo aus dem Viertel heraus. Im Polizeifunk gab es Unfalleinsätze nonstop. Die Camcorder-Kassette in seinem Hosenbund drückte. Er zerrte sie heraus und küsste sie. Dann rief er Herbert übers Handy an. »Ich habe das Band von Boysen. Besorg schon mal einen Camcorder zum Überspielen.« Er hörte, wie Herbert seine Leute zusammenbrüllte. »Und mach schon mal einen Scheck fertig!«

»Moment«, brüllte Herbert jetzt ihn an.

»Wenn das Band über den Sender geht, kannst du vielleicht auch Boysen kriegen. Live und lebendig im Studio.«

Gonzo genoss die drei Sekunden Schweigen im Hörer. »Wo ist er?«, fragte Herbert. Auf einmal war er die Ruhe selbst. »Können wir was für ihn tun?«

»Kein Kommentar!«, Gonzo drückte die Verbindung weg. Als er das Handy zurücklegte, glitt sein Blick durch den Rückspiegel. Der grüne Opel war wieder da.

Er drehte eine Runde um den Block, verlor den Opel aus dem Blickfeld und machte ihn dann wieder aus, als er auf die Steeler Straße kam. Der erste Feierabendverkehr rollte über die glitschige Fahrbahn stadtauswärts und ein paar ganz besonders Vorsichtige hatten ihre Nebelschlussleuchten eingeschaltet. Die Regenwolken schienen fast auf den Dächern zu liegen, und im Lokalfunk wurde der Chef des Straßendienstes interviewt, weil man in der Nacht überfrierende Nässe erwartete. Gonzo hörte, dass für den Streudienst Bereitschaft angeordnet war. Mit einem bisschen Glück würde er in der Nacht ein paar Autocrashs auf der A 40 vor die Linse kriegen. Außerdem kannte er ein paar Gefällstrecken, die bei Glatteis immer für Blechschäden gut waren.

Gonzo sah auf die Uhr und beschloss, sich die Fahrt zu Herbert zu schenken, damit er nicht zu spät zum Ostfriedhof kam. Am Taxiplatz vor dem Bestattungsinstitut und dem Stempelgeschäft im Untergeschoss des alten Wasserturms drängten sich die Droschken. Gonzo rollte an der Schlange entlang, bis er ein bekanntes Gesicht ausmachte.

Jochen war Mitte dreißig, promovierter Literaturwissenschaftler, und fuhr grundsätzlich nur in Jackett, Weste und Krawatte. Als Gonzo neben ihm auftauchte, klappte er sein Buch zu und drehte die Seitenscheibe herunter. »Von allen Taxistandplätzen in dieser Stadt verschlägt es dich ausgerechnet an meinen?« Hinter ihm schimmerten die Urnen im Schaufenster des Bestattungsinstitutes. In der Scheibe umrahmten zwei Palmzweige ein REQUIESCAT IN PACE.

Gonzo zerrte einen Zwanziger aus der Tasche und reichte ihn mit Boysens Kassette hinüber. »Fahr noch einmal für mich, okay? Herbert wartet schon.«

Jochen verstaute das Band, holte ein Buch aus dem Handschuhfach und gab es Gonzo hinüber. »Lies mal was, ehe dich das Fernsehen völlig verblödet!«

Gonzo versprach es und rollte weiter, um den Verkehr hinter sich nicht unnötig aufzuhalten. Als er an der nächsten Ampel stand, sah er sich das Buch an. »Vor Kohle. Gedichte von Fritz-Paul Schimaniak.«

Er bekam bei der zweiten Strophe von »Flöz Vier« Grün, wendete und winkte Jochen mit dem Buch zu, als der an ihm in Richtung City vorbeischoss.

Zwei Straßen weiter staute sich der Verkehr, weil ein Lieferant in der zweiten Reihe parkte. Gonzo bog nach rechts ab und kämpfte sich durch das Gewirr der Einbahnstraßen und Sackgassen zum Saarbrücker Platz durch.

Der zentrale Dämmerungsschalter ließ die Laternen in einem schmierigen Orange aufleuchten. Gonzo erwischte einen halben freien Parkplatz, stellte den Kombi quer auf den Bürgersteig und wanderte mit einem unguten Druck im Magen zu dem Kiosk auf dem Platze. Der Kratzer an seinem Hals brannte. Die Werbeuhr über dem Verkaufsfenster sagte ihm, dass er noch eine Viertelstunde bis zu seiner Verabredung hatte. In der Bude hockte eine junge Türkin mit Kopftuch und las in einer zerfledderten französischen Ausgabe von »Furcht und Schrecken in Las Vegas«.

Gonzo verlangte eine Fernsehzeitung, zwei Schokoriegel und ein Mineralwasser.

»Für Vierzehntage? Mit Nüsse? Große Flasche?«

Bottrop, Kanalgegend, tippte Gonzo nach ihrem Dialekt. Oder höchstens Gladbeck.

»Kleine. Hiertrinken.«

Die Türkin machte ihm die Flasche auf und schob sie mit den anderen Sachen über die Theke. Gonzo zahlte und stellte sich so, dass er den Friedhofseingang im Blick hatte. Das große Eisentor war geschlossen, dahinter verdämmerte der Hauptweg im Zwielicht. Ein paar rote Kerzen leuchteten zwischen den Büschen. Gonzo nahm einen Schluck Wasser. Es war eiskalt. Hinter dem Fenster der Bude stapelten sich die Plastikcontainer mit Salinos, Weingummis, Drops und Mäusespeck. Dazwischen steckte ein Packen DIE GROSSE WUNDERTÜTE.

Im Drehständer unter dem schmalen Dach drängten sich die üblichen Heftchen mit den üblichen Krankenschwestern, Notärzten, Bergbauern und Geisterjägern. Auf der Zeitschriftenablage neben dem Verkaufsfenster lagen die aktuellen Pettingtipps für Pubertierende neben den Frischfleischillustrierten mit Rätselecke für die Rentner. Gonzo blätterte in seiner Fernsehzeitung. In den Ratgeberspalte fragte Ute B. aus E. »Mit 14 noch Jungfrau – bin ich krank?«, und im Horoskop hieß es unter Gonzos Sternzeichen: »Sie werden nicht alles erfahren, was Sie wissen wollen.« Seine aktuellen Glückszahlen waren die 7, die 5, die 9 und die 13.

Am Eingang zum Friedhof bemühte sich ein schwarzer Köter, sein Bein noch ein Stück höher als sein Vorgänger zu heben. Gonzo trank die Flasche leer und stellte sie auf die Theke.

»Noch eine?«, fragte die Türkin ohne von ihrem Buch aufzusehen.

»Wann macht der Friedhof zu?«

Sie blätterte eine Seite um. »Ist schon zu.«

Rechts, in einiger Entfernung hinter dem Gittertor machte Gonzo die Umrisse der Aussegnungshalle aus. Der dunkle Klotz verwischte fast völlig mit dem Schwarzblau der heranziehenden Dunkelheit.

Ein Leichenwagen rollte lautlos vors Eisentor. Eine dunkle Gestalt, nicht größer als ein Schuljunge, kletterte heraus und schloss das Gitter auf. Gonzo wartete, bis die Gestalt auf dem Hauptweg fast nicht mehr zu erkennen war. Dann schimmerte ein schneller Lichtschein auf, als die Tür der Aussegnungshalle geöffnet wurde.

Gonzo klemmte sich seine Fernsehzeitung unter den Arm und machte sich auf den Weg. Der Bürgersteig war übersät mit aufgeplatzten Mehlbeeren, in den Baumkronen rückten die Vögel auf ihren Schlafästen zusammen. Gonzo drückte das Eisentor auf.

Die Hauptallee war gesäumt von Scherenschnittbäumen. Wind kam auf. Der Geruch von Tannengrün und verwelkten Blumen wehte ihm entgegen. Als er die Halle erreichte, kam es ihm vor, als würde sein linker Fuß langsam taub.

Er tastete sich an der Wand entlang, der Grauputz kratzte über seine Fingerkuppen. Hinter den schmalen Gitterfenstern glitt ein Lichtschein vorbei. Seine Hand suchte den Türgriff. Er drückte. Verschlossen. Er holte seinen Schlüsselanhänger mit der Minilampe heraus und leuchte die Tür ab. DAMENTOILETTE. Schlüssel bei der Friedhofsverwaltung. Der Oberbürgermeister.

Gonzo ließ das Licht erlöschen und rammte prompt beim nächsten Schritt mit dem Schienenbein gegen einen Steinpoller. Fluchend rieb er sich den Unterschenkel, während seine andere Hand über die Wand ins Leere rutschte. Er stolperte um die Ecke. Auf der Rückfront stand eine Tür auf. Ein Lichtstrahl warf einen gelben Kegel auf den Weg, um nach zwei Schritten im Kies zu versickern.

Gonzo trat ein. Links machte er einen WARTERAUM FÜR TRAUERGÄSTE und ein BÜRO aus. Der Lichtschein kam von rechts aus dem AUFBAHRUNGSRAUM. Seine Schritte hallten auf den Fliesen. Es roch irgendwie katholisch, nach Weihrauch, Staub und kalten Holzbänken. Auf dem Podest vor den leeren Stuhlreihen erwartete ihn ein Toter im offenen Sarg.

Am Kopfende flackerten Kerzen, der Kopf der Leiche ruhte auf einem Kissen, auf den Augenlidern lagen zwei glänzende Silbermünzen, die über den Rand des Sargs zu blicken schienen. Es war ein jüngerer Mann, mit schwarzen Locken und dunkelgebräunter Haut. Wenn der Bestatter nicht allzu großzügig mit der Schminke umgegangen war, dann hatte es den Aufgebahrten noch vor der Midlifekrise erwischt. Um seinen Hals war ein weißer Seidenschal drapiert, der in der Anzugsjacke verschwand. Gonzo fragte sich, was wohl seine Glückszahlen gewesen waren.

»Sera!«

Gonzo fuhr zusammen. Sein Herz brauchte eine Weile, bis es sich wieder beruhigte und er in dem flackernden Schatten hinter dem Sarg die kleine Gestalt entdeckte. Der Mann war alt, sein Gesicht voller Falten und das weiße Haar sorgfältig gescheitelt und mit Pomade an den Schädel geklebt. Er trug einen Kaschmirmantel über dem schwarzen Anzug. In seiner silbernen Krawatte steckte ein Rubinstecker. »Komm herüber.« Ein schwarzgekleideter Arm deutete auf einen Stuhl am Fußende des Sargs. »Nimm Platz, amico caro.«

Als er saß, hatte Gonzo Mühe, den Alten noch zu sehen. Neben ihm hing ein Kranz aus Zweigen mit staubgrünen Blättern, die an Olivenlaub erinnerten. LA FAMIGLIA, entzifferte Gonzo auf der Schleife.

Die dunklen Knopfaugen des Alten folgten seinem Blick. »Luigi ist im Krieg gestorben. Die Familie ist sehr traurig.«

»Krieg?«, krächzte Gonzo.

»Sì«, sagte der Alte. »Es ist Krieg. Schon damals war Krieg, als ich hergekommen bin. Meine Brüder und ich, wir haben uns unseren Platz erkämpft und einen ehrenvollen Frieden geschlossen. Die Familie war stolz auf uns.« Der Alte stand auf und stützte sich mit den Händen auf die Sargkante. »Wir kommen aus einem kleinen Dorf auf Sizilien«, seine Hände formten einen Kreis. »Dort, wo die Familie noch sehr viel bedeutet, capisci?«

»Kommt jetzt der ganze Corleone-Kram oder was?«

Der Blick des Alten brachte ihn zum Schweigen. Gonzo bewegte die Schultern, weil seine Muskeln sich verspannten. Damals, als ihm Stan der Mörder von der Russenmafia in seinem Wohnwagen am Stadthafen bei einer Flasche Wodka klargemacht hatte, was ihm gefiel und was nicht, war Gonzo bedeutend wohler gewesen als jetzt. Der Alte strich dem Toten über die Wange. Ein halbes Dutzend Ringe funkelten im Kerzenschein. »Du arbeitest für die televisione?«

Gonzo nickte, weil er das nicht abstreiten konnte.

»Die Familie hat auch dort Freunde.«

»Alles klar«, sagte Gonzo.

Der Alte sah ihn wieder an. Nichts war klar. »Wir haben Krieg«, sagte er und wies auf den Toten. »Die Türken wollen unseren Platz einnehmen. Sie kommen und denken, sie können sich … wie sagt ihr? Ins Bett treten?«

»Ins gemachte Bett legen«, verbesserte Gonzo.

»Sie haben Luigi umgebracht und auch meinen Sohn, Giorgio«, murmelte der Alte. »Deshalb muss ich jetzt dafür sorgen, dass die Familie ihren Platz in der Allianz behält.«

»Hören Sie«, sagte Gonzo. »Ich habe nichts mit Ihrer Allianz oder den Türken oder sonst wem zu tun. Verstanden?«

Der Blick des Alten kühlte noch weiter ab. »Du und die Frau, die für dich arbeitet, ihr habt Bilder für die Televisione von Giorgio gemacht. Es würde der Familie ihre Trauer erleichtern, wenn sie sie anschauen könnten.«

Gonzo fragte sich, ob er etwas übersehen hatte, als er mit Jacqueline im Gefängnis gewesen war.

»Und du suchst diesen Polizisten, Boysen. Das ist nicht gut für dich. Und nicht für die Signorina, capito?«

Gonzo verstand es zwar nicht, aber er nickte vorsichtshalber

Der Alte entspannte sich. »Ich betreibe nur ein kleines Beerdigungsinstitut. Wenn du einmal meine Dienste brauchst, frag nach Il Nano.« Er zückte ein weißes Kärtchen und reichte es Gonzo mit einem Lächeln über den Toten hinweg. REQUIESCAT IN PACE. Darunter zwei Palmzweige und eine Telefonnummer. Der Alte griff in die Manteltasche und holte ein Stilett heraus. Das Licht der Kerzen blitzte auf der Klinge. Der Alte hob das Messer. Mit der anderen Hand zog er dem Toten den Seidenschal vom Hals. Gonzo fröstelte. »Der Tod ist ein guter Freund von mir«, sagte der Alte und zog die Klinge mit einer schnellen Bewegung über die Kehle des Toten. Gonzo starrte auf den klaffenden Schnitt, das blutleere Gewebe, Sehnen, den Kehlkopf, die Luftröhre. Il Nano drapierte den Stoff wieder um Luigis Hals und sah Gonzo an. Gonzo starrte auf den leuchtendroten Rubin auf der Krawatte des Alten.

Der Bestatter erhob sich. »Nicht alle haben eine so schöne Abschiedsfeier.« Er zupfte Luigis Schal zurecht. »Sie werden alle kommen. Seine Großeltern, i fratelli, seine Milchschwester, seine Neffen. Sie werden Rache schwören für den grido di dolore und nicht eher ruhen, bis der Türke dafür bezahlt hat. So ist das Gesetz der Familie.«

Er setzte sich wieder auf seinen Stuhl. Eine Zeitlang war es still. Gonzo bemerkte, dass er zitterte.

»L'Italia farà da sè. Du kannst gehen«, sagte Il Nano schließlich. »Ich werde noch hier bleiben und für Luigi beten.«

8

An der Tür der ENTE verkündete Grabowskis handgemaltes Schild wie üblich GESCHLOSSENE GESELLSCHAFT, damit sich kein Normalsterblicher in den Laden verirrte, in dem sich die Zeitungsleute aus den Redaktionen mittags und abends zusammenrotteten, um über die Kollegen vom Lokalradio und vom Fernsehen herzuziehen. Gonzo stieß die Tür auf und hätte damit beinahe den alten Grabowski zu Fall gebracht, der auf einer Trittleiter eine Weihnachtsgirlande mit pausbäckigen Engelchen und saftigem Papiertannengrün an die Wand nagelte.

Am Redakteursstammtisch spülten die Lokalchefs der Erst- und der Zweit-Zeitung am Ort den harten Redaktionstag mit Hochprozentigem hinunter. Der Dartautomat stand verlassen neben der Tür zur Toilette und am Rotamint instruierte Hohlbaum Judas, wie er am besten zu einer Freispiel-Serie kam. Ungerührt von allen Tipps drückte Judas blind auf die Stopp-Taste. Sekunden später klimperte ein Schwall Markstücke in den Ausgabeschacht.

»Versteh ich nicht!« Hohlbaum klemmte sich das Monokel ins Auge und studierte die Walzen. »Der muss manipuliert sein.«

Judas stopfte seinen halben Gewinn wieder in den Münzschacht und startete das Spiel.

»Abwarten!«, riet Hohlbaum.

»Sei ruhig!«, sagte Judas nur.

Gonzo lehnte sich an den Tresen und wartete, bis Grabowski seinen Festtagsschmuck befestigt hatte und ließ sich ein Mineralwasser geben. »Das geht aufs Haus!«, sagte der Wirt. Gonzo hob eine Augenbraue.

»Du bist ein Held!« Grabowski nickte zu den Lokalchefs hinüber. »Die würden sich eine Hand abhacken lassen für ein Interview mit dir.«

Am Rotamint ignorierte Judas wiederum Hohlbaums Anweisungen und gewann erneut. Diesmal kramte er alle Münzen aus dem Automaten und schüttete den Berg Markstücke auf den Tresen. »Wechseln!«, verlangte er von Grabowski. Er nickte Gonzo zu. Gonzo hob sein Glas.

Judas pflegte mit seinen schlabberigen Jeans, den ausgelatschten Turnschuhen und der speckigen Lederweste seine Legende als Freak. Niemand wusste so genau, warum er damals seinen Job beim Kulturamt verloren hatte und wie er sich seitdem durchbrachte. Angeblich war er Künstler, aber Gonzo hatte noch keinen Tag erlebt, an dem er nicht in der ENTE herumhing, sich von der Reportern einen Cognac nach dem anderen schnorrte und ihnen dafür angeblich hochgeheime und brisante Infos aus der Stadtverwaltung lieferte. Was an seinen Geschichten stimmte, musste man dann selbst herausfinden, aber dem Vernehmen nach lag seine Trefferquote bei knapp 30 Prozent.

Während Judas die Markstücke für Grabowski zu Zehnertürmchen aufstapelte, rauchte Hohlbaum neben Gonzo seine Pfeife an. Diesmal roch der Tabak nach faulen Äpfeln und trockenem Hundedreck. »Siehst du die da?« Hohlbaum saugte und blies Gonzo eine Wolke ins Gesicht. Sein Blick hing an dem Tisch mit den Redakteuren. Gonzo zählte die Geldtürme und kam auf dreizehn.

»Stammtisch«, flüsterte Hohlbaum. »Aber sie laden mich nicht ein!«

»Sauerei«, sagte Gonzo.

»Ich meine, wenn die sich nur so treffen würden, wäre ja nichts dagegen zu sagen. Aber bei einem Stammtisch ist das was anderes. Meinst du doch auch?«

»Tja«, sagte Gonzo und wich einer Rauchwolke aus.

»Sie wollen mich nicht dabei haben!«, sagte Hohlbaum. »Als wäre ich nicht genauso Redakteur wie sie.« Er paffte hektisch. »Dabei weiß ich sogar viel mehr als sie.«

Gonzo hob den Blick. Seine Augen tränten von Hohlbaums Tabakqualm.

»Die Wochenpost, draußen in Frohnhausen«, erklärte Hohlbaum leise. »Kennst du, oder?«

Gonzo erinnerte sich an das Flugblatt. Das Blättchen war die einzige Stadtteil-Wochenzeitung, die der Zeitungskonzern bei seinem Beutezug in den siebziger Jahren übersehen hatte.

»Die machen wir demnächst platt!«, sagte Hohlbaum. »Bereinigung des Anzeigenmarktes. Konzentration der publizistischen Kräfte.« Er nickte zu dem Stammtisch hinüber. »Wir gehen mit Dumpingpreisen in den Anzeigenmarkt. Der alte Schwamborn mit seinem Käseblättchen hält das höchstens noch bis zur Weihnachtsnummer durch. Dann kriegt er ein Angebot, das er nicht ablehnen kann. Wir kaufen ihn raus und führen das Blatt selber weiter. Und rat mal, wer dann der Chef wird!?«

Gonzo musterte Hohlbaum erstaunt.

»Genau«, sagte der. Und mit einem Blick zum Stammtisch: »Und die haben davon keinen Schimmer. Alles Idioten!«

Judas hatte inzwischen seinen Gewinn in ein paar Scheine umgewechselt. Er steckte sie weg und schob sich an Gonzo heran. »Willst du mich nicht einladen? Helden sind doch immer großzügig.«

Gonzo nickte Grabowski zu, damit er Judas einen Cognac brachte. Anders würde er ihn sowieso nicht loswerden. »Da läuft eine Riesenschweinerei in der Stadtverwaltung«, flüsterte Judas, nachdem er den Cognac gekippt hatte. »Verstrickungen bis ganz nach oben.«

»Sicher«, sagte Gonzo. »Defregger ist Freimaurer und hat sich heimlich das Bernsteinzimmer unter den Nagel gerissen.«

»Ach, du weißt es schon«, murmelte Judas. Und nach einer Weile: »Eisenhower war auch Freimaurer. Genau wie Göring.«

Gonzo nickte und schob Judas ans Ende des Tresens. »Mal ernsthaft.« Er nestelte die Karte des Alten heraus. »Il Nano. So schmierig wie die Pomade in seinen Haaren und ganz komisch drauf mit seinem Messer.«

Judas gab ihm die Karte zurück. »Finger weg. Ernsthaft.«

»Er hat was von einer Allianz geschwafelt. Von Türken und vom Krieg.«

»Du hast mit ihm geredet?«

»Sicher.«

Judas wirkte auf einmal ziemlich ernst. »Die Familie«, sagte er dann langsam. »Il Nano hat sie damals hergebracht, Anfang der Fünfziger. Ich war damals noch ein Junge, hab mich unten in Borbeck und Altendorf rumgetrieben, mit den Italienern. Die haben sich von niemandem was sagen lassen, nicht von den Eltern, nicht von der Polizei. Nur von Il Nano. Und wenn wieder mal eine Eisdiele abbrannte oder eine Kneipe zu Bruch ging und hinterher der Laden leer stand, dann war das immer einer von Il Nanos Leuten, der neu eröffnet hat.« Er hob sein leeres Glas und Gonzo winkte Grabowski. Judas wartete, bis er eingeschenkt hatte. »Später, als ich beim Kulturamt war, taucht plötzlich einer von meinen alten Kumpels da auf. Giorgio. Sohn von dem Zwerg. War mächtig groß rausgekommen, zwei Pizzerien in Holsterhausen und einen Bums in Rüttenscheid. CLUB MESSALINA, wenn du mal was ganz Besonderes suchst.« Er nippte an seinem Glas. »Er hatte Sondergenehmigungen für italienische Straßenfeste. Die alte Nummer, damit die Kneipiers im Sommer Stühle rausstellen können, Sperrstundenverlängerung und so weiter. Er brauchte Künstler von mir, weil das Ganze als Kulturveranstaltung gelaufen ist.« Judas leerte den Cognac. »Ich sag ihm, dass ich im Moment nichts machen kann, weil ich kein Geld habe und dass es da Vorschriften und Dienstwege gäbe. Und was soll ich sagen, zwei Tage später habe ich eine Anweisung vom Chef auf dem Tisch, was ich alles organisieren soll und auch noch einen Sonderetat.«

Mehr bekam Gonzo aus Judas nicht heraus, weil Jacqueline in einem Schwall Winterluft hereinstürmte. Sie sah sich um. »Betty nicht hier?«

»Kinder gehören ins Bett!«, sagte Gonzo.

Sie ließ sich von Grabowski einen Wein geben. »Wir wollten uns hier treffen. Projekte besprechen.«

»Projekte«, nickte Gonzo.

»Für unsere Agentur.«

»Agentur«, nickte Gonzo.

Jacqueline zog sich in Grabowskis Barspiegel die Lippen nach. »Mach nur weiter so«, sagte sie. »Dann arbeiten wir mit einem anderen Kameramann.«

Gonzo schob Grabowski sein leeres Glas hin. »Machst du mir was Warmes zum Mitnehmen?«

Jacqueline schüttelte Hohlbaum ab, der sie in die Geheimnisse der Presse einweihen wollte und meinte: »Dein Band von Boysen war bei Herbert heute der Renner. Bindisch war sofort am Telefon. Von Zuhause!«

Gonzo starrte an ihr vorbei in die Nacht. Es war schwer zu entscheiden, ob das Funkeln im Laternenlicht draußen noch Regen oder schon Schnee war. Es würde noch eine Weile dauern, bis alles gefroren war. Grabowski stellte Gonzo eine Edelstahl-Thermoskanne hin und kassierte die zwanzig Mark Pfand.

Jacqueline kramte unterdessen ihr Filofax aus ihrer Umhängetasche und riss eine Seite heraus. »Hier. Die Drehtermine für die Elvis-Story an der Pferdebahn. Übermorgen geht es los. Wir treffen uns in unserem neuen Büro in Holsterhausen. Und bitte pünktlich.«

Gonzo starrte auf den Zettel. »Fünf Stunden? Was willst du drehen? Krieg und Frieden?«

»Wir liefern ordentliche Arbeit. Nicht dieses Husch-Husch.«

Mit einem weiteren Luftschwall kam Steinboek vom städtischen Presseamt herein, machte die Runde bei den Chefredakteuren und studierte dann die Songs in der Musikbox. Der Presseamtsleiter sah mit seinem Designerjackett und der bunten Fliege auch nach einem 16-Stunden Tag immer noch wie frisch vom Laufsteg aus.

»Dreiunddreißig.« Gonzo zog einen Zehnmarkschein aus der Tasche.

Grabowski musterte Steinboek und legte einen Zehner aus der Kasse auf Gonzos. »Achtundvierzig.«

Hohlbaum nuckelte an seiner Pfeife und stieg mit einem eigenen Zehner ein. »Dreizehn.«

Steinboek warf eine Mark in die Box und drückte ein paar Nummern. Grabowski, Hohlbaum und Gonzo warteten.

»Are you lonesome tonight«, schmalzte der King. Grabowski kassierte grinsend die Scheine vom Tresen. Steinboek schwebte mit schwingenden

Hüften und einem verzückten Gesichtsausdruck zu ihnen herüber, während er leise mitsang. »Scotch, Grabowski. Bushmills, zwei Fingerbreit, handwarm.«

Gonzo steckte Jacquelines Termine ein, schnappte sich die Thermoskanne und ging, ehe Steinboek zu seiner vollen Form auflief und ihnen seine Version des Kings zeigte.

Draußen stellte er fest, dass es schon verdammt glatt war. Er schlug den Jackenkragen hoch und schlitterte an Steinboeks chromglänzenden Geländewagen vorbei zu seinem Kombi. Auf halber Strecke rutschte er auf einer halbgefrorenen Pfütze aus und fand erst im letzten Augenblick an der Hauswand Halt. Hinter der Windschutzscheibe pappte ein roter Papierfetzen: 70 JAHRE LICHTBURG. Der Zettel war festgefroren und Gonzo bekam nur die 70 von der Scheibe. Im Wagen schnatterte er fünf Minuten vor Kälte, bis das Gebläse endlich auf Touren kam. Der Weihnachtsmann im Schüttelglas glotzte ihn vorwurfsvoll an. Im Polizeifunk war es noch ruhig, bei den Rettungsdiensten fuhren die ersten Wagen zu den ersten Knochenbrüchen. Gonzo rangierte vorsichtig aus der Lücke und rollte in Richtung Bahnhof. Im Kreisverkehr am Südausgang zog ein Streuwagen seine Runde, der Kombi schnarrte über Halbgefrorenes und Halbgestreutes. Der Mond bestieg den Turm der Konzernzentrale, die sie im Sommer hochgezogen hatten. Der Himmel war sternenklar. Es wurde mit Sicherheit schweinekalt heute Nacht. Auf der Bahnhofsplatte unter den Plexiglaskuppeln redeten einige Sicherheitsmänner auf einen Penner ein, der es sich mit ein paar Promille auf den Steinplatten bequem gemacht hatte. Einer hob seine Tüten auf, zwei andere halfen ihm auf die Beine.

Gonzo drehte noch eine Runde und schlug dann die Richtung zur Autobahnabfahrt in Bredeney ein, die ihm im Augenblick am Vielversprechendsten erschien. In der nächsten Stunde wurde es im Polizeifunk schon lebendiger. Es gab Auffahrunfälle, Blechschäden und eine Anweisung von der Funkzentrale an die Streifenwagen, auf die gefährlichen Straßenverhältnisse Rücksicht zu nehmen. Gonzo schraubte die Thermoskanne auf und genehmigte sich einen Becher heißen Milchkaffee.

Bis Mitternacht hatte er die Kanne schon halb geleert und außer einem blinden Alarm wegen eines Unfalles an einer Auffahrt im Westviertel war nichts passiert. Die angeblichen vier Schwerverletzten bei dem Crash hatten sich als Schnapsnasen entpuppt, die unbedingt Michael Schumacher spielen wollten und dabei mit ihren Wagen nur eine Ampelanlage, zwei Stoppschilder und zehn Quadratmeter Böschungsgrün rasiert hatten. Gonzo drückte sich bei der Polizei herum, die den Schaden aufnahm und fand die Sache dann nicht einmal interessant genug, um die Suzie aus dem Wagen zu holen.

Im warmen Luftwirbel seines Gebläses kutschierte er wieder in Richtung Stadtmitte, als der Funk einen Unfall an der Tunnelausfahrt beim Bahnhof meldete. Notarzt, Blutkonserven, Rettungswagen, Straßensperre, Feuerwehr und Bergungstrupp mit Blechscheren und Trenngerät.

Gonzo trat das Gas durch, schleuderte über die halbe Fahrbahn und hatte Glück, dass das Taxi, das ihm entgegenkam, schnell genug reagierte. Das Adrenalin schoss ihm ins Blut und er spürte ein Kribbeln im Nacken. Er raste durch den Schederhof, scherte an der Hans-Böckler-Straße nach rechts aus und hörte endlich aus den Einsatzmeldungen, dass der Crash auf der Richtungsfahrbahn City war und die Absperrtrupps den Innenstadttunnel gerade dichtmachten. Dann kam ihm der Zufall zur Hilfe und er erwischte den Gerätewagen der Feuerwehr, in dessen Blaulichtwindschatten er am Rückstau vorbei durch die Absperrung in den Tunnel vorrückte.

Das Neonlicht blendete ihn für einen Moment, als er in die gekachelte Röhre hineinraste. Alle zwanzig Meter starrte ein Kameraauge auf die leere Fahrbahn, der Gegenverkehr schlich auf seiner Fahrbahn hinter den Betonpfeilern vorbei, während Gonzo Mühe hatte, an dem Feuerwehrwagen dranzubleiben.

Der Crash lag dann nicht ganz am Tunnelausgang, sondern an dem letzten Betonpfeiler davor. Gonzo rumpelte mit zwei Rädern auf den handtuchbreiten Fußweg und raste um den Kombi, um die Suzie von der Ladefläche zu holen. Am Wrack arbeiteten die Feuerwehrleute mit ihrem Bergungsgerät. Der Einsatzleiter brüllte, wo sie ihre Blechscheren ansetzen sollten. Über dem Loch in der Windschutzscheibe des gelben Kleinwagens kauerte der Notarzt. Sein Rettungssanitäter hielt einen Infusionsbeutel in die Höhe. Gonzo machte eilig einen Weißabgleich auf den Kacheln der Tunnelwand und pirschte sich dann mit der Suzie auf der Schulter an den Unfall heran. Der Wagen hatte den Pfeiler voll erwischt, die Motorhaube war auf ein paar Zentimeter zusammengedrückt, der Motor musste jetzt irgendwo in der Fahrerzelle stecken.

Gonzo nahm eine Totale mit allen Polizisten im Vordergrund, den Streifenwagen im Hintergrund und schwenkte dann auf den Unfall. Bremsspuren waren keine zu erkennen. Er zog den Zoom auf, bis das zerbeulte Metall, die Glassplitter und die von dem Pfeiler geplatzten Kacheln das Bild füllten. Dann schlich er näher heran, weil er einen Schuss von dem Notarzt und dem Opfer haben wollte. Von hinten knatterte ein Motorrad heran und gleich darauf ratterte neben Gonzo ein Film durch einen Fotoapparat. Der Fotograf steckte in einer schweren Lederkombi und hatte bloß das Visier seines Helms hochgeklappt. Sein Presseausweis baumelte in einer Plastikhülle vor der Brust

»Wie viele?«, keuchte er.

Gonzo setzte die Suzie ab und zuckte mit den Schultern. »Bin auch eben erst gekommen.« Er drängte sich durch eine Lücke zwischen den Helfern an das Wrack. Inzwischen hatten die Feuerwehrleute mit ihrem Trennschneider die Dachholme des Wagens durchschnitten und setzten die Hydraulikpresse an. »Zurück!«, brüllte der Einsatzleiter dem Notarzt zu. Gonzo nahm den NOTARZT auf dem Rücken der Jacke des Mannes, sah, wie er sich zur Seite bewegte und bekam endlich den Blick ins Innere des Wagens. Zuerst sah er nur Blech und Blut, dann die Umrisse einer Gestalt und noch während er den Zoom aufzog und neben ihm der Fotograf einen weiteren Film durchjagte, entdeckte Gonzo einen Ohrring mit einem grünen Plastiktannenzapfen in einer Metallfassung. In seinem Magen zog sich etwas zusammen. Er blinzelte hinter dem Okular, dann hob sich das Wagendach unter dem Druck der Presse ab und er sah Bettys blutverschmiertes Gesicht. Ihr Kopf war komisch verdreht, in ihrem Hals steckte der Infusionszugang.

Gonzo zitterte. Er riss die Suzie herunter, weil ihm die Luft wegblieb und zerrte wie verrückt an seinem Kragen, während die Kälte von seinen Füßen durch den Magen bis hoch in seinen Nacken kroch. Krachend löste sich das Wagendach und wurde zur Seite gehievt. Er hörte die Kommandos, die der Einsatzleiter brüllte, ohne sie zu verstehen und dann, wie er selber schrie, dass sie verdammtnochmal was tun sollten, um sie da rauszuschaffen. Er stürzte nach vorn, um sie aus dem Wagen zu holen, damit der Arzt sie weiter versorgen konnte und spürte den Bodycheck kaum, mit dem ihn der Zeitungsfotograf zur Seite rempelte. Dann trat ihm jemand das Sprungbein weg und er ging zu Boden. Ein Polizist, der ihm flüchtig bekannt vorkam, riss ihn hoch und brüllte ihn an, dass er gleich noch mehr Prügel kriegen würde. Ehe sie ihn ganz von dem Unfall wegzerrten, sah er noch, wie der Notarzt sich wieder um Betty kümmerte. Zwei Sanitäter karrten eine fahrbare Trage heran.

»Beim nächsten Mal gibt's eine Anzeige wegen Behinderung!« Die zwei Polizisten, die ihn abgeführt hatten, stießen ihn gegen den Kombi. Als sie weggingen, hörte Gonzo noch etwas von »Pressegeier«. Er schnappte nach Luft und umklammerte die Suzie, weil sich seine verkrampften Finger nicht aus dem Griff lösten. Er wollte wieder nach vorn, um ihnen zu sagen, dass er Betty kannte, aber seine Beine knickten ein. Er sackte hin und kauerte sich an den Wagen. Betty wurde jetzt endlich aus dem Wrack gezogen und auf die Trage gelegt. Der Notarzt wirkte hektisch, der Fahrer des Rettungswagens sprach in sein Funkgerät. Die beiden Polizisten eskortierten den Pressefotografen an ihm vorbei zu seiner Maschine.

Gonzo schluckte und würgte, weil ihm etwas im Hals saß. Endlich bekam er seine Hand aus dem Kameragriff. Er legte die Suzie auf den Asphalt und fuhr sich mit der Hand übers Gesicht. Seine Haut war taub. Seine Beine ohne Gefühl.

Mit zitternden Knien drückte er sich am Wagen in die Höhe und stützte sich mit den Händen auf die Motorhaube. Die Bilder vor seinen Augen verschwammen. Er holte Luft und hob den Kopf.

Ein paar Meter weiter zog der Fotograf ein Teleobjektiv auf. Die nächste Bilderserie rasselte durch. Auf der Suche nach einem besseren Winkel kam der Fotograf näher. Als er bei Gonzo war, war der Film alle. Er spulte zurück und kramte einen neuen aus seiner Brusttasche. Gonzo starrte ihn an. Vor seinen Augen flimmerte es. »Schöner Unfall!« Der Fotograf legte den Film ein.

Gonzos Faust traf ihn, noch ehe er die Kamera wieder in Anschlag bringen konnte. Dann erwischte Gonzo ein Schlag ins Kreuz, seine Schläfe rasierte im Fallen die Stoßstange des Polizeiautos und die zuckenden Lichter der Unfallambulanz und der Streifenwagen zogen sich zu einem einzigen Punkt zusammen, der lautlos erlosch.

9

Gonzos Schuhe quietschten auf dem Boden. Zehn Schritte zum Fenster, zehn zurück. An seiner rechten Schläfe klebte ein Pflaster. Das Blut in der Wunde darunter pochte im Rhythmus der Schritte. In der Ecke stierte ein Tamile auf einem gelben Plastikstuhl vor sich hin. Auf seinem Hemd verbreitete sich ein Blutfleck. Die Illustrierten auf dem Ecktisch waren zerfleddert. Unter dem großen Nichtraucherschild verzierten Krater von ausgetretenen Zigaretten den Plastikboden. Hinter der Glastür liefen Schwestern und andere Grünkittel über den Gang und verschwanden im OP-Bereich.

Gonzo blieb am Fenster stehen und presste die Stirn an die Scheibe. Unten an der Rampe lieferte ein Rettungswagen den nächsten Patienten ein. Die Sanitäter rollten die Trage in die Aufnahme, die Notärztin hastete nebenher und machte im Laufen die Übergabe. Hinter Gonzo schniefte der Tamile. Als er sich umdrehte, sah er die Tränen auf seinem Gesicht.

Betty war jetzt schon seit dreieinhalb Stunden im OP. Der Sanitäter, der ihn im Rettungswagen verarztet hatte, hatte ihm im gesagt, in welches Krankenhaus man sie gebracht hatte. In der Notaufnahme hatte die Diensthabende dann erst ein großes Palaver gemacht, weil er kein Angehöriger war und ihn am Ende doch in den Warteraum durchgelassen. Zuerst hatte er noch versucht, von den Ärzten etwas zu erfahren, aber entweder wussten sie nichts oder sie wollten ihm nichts sagen.

»Herr Gonschorek?«

Er drehte sich um. Der Mann in der Tür war Anfang sechzig, sehr gepflegt, mit einer silbergrauen Haarbürste und buschigen Augenbrauen. Sein Gesicht war unter der Sonnenbräune fahl. Er blieb in der Tür stehen. »Sie …«

»Was?«, krächzte Gonzo.

Der Mann schälte sich aus seinem Burberry und warf ihn auf den nächsten Stuhl. Seine Krawatte war dezent gemustert und hing schief. Er blinzelte. »Elisabeth …«

»Betty?«

Endlich kam er zu Gonzo herüber. »Ich bin ihr Vater. Brockmann.« Sein Blick rutschte an Gonzo herunter und wieder hinauf. »Sie hat mir manchmal von Ihnen erzählt.«

Gonzo scharrte mit dem Fuß über den Plastikboden. Seine Socken in den Schuhen waren feucht. Brockmann sagte, dass sie ihn zuhause in Düsseldorf erreicht hätten. Soweit Gonzo wusste, war er irgendein hohes Tier beim Verfassungsschutz. Mehr hatte Betty ihm nie erzählt.

Draußen lief ein junger Kerl im grünen Kittel vorbei und Brockmann stürzte auf den Gang, um ihn anzuhalten. Er redete auf ihn ein, aber der Grünkittel schüttelte immer wieder nur den Kopf. Dann verschwand er im OP-Bereich, Brockmann kam zurück. Sein Gesicht war noch blasser als vorher, die Hände zitterten.

Gonzo wollte ihm von dem Unfall erzählen, aber er brachte es nicht zusammen. »Ich bin nur durch Zufall hier«, sagte er schließlich.

Brockmann sagte nichts. Gonzo versuchte, die Tunnelbilder aus dem Kopf zu bekommen. Wie sich das abgetrennte Dach vom Wagen hob, Bettys Ohrring, ihr verdrehter Kopf und das Blut auf ihrem Gesicht. Brockmann kehrte ihm den Rücken zu. Dann marschierte er die zehn Schritte zur Tür und die zehn Schritte zurück zum Fenster.

Nach einer Stunde kam ein Arzt und redete leise mit Brockmann. Bettys Vater stützte sich an die Wand. »Ich möchte zu ihr.«

Gonzo schob sich hinterher und niemand hatte etwas dagegen, dass er mit ins Sterbezimmer ging. Neben ihm stand er am Fußende des Bettes. Wenn er nicht gewusst hätte, dass die Gestalt unter dem Laken Betty war, hätte er sie nicht wieder erkannt. Die Wangen waren eingefallen, die Lippen nur ein dünner blasser Strich. Gonzo hielt sich mit beiden Händen am Bettgestell fest. Brockmann stand mit versteinertem Gesicht neben ihm, dann schwankte er leicht, zog den Stuhl heran und setzte sich. Der Raum machte einen fast wohnzimmerhaften Eindruck, Holztisch und Polsterstühle, Bilder an den Wänden, keine Krankenhausutensilien. Brockmann ließ die Schultern sinken. »Sie ist immer vorsichtig gefahren.«

Gonzo nickte. »Sie wollte sich selbständig machen,« sagte er, weil ihm nichts anderes einfiel. Er vermied es, dabei Betty anzusehen.

»Ich weiß. Sie hat mir erzählt, dass sie eine Menge gelernt hat bei Ihnen.«

»Ich hätte …« Gonzo wusste nicht, was er hätte tun sollen.

»Sie hatte schon immer ihren eigenen Kopf«, sagte Brockmann. Dann versank er in Schweigen.

Nach fünf Minuten hielt Gonzo es nicht mehr aus und verließ ohne Gruß das Zimmer.

Draußen trieb ihm der Nachtwind den feinen Eisregen ins Gesicht. Gonzo stolperte zum Parkplatz und kletterte in den Kombi. Sein Kopf war leer, und als er endlich den Zündschlüssel drehte, wusste er nicht, wie lange er schon hinterm Steuer gesessen hatte. Mit klammen Fingern legte er den Hebel für das Gebläse um.

Später, im Loft, fror er immer noch, obwohl er die Heizung voll aufdrehte. Er sortierte automatisch die Akkus in die Ladestation, nahm das Band mit den Bildern des Unfalls aus der Suzie und legte es auf den Safe. Dann saß er am Schreibtisch, starrte auf die blinkende Anrufanzeige des Automaten und dachte an gar nichts. Erst im Bett kamen die Gedanken und Bilder zurück. Er fing an zu schwitzen, wälzte sich herum, ging unter die Dusche und drehte die Heizung wieder herunter. Als er trotzdem nicht einschlafen konnte, holte er den Wodka aus dem Kühlschrank.

Am nächsten Morgen schwankte die Welt fast eine halbe Stunde lang, bis er seinen Kreislauf endlich mit genug Kaffee stabilisiert hatte. Die Anrufanzeige hatte fünf Ziffern zugelegt. Punkt elf Uhr fing das Fax an, Seite um Seite von Bindischs Pressemitteilungen auszuspucken.

Gonzo durchsuchte seinen Küchenschrank und fand nur eine Packung Pumpernickel. Während er an den schwarzen Scheiben herumnagte, hörte er die Anrufe ab. Sie wollten ihn immer noch in Talkshows haben und sein Leben verfilmen. Zuletzt Brockmanns Stimme. »Ich würde mich gern mit Ihnen unterhalten, Herr Gonschorek.« Er sagte nicht, wann und wo, also nahm Gonzo an, dass er sich wieder melden würde.

Das Telefon klingelte. Herbert wollte wissen, warum er keine Bilder von Glatteisunfällen bekommen hatte. »Ich weiß genau, dass du bei dem Crash im Innenstadttunnel warst«, knurrte er. »Also will ich auch die Bilder haben, ist das klar?«

Gonzo erklärte ihm, wo er sich seine Bilder hinstecken konnte, und ehe Herbert explodierte, sagte er ihm auch noch, was passiert war.

»Scheiße«, murmelte Herbert. Und nach einer Weile: »Sie hat was auf dem Kasten gehabt, die Kleine.«

Gonzo grunzte etwas Unverständliches.

»Sie war gerade an so einer Unfallgeschichte dran, als diese Geiselnahme dazwischengekommen ist«, sagte Herbert. »Ich hab ihr Band noch hier. Der Taxifahrer hat es zusammen mit deinen Bilder gebracht.«

In Gonzos Erinnerung schob sich der schwarze Van hinter Bettys Wagen durch die Absperrungen bei der Geiselnahme. »Frag bei den Bullen mal nach, ob es bei Bettys Unfall irgendetwas Auffälliges gegeben hat.«

»Wieso?«

»Frag einfach, okay?«

Herbert versprach, dass er sich darum kümmern würde.

Gonzo löschte die Nachrichten auf dem Automaten und starrte auf die Videokassette mit den Tunnelbildern, die auf dem Tresor lag. Er zerbröselte die letzte Schnitte Schwarzbrot und mümmelte die Brocken hinunter. Dann stopfte er das Band in einen der Recorder, ohne den Bildschirm anzustellen, und überspielte die Aufnahme mit dem Fernsehprogramm. Er kontrollierte kurz, dass auch wirklich nichts mehr von Betty und ihrem zertrümmerten Wagen zu sehen war, bevor er sich aufraffte, um seine Sachen zu packen.

Zehn Minuten später war Gonzo unterwegs in Richtung Stadtmitte. Die Schneekugel hatte den ersten richtigen Nachtfrost nicht überstanden. Aus einem Riss in der Kunststoffhülle perlten Tropfen. Das Wasser reichte den Rentieren nur noch bis zu den Geweihen und gluckste leise in den Kurven. Die Straßen waren gestreut, und ihm kam es vor, als würden die Leute deswegen noch schneller rasen als sonst. Hinter den schiefergrauen Wolken konnte man die Sonne eher ahnen als erkennen. Erst als er am Bahnhof vorbeifuhr, riss die Wolkendecke auf und gleißendes Licht blendete ihn. Die nasse Fahrbahn glänzte wie poliertes Metall. Er klappte beide Sichtblenden herunter.

Der Parkplatz am Polizeipräsidium war übervoll, so dass er den Kombi in einer Seitenstraße abstellen musste. Auf dem Weg zur Pforte spürte er im rechten Bein weniger Gefühl als im linken. Er bewegte die Zehen beim Gehen und wartete auf irgendeinen Schmerz. Nichts passierte. Erst als er dem Wachhabenden im Eingang sagte, dass er zu Hassenkamp wollte, zog ein Kribbeln durch seine Waden.

Mit dem Passierschein in der Hand steuerte er die Treppe zum Kellergeschoss an. Hassenkamps Videostudio lag am Ende des Ganges. Der Hauptkommissar schnitt gerade seine Bänder von Boysens Geiselnahme zusammen. Auf dem Großbildfernseher in der Ecke stapelten sich Kassetten mit Gojko Mitic-Western.

»Ich brauche noch DIE SÖHNE DER GROSSEN BÄRIN«, sagte Hassenkamp, als Gonzo die Bänder durchsah. »Altes DEFA-Zeug. Kann man ja nicht ran, hier im Westen.«

Gonzo packte die Bänder zurück, ließ sich auf den nächsten Drehstuhl sacken und rieb sich übers Gesicht. Er hatte vergessen, sich zu rasieren.

»Ich hab's schon gehört«, sagte Hassenkamp.

»Da läuft irgendeine Scheiß-Nummer«, sagte Gonzo. »Und ich steck mittendrin.«

Hassenkamp studierte die Bilder auf seinem Monitor. SEK-Beamte, die sich zum Einsatz bereit machten; die Pressemeute hinter der Absperrung und mittendrin Jacqueline und Betty. Die beiden steckten die Köpfe zusammen und tuschelten. Gonzo rollte auf seinem Stuhl zum Regiepult und hielt das Bild an.

»Finger weg«, meinte Hassenkamp.

Gonzo fuhr das Band ein paar Sekunden zurück, bis er im Hintergrund einen Typ mit Hakennase ausmachte, der an dem schwarzen Van lehnte. Gonzo ließ das Bild einfrieren. Seine Beine begannen zu jucken. Dann kramte er Bettys Zettel mit der Nummer des Van aus der Tasche, wegen der er hergekommen war. Er schob sie Hassenkamp hin. »Bindisch sagt, dass es die Nummer nicht gibt.«

Hassenkamp strich den Zettel glatt und legte die Stirn in Falten. »Du denkst, du kannst hier einfach reinplatzen und mir irgendwelche Drecksarbeit zuteilen?«

Gonzo tippte auf das Bild des schwarzen Van auf dem Monitor. »Das ist der Wagen.« Mit ein wenig Phantasie konnte man sogar die Nummer erkennen. »Also sag mir bitte, warum Bindisch deswegen den Arsch zukneift.«

Hassenkamp fuhr das Band wieder weiter bis Betty und Jacqueline auftauchten. »Hat es mit ihrem Unfall zu tun?«

Gonzo zuckte mit den Achseln und erzählte von der Verfolgungsjagd, die er sich mit dem Van geliefert hatte. »Wenn ich mir schon das Gehirn wegblasen lasse, dann will ich wenigstens wissen von wem!«

Er wartete darauf, dass Hassenkamp sich noch weiter zieren würde, damit er ihn an den Deal erinnern konnte, den sie hatten, aber der Hauptkommissar schaltete schon seinen Computer neben dem Regiepult ein und meldete sich beim internen Informationssystem an. Gonzo schob ihm den Zettel auf die Tastatur. Hassenkamp fragte das Kennzeichen beim Straßenverkehrsamt ab.

DATEN NICHT VERFÜGBAR.

»Den Wagen gibt's nicht«, vermutete er.

»Falsches Kennzeichen?« Gonzo unterdrückte den Kratzzwang. Hassenkamp suchte sich eine andere Datenbank und gab die Nummer ein.

DATENSATZ GESPERRT.

»Aha«, sagte Hassenkamp.

Gonzos Handy zirpte los. Er zerrte das Gerät aus der Tasche. »Jetzt nicht.«

»Einsatz für dich«, bellte Herbert. »Kam eben über Polizeifunk. Sie haben Boysen geschnappt.«

Gonzo umklammerte das Handy, während er zugleich auf Hassenkamps Computermonitor starrte. »Wo?«

»In seinem Haus. Wo bist du?«

Gonzo sagte es ihm. Er hatte nicht mitbekommen, in welchem Datenbestand der Hauptkommissar gerade wühlte, aber unter dem Kennzeichen des Van stand jetzt klar und deutlich:

POLIZEIFAHRZEUG.

Vefügungsberechtigt: Soko Breitscheidt.

KEINE MASSNAHMEN OHNE RÜCKFRAGE.

»Komisch«, sagte Hassenkamp.

»Sieh zu, dass du Bilder von Boysen kriegst, wenn sie ihn reinbringen.« Herberts Ton ließ keinen Widerspruch zu.

Gonzo versprach, dass er sich darum kümmern würde und unterbrach die Verbindung. Hassenkamp hatte sich schon wieder aus der Datenbank ausgeloggt. Auf seinem Monitor schaltete sich der Bildschirmschoner ein. Kleine Polizeiwagen kurvten über die Mattscheibe. Wenn sie zusammenstießen, lösten sie sich in grünweißen Explosionen auf. »Also?«, sagte Gonzo. »Was läuft da für eine Nummer?«

Hassenkamp nagte an seiner Unterlippe. »Keine Ahnung.«

»Hör zu …«

»Ehrlich.«

Gonzo stemmte sich hoch. »Sie haben gerade Boysen geschnappt. Kannst du rauskriegen, wo sie ihn hinbringen?«

Hassenkamp sagte, das sei gegen jede Dienstvorschrift und griff zum Telefon. Während er mit dem zuständigen Schutzbereich telefonierte und dann mit der Fahrbereitschaft, trat Gonzo von einem Bein aufs andere. Endlich legte Hassenkamp auf. »Keine Chance.«

»Wieso?«

»Großaktion, alles abgesperrt, die ganze Steeler Straße bis runter zum Wasserturm, SEK im Einsatz, absolutes Presseverbot.«

Gonzo zog den Kopf zwischen die Schultern. »Das wollen wir doch mal sehen!« Wenn er Glück hatte, konnte er sie vielleicht am Wasserturm erwischen, wenn sie ihn in einem Transporter ins Präsidium oder sonst wohin karrten.

»Sie haben ihn seit gestern Abend beobachtet«, sagte Hassenkamp noch. »Der Einsatzbefehl ist aber erst vorhin von Breitscheidt gekommen. Du hast recht – da läuft irgendeine absolut komische Nummer.«

Gonzo war schon auf dem Weg zur Tür. Er trabte die Treppe hoch und musste oben erst einmal eine Pause einlegen, weil er Seitenstiche bekam. Bis zum Auto brauchte er dann noch einmal fünf Minuten. Diesmal klemmte ein gelber Zettel hinter dem Scheibenwischer am Heck. BÜRGER FÜR DEFREGGER. Gonzo ließ ihn hängen.

Er kurvte durch die Seitenstraßen, raste an der Rückfront von St. Mariä Empfängnis vorbei, drängte sich aus dem Wohnbereich auf die Gemarkenstraße, hätte beim Überqueren der Holsterhauser beinahe eine Straßenbahn gerammt, die auf ihrer Vorfahrt bestand, und nahm die Kahrstraße in Richtung Ostviertel und zum Wasserturm. Defreggers Bürgerinitiative flatterte heftig an der Heckscheibe. In der Parkanlage mit der unterirdischen Bernequelle taute die raureifüberzoge Wiese im Sonnenlicht auf. Ein Hund strolchte über die feuchtdunklen Flecken auf dem Rasen und kläffte hinter Gonzo her.

Am Ziegelbau des Kommunalverbandes hielt er sich rechts, kam noch unter der Eisenbahnbrücke durch und drängelte sich mit Lichthupe und Warnblinker an der Autoschlange vorbei, die sich den Berg hinauf bis zum Wasserturm staute. Er bog in das Gewirr der Nebenstraßen nach links ab, scherte sich weder um Einbahnstraßen noch Betonpoller, rumpelte über den Bürgersteig und erreichte die Abfahrt der A 40. Er sah weiter vorne die ersten Streifenwagen quer an den Ausfahrten stehen, die aus dem Betontrog der A 40 herausführten. Vier Straßenbahnen drängten sich in Fahrtrichtung Steele. Die Leute hingen an den Wagenfenstern, um zu sehen, was draußen passierte.

Oben an der Brücke war dann endgültig Schluss. Streifenwagen blockierten beide Fahrbahnen, hinten machte Gonzo weitere Grünweiße aus, die den Verkehr in Richtung Innenstadt aufhielten. Die Auffahrt Richtung Innenstadt war frei, weil sie mit ihrem Konvoi wahrscheinlich über die Autobahn in Richtung Präsidium wollten.

Gonzo ließ den Kombi über die Bordsteinkante auf den Bürgersteig vor einem Videoshop rumpeln, ehe der Wagen mit dem Kamerateam vom WDR-Lokalstudio, der von hinten heranrauschte ihm den Platz wegnehmen konnte. Eine Reporterin und der Tonmann schossen aus dem Wagen, während der Kameramann zur Ladeklappe schlurfte und seine Mühle auslud. Die Polizisten an der Sperre rannten aufgeregt herum, und die Autofahrer im Stau heizten die Nervosität mit ihren Hupen noch weiter auf. In der ersten Straßenbahn pochten die Leute schon an die Türen. An der Sperre auf dem Bürgersteig spekulierte eine Horde Gaffer über das Was und Warum des Polizeiauftriebes.

Die WDR-Reporterin war eine herbe Brünette in Trenchcoat und Lederstiefeln. Sie kam zu Gonzo herüber, als er die Suzie auslud, die Akkus checkte und eine frische Kassette einlegte. Auf der anderen Straßenseite schlich ein verdreckter BMW aus der Parallelstraße zur Autobahn heran und setzte sich vor dem Matratzengeschäft an der Ecke mit zwei Rädern auf den Bürgersteig. Die Warnblinkanlage begann zu flackern. Die Absperrung schien also immer noch nicht lückenlos zu sein, jedenfalls brüllte irgendein Oberbulle herum und ein Trupp Uniformierter trabte mit Flatterband und Hütchen los, um auch noch die Bürgersteige abzusperren.

»Gonschorek, ja?«, fragte die WDR-Frau nach einem Blick auf die Aufkleber an Gonzo Kombi.

»Und wenn?« Gonzo wuchtete die Suzie auf die Schulter. Sie streckte ihm eine Hand entgegen. Der Wind fuhr unter ihren Trenchcoat und ließ ihn flattern. »Risse.«

Gonzo setzte die Suzie ab. Karin Risse war nicht irgendwer. Sie hatte vor drei Monaten die Leitung des Essener Studios übernommen, nachdem ihr Vorgänger das Lokalfenster mit seinen betulichen Filmen über den Niedergang des Steinkohlebergbaus in unterirdische Tiefen gefahren hatte. »Schon mal darüber nachgedacht, für uns zu arbeiten?«

Ihr Kameramann postierte sich mit seiner Mühle neben dem Eingang des Videoshops. Der Ton-Assi stöpselte seine Geräte an und schwenkte probehalber die Mikroangel durch die Gegend.

Gonzo drückte der Risse seine Visitenkarte in die Hand und sagte ihr, dass sie ihn anrufen sollte. Dann schnappte er sich die Suzie und arbeitete sich weiter vor zur Sperre. Er sah ein paar Bullen, die er nicht kannte, aber dann machte er weiter hinten doch Endrulat aus, der in einem Streifenwagen hockte und ins Funkmikro sprach.

»Keine Presse!« Ein Hauptmeister mit offener Pistolentasche wollte ihn wegschieben. Gonzo ging ein paar Schritte zurück. Der Hauptmeister blieb stehen. Hinten kletterte Endrulat aus dem Wagen und entdeckte Gonzo. Er kam herüber und sagte seinem Kollegen, dass er sich um Gonzo kümmern würde.

»Das hier ist ernst!« Er schob Gonzo an der Schulter noch ein paar Meter zurück. »Also keine Extratouren, klar?«

Gonzo ließ sich schieben, bis Endrulat fand, dass er Gonzo weit genug zurückgedrängt hatte. Er gähnte. »Ich hab mir die verdammte Nacht wegen diesem Arsch von Boysen um die Ohren geschlagen!«

»Habt ihr einen Tipp gekriegt?«

Endrulat sah sich um. »Keine Ahnung. Alles Order von Breitscheidt. Taucht gestern Abend persönlich bei uns auf der Wache auf und ordnet Sicherungsobservation für den ganzen Bereich hier an. Verstehst du, persönlich.« Er kam einen Schritt näher. »Wir haben ihm gesagt, wenn er weiß, dass Boysen in seinem Haus ist, dann soll er ihn sich holen, wenn der Bursche pennt. Aber nein, es muss die große Action am helllichten Tag sein. Angeblich, weil er erst das SEK anfordern und einweisen muss! Und statt dann endlich abzuhauen, macht er sich's an Hoffmeisters Schreibtisch bequem und kommandiert uns die ganze Nacht rum.«

Endrulats Funkgerät meldete sich und er trabte zurück zu seiner Truppe. Gonzo schwenkte die Brücke mit dem Polizeiaufgebot ab und fand, dass das noch nicht genug hermachte. Er stiefelte zum Videoshop zurück und kletterte auf den Betonkasten mit den Müllcontainern an der Hauswand. Oben presste er sich an die Mauer und schwenkte die Brücke noch einmal ab. Jetzt sah die Sache schon wesentlich besser aus, weil er mehr Polizisten ins Bild bekam. Aus den Kanaldeckeln wehten dünne Dampfschleier in die kalte Mittagsluft.

Trotzdem schien irgendetwas nicht zu stimmen. Gonzo schwenkte zu dem BMW vor dem Matratzengeschäft. Wenn die beiden dunkelhaarigen Typen, die er selbst mit aufgedrehtem Zoom nur schemenhaft in ihrem Wagen erkennen konnte, zu Breitscheidts Truppe gehörten, dann war ihm nicht klar, was sie hier trieben.

»Achtung!« Karin Risse hatte ihr Handy am Ohr und sprach wohl mit einem Informanten vor Ort. Sie winkte ihrem Kameramann zu. »Sie kommen!«

Eine halbe Minute später zuckelten die ersten Vectras mit den aufklebten Blaulichtern die Straße herunter. Zwei Wagen Begleitschutz voraus, dann der grünweiße Gefangenentransporter und dahinter Streifenwagen und die Limousinen des SEK. Gonzo hielt die Kolonne im Bild. Der WDR-Kameramann fluchte, weil er von seinem Platz aus nur die Polizisten an der Absperrung vor die Linse bekam.

Die Schüsse fielen, als die Kolonne schon halb über die Brücke war und der Führungswagen nach links zur Autobahnauffahrt abbog. Im ersten Moment registrierte Gonzo den Knall, der von der Galerie des ehemaligen Wasserturms herüberwehte nur ganz nebenbei. Dann krachte der zweite Schuss und verwandelte die Heckscheibe des Vectras vor dem Transporter in ein Spinnennetz. Der Wagen schlingerte, der Fahrer des Transporters reagierte zu spät und rammte seinen Vordermann. Die Kolonne stockte. Die Türen der beiden SEK-Limousinen sprangen auf, Gestalten in schwarzen Overalls hechteten etwas planlos heraus. Unter Gonzo ging ein Aufstöhnen durch die Gaffer, die sich nicht entscheiden konnten, ob das Ganze eine Action-Szene für den nächsten »Tatort« oder eine richtige Ballerei war.

»Bringen Sie sich sofort in Sicherheit«, plärrte Breitscheidts Stimme aus dem Lautsprecher seines Wagens. »Sie gefährden Ihr Leben!« Eine Frau schrie gellend, ein Baby brüllte und Karin Risse keifte ihren Kameramann an, dass er gefälligst draufhalten sollte.

Gonzo ignorierte das Zittern in seinen Knien und zog den Zoom zurück, damit er die ganze Szene im Bild hatte. Auf der Brücke feuerten die SEK-Männer aus der Deckung ihrer Wagen auf den Wasserturm. Das Feuer vom Wasserturm ging weiter. Die Kugeln fuhren in die Hecks der SEK-Limousinen. Die SEKler tauchten hinter ihren Fahrzeugen ab. Nach einem bösartigen Sirren neben seinem Kopf schien die Mauer hinter Gonzo zu explodieren. Putz flog ihm um die Ohren, etwas schrammte ihm über den Hinterkopf und ein stechender Schmerz schoss ihm durch die Ohrmuschel.

»Runter!«, brüllte Karin Risse. Gonzo brauchte mehr als eine Schrecksekunde, bis er realisierte, dass sie ihn meinte. Warum er trotzdem stehenblieb, konnte er nicht sagen. Vielleicht war es nur das Gefühl, dass er Herbert nie wieder unter die Augen kommen durfte, wenn er die Sache jetzt vermasselte.

Der Schütze auf dem Wasserturm nagelte die SEKler mit einer weiteren Salve hinter ihren Wagen fest. Vorn hechteten Uniformierte mit gezogenen Waffen aus den Wagen, aber ihr Feuer kam unkoordiniert und machte dem Typen auf dem Wasserturm nichts aus. Gonzo presste das Okular so fest ans Auge, dass es schmerzte. Sein Atem ging keuchend und seine Beinmuskeln flatterten. Er lehnte sich an die Wand, obwohl die Risse sich unten die Lunge aus dem Leib brüllte, dass er mit dem Selbstmörder-Scheiß aufhören sollte.

Für ein paar Sekunden war es still. Dann schob sich das Rauschen des Verkehrs aus dem Betonkanal über die Szene. Links von Gonzo heulte ein Wagenmotor auf, und im gleichen Moment, in dem der BMW die Hütchen der Polizeiabsperrung niedermangelte, peitschten auch schon wieder Schüsse vom Wasserturm herunter. Der BMW raste auf den Gefangenentransporter zu, dessen Fahrer auf einmal zu begreifen schien, dass es um seinen Wagen ging. Er ließ den Motor aufheulen und versuchte, den Vectra vor sich zur Seite zu schieben. Klirrend zerplatzte das Blaulicht auf seinem Wagendach unter einer Kugel vom Wasserturm. Gonzo riss die Suzie viel zu schnell nach links, um den BMW wieder ins Bild zu bekommen. Der Wagen raste um Haaresbreite an dem Polizeitransporter vorbei, Bremsen quietschten und der Wagen kam schlingernd zum Stehen. Der Fahrer schob eine Pumpgun aus dem Seitenfenster und feuerte auf die SEK-Limousinen, während der Beifahrer aus dem BMW sprang und hinter dem Transporter aus Gonzos Blickfeld verschwand. Dann explodierte auch schon die Bombe.

Gonzo hörte den dumpfen Knall und zog das Bild auf, weil er nach Rauch oder Qualm suchte. Die blaugraue Wolke am Transporter verwirbelte bereits wieder, als er erkannte, dass die Hintertüren des Wagens aufgesprungen waren. Der Beifahrer aus dem BMW war ein drahtiger Kerl in einem schwarzen Kapuzenshirt. Außerdem hatte er sich noch eine Sturmhaube über den Kopf gezogen. Er fuchtelte mit seiner Pumpgun herum und brüllte etwas, was Gonzo nicht verstand, weil der Schütze auf dem Wasserturm gerade wieder loslegte, um die Polizisten aus dem Wagen vor dem Transporter in Schach zu halten.

Gonzo blinzelte sich den Schweiß aus den Augen. Eine Gestalt taumelte aus dem Transporter. Boysen. Er lief genau in den Schuss aus der Pumpgun, brach zusammen und blieb reglos liegen. Der Fahrer des BMW hatte inzwischen mehrere Male nachgeladen und feuerte weiter auf die SEK-Limousinen. Gleichzeitig radierten die Räder des Wagens über den Asphalt. Der Beifahrer schaffte es gerade noch rechtzeitig, in die Karre zu hechten, ehe der BMW auf der Fahrspur stadtauswärts auf die Absperrung zuraste. Die Leute, die hinter dem Flatterband auf dem Boden lagen, kamen panisch hoch und spritzten zur Seite, als der Wagen an ihnen vorbeibretterte.

Auf dem Wasserturm rührte sich nichts mehr. Trotzdem dauerte es ein paar Sekunden, bis der erste Uniformierte seine Deckung verließ und zu Boysen rannte. Das rote Blinken im Okular sagte Gonzo, dass seine Akkus gleich den Geist aufgeben würden. Er tastete nach der Reserve in der Rangerjacke. Aus der City näherten sich Sirenen. Gonzo schätzte, dass das halbe Polizeipräsidium anrollte. Über der Autobahn knatterte aus Richtung Bochum ein grünweißer Hubschrauber herunter, torkelte kurz über der Szene und drehte dann nach Steele ab, um den BMW zu suchen.

Unten schossen die ersten Wagen der Staatsmacht auf die Brücke und mussten vor den ineinander verkeilten Fahrzeugen des Konvois stoppen. Rettungswagen heulten heran, während Uniformierte sich mit gezogenen Waffen zum Wasserturm vorarbeiteten. Gonzo registrierte das nervöse Blinken der Lampe und riskierte eine halbe Minute Bildausfall, um die Akkus zu tauschen. Er hatte die Suzie gerade wieder angesetzt, als Breitscheidt aus dem zerbeulten Führungswagen kletterte. Gonzo bekam den Kriminaldirektor mit dem Zoom ziemlich gut ins Bild. Mit hinter dem Rücken verschränkten Armen und trotzig hochgerecktem Kinn inspizierte der sein Waterloo. Sein Fahrer reichte ihm das Funkmikro aus dem Wagenfenster. Breitscheidt bellte ein paar Befehle hinein. Dann machte er Gonzo auf dem Müllcontainer aus. Er winkte heftig nach einem Uniformierten und gab Anweisungen, während er auf Gonzo deutete. Gonzo machte sich an den Abstieg. Karin Risse nahm ihm die Suzie ab, damit er besser von dem Container rutschten konnte. »Du bist wahnsinnig«, keuchte sie.

Über die Hausdächer des Ostviertels knatterte ein weiterer Hubschrauber und bezog nach einer Kehre über dem Wasserturm Position. Am Turm stürmten die ersten Uniformierten durch die Tür zwischen dem Stempelgeschäft und Il Nanos Beerdigungsinstitut.

»Die Firma dankt!« Gonzo nahm die Suzie wieder an sich.

»Was willst du für die Bilder?« Die Risse nickte zu ihrem Kameramann hinüber. »Das einzige, woran der denkt, ist doch nur sein Feierabend. Wir brauchen frisches Blut.«

Gonzo rieb sich übers Ohr und starrte auf die roten Schlieren an seiner Hand. Dann streckte er sie ihr hin: »Bedien dich.«

Uniformierte drängten sich durch die Menge, die mittlerweile lauthals kommentierte, was der Regisseur alles hätte besser machen müssen. Gonzo sichtete Endrulat und Hoffmeister zwischen den Fahrzeugen. Er zerrte eine seiner Reservekassetten aus der Rangerjacke und drückte sie der Studiochefin in die Hand. »Kleine Arbeitsprobe von mir!«

Er war kaum drei Meter von ihr weg, als Hoffmeister und Endrulat ihn einkeilten. »Endstation.«

»Für die Pressefreiheit?«, krächzte Gonzo.

»Breitscheidt macht sein Recht am eigenen Bild geltend«, sagte Hoffmeister. »Außerdem hast du SEK-Männer ohne Masken gefilmt. Das gefährdet die Sicherheit der Kollegen.«

»Regelt das mit ihr!« Gonzo nickte zu der Risse, die gerade Gonzos Kassette in ihrem Trenchcoat verstaute. »Sie hat das Band.«

Hoffmeister zog die Stirn kraus, während Endrulat sich schon auf den Weg zu der Reporterin machte. Gleich darauf fingen die beiden an zu brüllen. Karin Risse verbat sich etwas, und Endrulat meinte, sie könne ihn mal.

Hoffmeister musterte Gonzos Suzie. »Du willst mir doch nicht weißmachen, dass da kein Band mehr drin ist.«

Gonzo verzog keine Miene. »Doch.«

»Du denkst wohl, wir Bullen sind alle blöd?«

»Wer sagt denn sowas?«

Endrulat wollte die Band aus Risses Trenchcoat zerren. Sie stieß Endrulat zurück. Zwei Meter weiter setzte ihr Kameramann seine Mühle an, um wenigstens den Übergriff aufs Band zu kriegen.

»Mach, dass du weg kommst«, sagte Hoffmeister leise. »Und wenn Breitscheidt wegen der Nummer hier endlich einen Tritt in den Arsch kriegt, gebe ich einen aus!«

10

Weil der Innenstadtverkehr wegen der herumrasenden Rettungswagen und Polizeistreifen kurz vor dem Kollaps stand, brauchte er eine geschlagene halbe Stunde bis zum Bahnhof. Im Lokalradio hechelte ein nervöser Moderator Staumeldungen herunter, die länger waren als die Werbeblöcke dazwischen. Im Polizeifunk sorgte die Ringfahndung nach den Schießfreunden vom Wasserturm für Hektik. Gonzo ruckelte in seiner Schlange im Schneckentempo bis an die Polizeisperre vor der Volkshochschule. Die Fahrbahnen waren mit quergestellten Streifenwagen auf eine verengt, Posten mit Maschinenpistolen sicherten die Kontrollen. Im Schaukasten an der Bushaltestelle warb ein Plakat für ein Super-Acht-Festival im VHS-Filmsaal. Gonzo vermutete zunächst, dass die Werbung den letzten Krieg überstanden hatte, aber das Veranstaltungsdatum kündigte das Schmalspurereignis für das nächste Wochenende an. Als er an der Reihe war, musterte der eine Beamte ihn misstrauisch durchs Fenster, während der andere seine Papiere kontrollierte. Gonzo verdrängte ein Deja-vu an die Zeit, als man Schleyer gesucht hatte und verpasste fast das Handzeichen, dass er weiterfahren durfte.

Als der Bahnhof hinter ihm lag und er am Postscheckamt nach rechts zur Bahndirektion abbog, meldete eine Streife im Polizeifunk, dass man den BMW am Kaiser-Otto-Platz gefunden hatte. Leer. Wie und wohin die Gangster weitergeflohen waren, war noch unklar.

Auf dem Innenhof des Zeitungshauses herrschte schon Feierabendstimmung. Die Wagen drängten sich von den Mitarbeiterparkplätzen durch die Ausfahrt, und der Pförtner hatte genug damit zu tun, ihre Ausweise zu kontrollieren, dass er sich kaum um Gonzo kümmerte. Er erwischte einen Stellplatz direkt neben dem Eingang zu Herberts Redaktionsbunker, holte die Kassette aus der Suzie und machte sich auf den Weg nach unten.

In der Redaktion plärrte der Polizeifunk aus einem Lautsprecher. Herbert versuchte gerade, Bindisch für eine Stellungnahme ans Telefon zu bekommen. Der Ablaufplan für das Abendmagazin auf dem Flipchart neben der Tür war rot durchgestrichen. Gonzo drängelte sich an Herbert vorbei zu einem Schnittplatz und legte sein Band ein. »Alle mal hersehen!«

Herberts Kopf ruckte herum. Gonzo drückte die Starttaste.

»Faszinierend!«, murmelte Herbert, als er sah, wie die ersten Schüsse fielen. »Einfach sensationell!« Er stand hinter Gonzos Drehstuhl, und als auf dem Monitor die Männer aus dem BMW zu ihrer Exekution schritten, drehte er Gonzo mit Schwung auf dem Stuhl herum und drückte ihm einen Kuss auf die Stirn. »Du bist der Größte!«

Inzwischen drängelten sich auch alle seine Jungredakteure und Volontäre um ihn. Gonzo sah auf dem Monitor wie der Typ im Kapuzenshirt Boysen niedermähte und kämpfte für einen Moment gegen das Flimmern vor seinen Augen. Schlagartig fühlte er sich müde, rieb sich über die Stirn und versuchte aufzustehen, um sich einen Kaffee zu besorgen. Aber seine Beine machten nicht so richtig mit. Herbert entdeckte das Blut, dass Gonzo vom Ohr den Hals hinablief und fragte, ob er einen Arzt holen sollte. Gonzo winkte ab und verlangte nur ein frisches Hemd und heißes Koffein.

Trotzdem brachten sie ihn erst einmal in den Sozialraum und legten ihn auf die Pritsche. Herbert stellte einen Volontär ab, damit er auf Gonzo aufpasste. Der Junge schleppte Kaffee heran, organisierte den Redaktionsverbandskasten und schnürte Gonzo mit Mull ein, bis er aussah wie Pharaos Mumie. Dabei fragte er dauernd, wie Gonzo sich bei der ganzen Aktion gefühlt hatte.

Dementsprechend froh war Gonzo, als Magnus Magnussen hereinschaute und dem Jungen sagte, dass Herbert etwas von ihm wollte. Der Hellseher kontrollierte seine blonde Wikingermähne im Spiegel und setzte sich zu Gonzo. »Saturn im Quadrat! Ich hab dich gewarnt.«

Gonzo schloss die Augen. Magnussen wickelte ihm die Mullbinden von Hals und Kopf und klebte ein Pflaster auf das Ohrläppchen. »Helden tragen keine Verbände!«

»Sonst noch Ratschläge?«, murmelte Gonzo. »Oder irgendwelche Neuigkeiten vom Saturn?«

»Dunkle Mächte beeinflussen dein Leben.« Magnussen malte mit der Rechten einen bedeutungsvollen Kreis in die Luft. »Und dein Weg wird dich mitten ins Zentrum führen.«

Gonzo fröstelte. Er richtete sich auf. Vorne in Herberts Büro ließen sie sein Band noch einmal mit voller Lautstärke durchlaufen. Gonzo fragte sich, warum sie Boysen genau vor Il Nanos Laden liquidiert hatten. »Solltest du nach der Geiselnahme nicht auspendeln, wo Boysen sich verkrochen hat?«

Magnussen wiegte den Kopf. »Die Hinweise der Schicksalsmächte sind nicht immer eindeutig.«

Gonzo zog die Augenbrauen zusammen.

Magnussen zuckte mit den Schultern. »Es sah alles so aus, als hätte Boysen sich irgendwo unten im Norden verkochen hätte. Zeche Helene, Nähe Pferdebahn und NEMESIS-Halle.«

»Aber er war bei sich zuhause!«, sagte Gonzo.

»Wie gesagt, die dunklen Mächte!« Magnussen erzählte etwas von Planetenkonstellationen, magischen Kräften und Erdstrahlen, einer Aura, die jeder Mensch besäße und einem bipolaren Energiepotential. Gonzo hörte kaum zu, und grübelte, woher Breitscheidt gewusst hatte, dass Boysen sich in seinem Keller versteckt hielt.

Endrulat hatte gesagt. dass Breitscheidt das Haus seit gestern Abend observiert hatte. Nur ein paar Stunden, nachdem Gonzo dort gewesen war.

Als Gonzo wieder in die Redaktion zurückkam, prangte auf dem Sendeplan SCHWERPUNKTTHEMA und Herbert sortierte einen Haufen Telefonnotizen und Faxe. »Jeder will deine Bilder!« Er schwenkte seine Zettel. »Die von den Nachrichten, Tagesthemen, heute-journal, das französische Fernsehen, die Belgier, die Holländer und die Italiener. Und …«, er wedelte mit einem Schnipsel, »CNN!«

Applaus brandete auf und Gonzo nickte nur, weil ihm nichts einfiel, was er hätte sagen können.

Herbert räusperte sich. »Aber wir geben sie ihnen natürlich nicht! Nicht, bevor wir sie exklusiv ausgestrahlt haben. Und dann auch nicht vollständig. Erstmal nur 30 Sekunden Zusammenfassung, und die auch nur mit unserem Senderlogo.«

Gonzo fragte sich, ob er nicht besser gefahren wäre, wenn er Karin Risses Angebot angenommen hätte. Herbert drückte ihm einen Scheck in die Hand. »Vorauszahlung. Damit wir im Geschäft sind.«

Gonzo starrte auf die Zahlen, dann sah er in die glänzenden Augen von Herbert und seiner Crew. Wahrscheinlich hätte er viel mehr aus dem Band herausholen können, wenn er es selbst angeboten hätte oder damit zu einer Agentur gegangen wäre. Herbert schob ihn auf einen Drehstuhl. »Ruh dich erst mal aus. Du hast deinen Job gemacht. Jetzt sind wir dran.«

Gonzo sah zu, wie sie aus seinem Band einen 10-Sekünder für den Nachrichtentrailer schnitten, einen 15-Sekünder für den Weiterverkauf, einen 30-Sekünder für die Hauptabendnachrichten, einen 10-Sekünder für die Vorabberichterstattung im Boulevardmagazin und zwei Minuten dreißig für Herberts Magazin.

Bindisch war nicht ans Telefon zu kriegen, bis jemand seine Handynummer ausfindig machte. Herbert hörte eine halbe Minute zu, was der Polizeipressesprecher zu erzählen hatte, knurrte dann etwas Jugendgefährdendes und unterbrach die Leitung. »Boysen lebensgefährlich verletzt, ein SEK-Mann tot, ansonsten Pressekonferenz morgen früh!«

Von den Rettungsdiensten hatte jemand herausbekommen, dass es außer dem toten SEK-Mann noch zwei Schwer- und einen Leichtverletzten bei der Polizei gegeben hatte. Außerdem war der Leichenwagen der Gerichtsmedizin ausgerückt, aber niemand wusste genau, warum. Herbert ließ sich die Bilder noch einmal vorspielen und hantierte mit Ausschnittvergrößerungen und anderem Spielzeug herum, um die Gesichter der Gangster deutlicher erkennbar zu machen. Aber mehr als verwaschene Konturen konnte er nicht herausholen. »Irgendeine Idee, woher die kommen?«, fragte er Gonzo.

Der zuckte mit den Schultern.

»Und wieso nieten die einen durchgeknallten Ex-Bullen um?« Er wirbelte auf seinem Stuhl zu Gonzo herum. »Auf dem Camcorderband gestern hat Boysen ja wohl bloß Scheiße erzählt.«

Gonzo nickte und fragte sich, ob Boysen wirklich noch etwas gewusst hatte, was er hätte sagen können. Herbert deutete auf den Monitor. »Da muss doch was gewesen sein. So ein Feuerwerk macht doch keiner umsonst.«

Gonzo stemmte sich hoch und sagte, dass er nach Hause wollte. Er war schon an der Tür, als Herbert mit einer Hi-8-Kassette hinter ihm her fuchtelte. Er schob Gonzo in den Flur und drückte ihm das Band in die Hand. »Kannst du das mitnehmen? Das ist die Unfallgeschichte von deiner Praktikantin. Ich hab's nicht bringen können, weil ja die Geiselnahme dazwischen gekommen ist.«

Gonzo starrte auf das Band.

»Ihr Vater hat hier angerufen und wollte vorbeikommen, als ich ihm erzählt habe, dass sie an dem Nachmittag für mich unterwegs war«, sagte Herbert. »Er will das Band. Kannst du das übernehmen? Ich will den Typ nicht hier haben.«

Gonzo ballte die Fäuste und überlegte, ob er Herbert eine seine Jacketkronen ausschlagen sollte. Aber dann steckte er die Kassette ein und ging.

Im Innenhof strahlten die Scheinwerfer von den Dachkanten bis in den letzten Winkel. Der Wind fegte kalt und schneidend über den Parkplatz, aber die Luft schmeckte nicht mehr nach Schnee wie gestern. Ein Jugendlicher mit Umhängetasche verteilte Zettel an die Wagen. Gonzo winkte ab und bekam trotzdem das Angebot eines Last-Minute-Reisebüros in die Hand gedrückt: SONNE TANKEN.

Er rollte durch die Zufahrt, wartete, bis der Portier in seinem Glaskasten sich von seinem Tierfilm im Fernsehen trennen konnte und die Schranke hoch ließ und zuckelte auf den abenddunklen Straßen in Richtung Altenessen. Am Bürohaus vor dem Bahnhof formten die erleuchteten Fenster etwas, was entfernt an einen Weihnachtsbaum erinnerte. Hinter der Unterführung strahlten über dem Zugang zur Fußgängerzone die Glühbirnentraversen mit dem Motto der Lichtwochen, die Defregger vor einem Monat mit viel Brimborium eröffnet hatte: LICHTER DER GROSSSTADT – STADT DER ENERGIE. In den Häusern weiter stadtauswärts blinkten bunte Weihnachtskreise hinter den Fenstern.

Kurz vor seinem Loft prangte über einem Imbiss eine Lichterkette, die zum Stern von Bethlehem drapiert war. Gonzo erwischte einen freien Parkplatz und schob sich an zwei Kerlen in Trapperkleidung vorbei, die gerade aus dem Laden kamen. Drinnen roch es nach heißem Frittierfett, arabischen Gewürzen und abgestandenem Bier. Eine Clique Jugendlicher in wattierten Markenjacken und Moonboots versorgte sich am Stehtisch mit den nötigen Kohlenhydraten für die Disconacht. Aus den Lautsprechern des Gettolasters auf der Kühltheke sang Chris Rea Joys of christmas, dazu lief im Fernseher auf dem Brett unter der Decke ein Truckrennen aus Amerika.

»Halbenhahn«, sagte Gonzo zu dem Araber mit dem strassbestickten Käppi an den Fritteusen. »Mit Pommesmayozigeunersaucescharfhieressen.«

Bis er sein Hähnchen und den Rest erhielt, sah er sich an, wie drei Trucks einen vierten zu Schrott fuhren. Danach kam Werbung.

Der Araber schob ihm seinen Teller über die Theke und kassierte. Dann drehte er die Kassette in dem Ghettoblaster um und ließ Madonna Like a Virgin singen. Das Truckrennen im Fernsehen ging in die zweite Runde. Gonzo pflückte Fleisch und krosse Hautfetzen von den Hühnerknochen, bestellte noch Cola und machte sich dann über die Pommes frites her. Sein Magen zog sich zusammen. Er musste aufstoßen. Die Kids an ihrem Tisch kicherten. Der irische Briefträger, der singen konnte wie der King legte los. Die Wunde an Gonzos Ohr juckte unter dem Pflaster.

Als er aus dem Imbiss kam, erwischte ihn die Kälte. Sein feuchtes Hemd legte sich eiskalt auf die Haut und er kam nicht aus dem Zittern heraus, obwohl er die Heizung im Wagen bis zum Anschlag aufdrehte. In seinem Magen rumorte es. Er rutschte auf seinem Sitz hin und her und versuchte, die Blähungen zu unterdrücken. Bis zu seinem Loft waren es keine drei Minuten mehr, aber trotz zusammengekniffener Backen ließ ihm sein Darm keine Chance. Gonzo hielt nach einer Lücke im ruhenden Verkehr Ausschau. Schweißperlen traten auf seine Stirn. Er bog in die nächste Seitenstraße, setzte sich nach knapp zehn Metern in die zweite Reihe, drückte die Warnblinkanlage und sprang aus dem Wagen.

Im Laufen öffnete er die Hose und schaffte es gerade noch, hinter einem Stromkasten in Deckung zu gehen, als die Ladung losging. Gonzo hielt sich mit einer Hand am Kasten fest und zerrte mit der anderen seine Hose nach vorne. Nach etlichen heftigen Krampfattacken, kramte er aufatmend in seiner Jacke nach Papiertaschentüchern. Er machte sich sauber und kam mit steifen Knien aus der Hocke. Bevor er seine Kleidung ordnen konnte, entdeckte ihn eine Oma mit ihrem Terrier. Sie starrte auf seine halb hochgezogene Hose und entschied sich dann, ihn trotz der Minustemperaturen für einen Sittenstrolch zu halten. Ihr Köter zerrte schon an der Leine, um die Bescherung hinter dem Stromkasten näher zu begutachten. Gonzo machte dass er zu seinem Wagen kam, ehe die Alte ihr Raubtier von der Leine ließ.

Als er gleich darauf den Kombi durch die Einfahrt in den Hof lenkte, atmete er erleichtert auf. Das Wasser im Schüttelglas reichte Santa Claus inzwischen nur noch bis zur Hüfte. Gonzo machte die Tür auf und musterte im Schein der Innenbeleuchtung den Schlitz im Wagenhimmel. Schaumgummi quoll aus dem Plastiküberzug. Er fragte sich wieder, wie Breitscheidt Boysen in seinem Versteck ausfindig gemacht hatte. Dann fischte er einen Werbekugelschreiber der städtischen Marketinggesellschaft aus der Ablage und bog den Plastiküberzug auseinander. Mehr Schaumgummi quoll ihm entgegen, und plötzlich sah er den schwarzen Knopf, der hinten in dem Schlitz steckte. Er prockelte weiter, bis ihm das Teil in die Hand fiel. Ein Drahtstummel ragte als Antenne aus dem miniaturisierten Sendeteil heraus. Das Mikrofon steckte offenbar hinter dem spinnwebhaften Gitter an der Seite. Gonzo erinnerte sich an den kostenlosen Service, den ihm Breitscheidt in der Polizeiwerkstatt verschafft hatte und vergaß für einen Moment die Kälte, die durch die offene Tür in den Wagen zog.

Aus der Wohnung von Toby und Mecki im Vorderhaus wehte Zarah Leander mit Yes Sir herunter, was bedeutete, dass die beiden dort oben gerade aktiv ihren Hormonhaushalt regulierten. Gonzo legte die Wanze auf die Fingerkuppe. »Hallo Houston?«, sagte er probehalber. Und dann: »Ihr habt ein Problem!«

Er deponierte das Ding auf dem Asphalt und zermalmte es unter seinem Absatz. Er wartete eine Weile, ohne genau sagen zu können, auf was. Als nichts passierte, holte er die Suzie von der Ladefläche und schleppte sie zusammen mit Akkus, Kabeln und Leerkassetten hinauf.

Im Loft war es kühl, weil er vergessen hatte, die Thermostate richtig einzustellen. Während er darauf wartete, dass die Heizkörper knackend zum Leben erwachten, überflog er die drei Meter Fax, die während des Tages aus der Maschine gequollen waren. Bis auf eine Talkshowredaktion hatten ihn alle anderen vergessen. Bindischs Routine-Pressemitteilungen luden ihn zu einer SEK-Übung und zur Pressekonferenz am nächsten Morgen ein. Gonzo machte das Licht bis auf die drei Punktstrahler für den Bistrotisch am Fenster und seinen Arbeitsplatz aus und holte sich eine Dose Bier aus dem Kühlschrank. Er schaute über den Hof und sah sich eine Weile das nicht jugendfreie Schattenspiel hinter den Gardinen von Meckis Wohnung an. Schließlich griff er sich Bettys Hi-8-Kassette. Für einen Moment glaubte er, ihr Parfüm zu riechen. Jasmin oder Maiglöckchen, er war sich nicht ganz sicher.

Er schob das Band in den Player und zögerte dann doch einen Moment, ehe er den Start-Knopf drückte und den Monitor einschaltete. Ein viel zu hektischer Schwenk über einen Unfall. Ein dunkler Golf hatte an einer Einmündung einen ockerfarbenen Ford an der Beifahrertür erwischt.

Das Bild wackelte, als Betty mit laufender Kamera näher herangegangen war. Die Einstellung brach ab. Die nächste Aufnahme zeigte eine Totale der B 224 mit dem Unfall im Vordergrund und den Wagen, die sich hinten auf der blockierten Fahrbahn stauten. Ein Streifenwagen zuckelte an der Schlange vorbei. Schwenk zum Unfall. Ein dunkelhaariger Kerl lehnte an dem gerammten Ford und hielt sich den Kopf. Blut rann ihm aus einer Platzwunde auf der Stirn. Neben dem dunklen Golf standen zwei junge Burschen mit schwarzen Gelhaaren und starrten auf den Crash. Der kleinere der beiden nestelte eine Schachtel Zigaretten heraus und bot dem anderen eine an. Links am Bildrand tauchten zwei Männer auf – der eine hing benommen und irgendwie leblos am Arm des anderen, einem kräftigen Burschen in Lederjacke, Sneakers und verblichenen Jeans. Ein heftiger Schwenk, weil gerade in diesem Moment der Streifenwagen an der Unfallstelle bremste. Zwei Uniformierte kletterten heraus. Obermeister Hoffmeister und Bantzok von der Nordwache.

Gonzo hielt das Band an und fuhr es noch einmal zu der Stelle zurück, wo die Lederjacke den Hilflosen wegbrachte. Im Hintergrund glaubte er, einen schwarzen Wagen auszumachen, aber genau konnte er ihn nicht erkennen. Er ließ das Band wieder vorwärtslaufen. Die Bilder waren höchstens Durchschnitt und Herbert hätte Betty die Geschichte nur abgenommen, wenn er noch irgendwelches Füllmaterial für die Kurznachrichten gebraucht hätte. Gonzo spülte den bitteren Geschmack im Mund mit einem Schluck Bier weg.

Nach der Ankunft der Bullen brach die Einstellung wieder ab, weil Betty sich einen neuen Platz gesucht hatte. Die nächsten Sekunden zeigten, wie Bantzok und Hoffmeister mit den Männern an den Unfallwagen redeten, und schwenkte dann scheinbar unmotiviert nach links, wo die Lederjacke den Hilflosen gerade in ein Fahrzeug verfrachtete. Gonzo umklammerte die Bierdose, als er den schwarzen Van erkannte. Der Zoom sprang auf, viel zu schnell, und verwischte für ein paar Sekunden alles, bis das Bild sich wieder stabilisierte. Der Hilflose hing mit geschlossenen Augen auf dem Rücksitz des Van, es war ein Kerl in einem türkisfarbenen Trainingsanzug, mit einer langen roten Narbe auf der rechten Wange und streichholzkurzen Haaren. Die Lederjacke schob die Beine des Kerls in den Van und klappte die Tür zu. Dann verschwand er um den Wagen. Ein Teil der Autonummer war gut lesbar: BB 3000. Betty schwenkte zurück zum Unfall; Hoffmeister und Bantzok notierten die Personalien der Beteiligten. Der Typ mit der Kopfwunde hockte am Heck seines Fords auf dem Asphalt. Das Bild verwackelte. Betty musste einen oder zwei Schritte zur Seite gemacht haben, weil neben ihr etwas passierte. Das Heck des Van huschte durchs Bild, als der Wagen wendete und Richtung Innenstadt davonrollte. Die nächsten Schüsse hatte Betty von Details des Unfalls gedreht. Verbeultes Blech, Polizei beim Einsatz, am Ende Ankunft eines Rettungswagens und dann noch Sanitäter bei der Erstversorgung der Platzwunde. Der Rest des Bandes zeigte Dauerschnee.

Gonzo hob die Bierdose an den Mund und stellte fest, dass sie leer war. Er zerdrückte sie und warf sie in den Pappkarton neben dem Schreibtisch, den Betty fürs Altpapier reserviert hatte. Er wischte sich über die Augen und starrte in das Geflimmer auf dem Monitor. Dann nahm er das Band aus dem Recorder und legte es zur Seite.

Später drückte er den Fernseher an, um zu sehen, was Herbert sonst noch aus seinen Bildern gemacht hatte. Gonzo suchte nach der Fernbedienung, damit er auch den Kommentar mitbekam. Als er sie endlich fand, war Herbert schon bei seinem Abschlusssatz: »... erst morgen früh auf einer Pressekonferenz«, hörte er, während die dramatischsten Szenen noch einmal in Zeitlupe über den Schirm gingen. Der BMW und der Beifahrer waren mit roten Kreisen markiert. »Aus höheren Polizeikreisen verlautete allerdings schon jetzt, dass der Vorfall keine Konsequenzen für die Arbeit von Kriminaldirektor Hansjürgen Breitscheidt und die von ihm geleitete Sonderkommission haben wird.«

Danach kam ein Film über einen Hund, der in einen offenen Gully gefallen war, und nach dem Wetterbericht durfte Magnus Magnussen mit seinen Tarot-Karten darüber nachgrübeln, ob Boysen überleben würde. Die Königin der Schwerter sagte ihm angeblich, dass Boysens Herz für sie noch schlug und er von einer starken Macht beschützt wurde, aber dann deckte er mit der nächsten Karte ihren Widersacher auf und hob betroffen den Blick in die Kamera: »Ich sehe eine dunkle Bedrohung über diesem Mann schweben, doch ich kann nicht sehen, ob es ihr gelingt, ihn zu vernichten.« Er machte eine Kunstpause. »Oder ob ihn seine eigene dunkle Seele ins Verderben treibt.«

Gonzo wollte schon abschalten, als er im Nachrichtenblock noch ein paar von seinen Bildern aus dem Gefängnis sah. »... heute bekannt geworden, dass einer der Häftlinge, an den Verletzungen gestorben ist, die er sich bei einer Schlägerei am Rande des Fußballspieles zugezogen hatte.« Während es weiter hieß, dass Polizeipräsident Aschhoff eine sofortige Untersuchung des Vorfalles angeordnet hatte, lief noch einmal eine Slowmotion des Getümmels, das sich um den Kerl am Boden der Halle abspielte. Das Bild war körnig und unscharf, und mehr als dass der Bursche kaum Haare auf dem Kopf hatte, konnte Gonzo nicht erkennen. Die Stelle an seinem Hals, an die der Typ im Knast sein Messer angesetzt hatte, fing auf einmal an zu jucken und hörte erst auf, als Gonzo eine Stunde später frisch geduscht und mit dem Rest aus der Wodkaflasche im Magen ins Feldbett fiel.

11

Über Nacht hatte es wieder Frost gegeben, der Raureif auf dem Dach des Vorderhauses und auf den Scheiben des Kombis schimmerte im Licht der Hoflampen, als Gonzo am nächsten Morgen nach der dritten Tasse Kaffee den ersten Blick aus dem Fenster riskierte. Er überlegte, ob er in dem ganzen Müll im Wagen auch einen Eiskratzer gesehen hatte oder ob er sich wieder mit einer Musikkassette behelfen musste. Die Heizung unterm Fenster wärmte ihm die Beine, er bewegte die Zehen in den Socken und wartete vergeblich auf das vertraute Kribbeln in den Waden. Gonzo konnte sich nicht entscheiden, ob das ein gutes oder ein schlechtes Zeichen war.

Ein roter Porsche schob sich durch die Einfahrt, die Karosserie schimmerte frisch gewachst und gewienert. Der Mann, der ausstieg, kam ihm flüchtig bekannt vor, die Frau, die am Steuer gesessen hatte, sagte ihm nichts. Nicht gerade groß, aber in ihrem Hosenanzug unter dem schicken Webpelz ziemlich elegant. Die beiden steuerten das Hinterhaus an. Gonzo stellte sich auf die Zehenspitzen, um den Mann zu erkennen. Bettys Vater.

Zwei Minuten später klingelte es. Gonzo stopfte sich das Flanellhemd in die Hose und zurrte den Gürtel fest. Brockmanns Hand war schlaff. Sein Blick streifte durch das Loft. Gonzo machte eine Bewegung in den Raum und setzte zu einer Erklärung an. Brockmann winkte ab: »Ich sagte Ihnen ja schon, dass sie mir manchmal davon erzählt hat, was sie hier bei Ihnen tat.«

Die Frau war einen Schritt hinter ihm stehengeblieben, das schwarze Haar im perfekten Pagenschnitt, die dunklen Augen aufmerksam, und die kirschroten Lippen mit einer Perfektion ausgemalt, die Gonzo beeindruckte. Sie streifte ihren Mantel ab, und Gonzo registrierte verblüfft die dezente Ausbuchtung eines Schulterhalfters unter ihrer Jacke. Sie drückte Gonzo die klamme Tageszeitung in die Hand, die sie mitgebracht hatte. »Die lag unten. Ist doch Ihre?«

Gonzo bot Kaffee an und blieb weiter stehen, weil die beiden sich nicht setzen wollten.

»Frau Amos hilft mir ein wenig«, sagte Brockmann schließlich mit einer unbestimmten Geste zu der Schwarzhaarigen.

»Mary Amos«, sagte sie. »Ermittlungen.«

Gonzos Bein fing an zu kribbeln. »Ermittlungen?«

Sie nickte. »Private Ermittlungen.«

Brockmann wirkte müde, und Gonzo war froh, als er sich endlich setzte. Die Amos strolchte erst noch einmal durch das Loft, ehe sie zu ihnen an den Bistrotisch kam. Gonzo räusperte den Kloß im Hals weg und suchte ein paar Beileidsworte zusammen.

»Wissen Sie«, sagte Brockmann nach einer Weile, »ich habe Betty nicht mehr in ihre Dinge hineingeredet, seitdem sie 18 war. Trotzdem wollte sie … weg von zuhause. Ein paar Jahre hat sie kaum etwas von sich hören lassen. Sicher, wir haben gewusst, dass sie studiert hat. Aber was sie sonst getan hat, welche Freunde sie hatte, davon hat sie nichts erzählt.« Brockmann sah aus dem Fenster. »Vor zwei Jahren ist ihre Mutter verstorben. Seitdem hat sie sich wieder öfter bei mir gemeldet. Sie hatte diesen Job hier bei Ihnen, sie hat ihren Abschluss an der Uni gemacht und sie wollte ins Fernsehgeschäft. Sie hat gesagt, Sie würden ihr dabei helfen.«

Gonzo schob die feuchte Zeitung hin und her und erzählte, wie sie sich um seinen Bürokram, die Abrechnungen, den Computer und all das andere gekümmert hatte. Er hatte nicht den Eindruck, dass Brockmann ihm wirklich zuhörte, bis der dann auf einmal meinte: »Sie hat mir auch von dem Bunker erzählt.«

Gonzo sagte eine Weile nichts. In dem Bunker hatte sein alter Freund Wahnfried ihn und Betty abknallen wollen, weil sie ihm dahintergekommen waren, dass er nicht nur Heile-Welt-Fernsehserien, sondern auch Gewaltpornos produzierte. Wahnfried war fix und fertig gewesen, vielleicht auch noch aufgeputscht von ein paar Pillen, und Gonzo hatte keine Sekunde dran gezweifelt, dass er ihm gleich den Kopf wegblasen würde. Es war Betty, die im letzten Moment die Waffe aus Gonzos Hosenbund herausgezerrt und Wahnfried in die ewigen Jagdgründe geschickt hatte.

»Die Polizei hat die Geschichte damals für eine Abrechnung der Szene gehalten, in der Ihr ehemaliger Kollege sich bewegt hat«, sagte Brockmann. »Und nachdem Betty mir erzählt hatte, was wirklich passiert war, habe ich auch dafür gesorgt, dass …« Er sprach nicht weiter. Gonzo konnte sich denken, wofür er gesorgt hatte.

»Sie wissen vielleicht, dass Herr Brockmann an herausgehobener Stelle im Bereich der Inneren Sicherheit arbeitet«, sagte Mary Amos.

Gonzo nickte. Brockmann straffte sich und sah ihn an. Er hatte dunkle Augen, genau wie Betty. »Ich weiß nicht, wie ich es Ihnen sagen soll«, meinte er. »Aber …«

Mary Amos knöpfte ihre Jacke auf. Sie trug tatsächlich ein Schulterhalfter. »Herr Brockmann möchte sicher sein, dass der Tod seiner Tochter wirklich nur ein Unfall war.«

Gonzo blinzelte und dachte an den schwarzen Van. Brockmann machte eine unsichere Handbewegung. »Natürlich will man es nicht wahrhaben, nicht begreifen, wenn mitten in der Nacht ein Anruf kommt und jemand einem sagt, dass … etwas geschehen ist.«

Er suchte nach Worten, und diesmal kam ihm die Ermittlerin nicht zu Hilfe. »Es gibt da ein paar Dinge, für die ich gern eine Erklärung hätte«, sagte er. »Sehen Sie, am Tag, als sie gestorben ist, hat sie mich noch im Amt angerufen und mich gefragt, ob ich den Halter eines bestimmten Wagens ermitteln könnte. Sie hat nur erwähnt, dass sie etwas recherchieren würde, und bei der Polizei hier nicht weiterkäme.«

Das Kribbeln in Gonzos Bein wanderte hoch zur Hüfte. Er scheuerte sich an der Tischkante.

»Ein schwarzer Van.« Die Ermittlerin sah ihn an. »Irgendeine Idee?«

Gonzo starrte über den Hof. Drüben machte Tobys Freundin am offenen Fenster etwas, was wohl Gymnastik sein sollte. Sie trug einen dunkelblauen Morgenmantel, der ihr bei jeder Bewegung von den schmalen Schultern rutschte.

»Ich denke, Sie sind ihr das schuldig«, sagte Brockmann.

Sicher, dachte Gonzo und sagte: »Ich kann mich ja mal umhören.« Er holte Bettys Kassette von dem Stahlschrank und winkte die beiden zum Schnittplatz. »Das soll ich Ihnen geben. Daran hat sie zuletzt gearbeitet.«

Er ließ das Band laufen. Brockmann beugte sich vor, um auf dem Monitor alles genau zu erkennen. Die Ermittlerin stützte sich auf Gonzos Stuhllehne. Der Hauch ihres schweren Parfums kitzelte ihn in der Nase. Ihr Haar streifte sein Ohr. Er drehte den Kopf und stellte fest, dass sie ihre Lippen wirklich perfekt ausgemalt waren. Ihr Mundwinkel wanderte auf einmal aufmerksam in die Höhe, als der schwarze Van ins Bild kam. Gonzo wollte auf Standbild schalten, aber sie kam ihm zuvor. Zu dritt starrten sie auf den Bildschirm.

»Nach dieser Autonummer hat sie mich gefragt«, sagte Brockmann schließlich. »BB 3000.«

»Polizeiwagen«, sagte Gonzo. »Soko Breitscheidt.«

Mary Amos förderte ein schwarzledernes Notizbuch zutage und notierte sich etwas. Brockmann wunderte sich nicht einmal, woher Gonzo das wusste, sondern nickte nur. Er holte sich einen Stuhl vom Tisch am Fenster und setzte sich neben Gonzo. »Der Tunnel, in dem sie den … Unfall hatte, wird mit Kameras überwacht«, sagte er leise. »Ich habe versucht, die Aufzeichnungen zu bekommen. Sie waren nicht da.«

Gonzo kämpfte gegen den Impuls, sich die Haut an der Hüfte aufzukratzen, weil das Kribbeln immer stärker wurde.

»Zuerst dachten wir, dass die Polizei die Aufnahmen hat, um den Hergang des Unfalls zu rekonstruieren«, sagte die Ermittlerin. »Aber da weiß niemand etwas davon. Dieser Hauptkommissar Hasenclever …«

»Hassenkamp«, sagte Gonzo.

»Er behauptet, dass er die Bänder nie gesehen hat.«

»Dann wird das auch stimmen«, meinte Gonzo.

Brockmann schloss die Augen und alterte um ein paar Jahre. »Verstehen Sie jetzt, was ich meine?«

Gonzo fragte sich, ob er von seiner Begegnung mit dem schwarzen Van erzählen sollte, und vielleicht auch von Il Nano. Ehe er zu einer Entscheidung kam, legte ihm die Ermittlerin ihre Visitenkarte aufs Schnittpult. »Wir bleiben in Kontakt, ja?«

»Frau Amos hat mein vollstes Vertrauen«, sagte Brockmann noch. »Ihr Vater und ich waren Kameraden.«

Gonzo hätte gern gewusst, bei was, aber da steuerten die beiden schon die Tür an. Gonzo hörte sie noch die Treppe hinuntergehen, dann sprang im Hof der Motor des Porsche an und das Geräusch entfernte sich. Auf dem Rückweg zum Bistrotisch holte er sich einen frischen Kaffee. Mecki war drüben mit ihren Übungen fertig und zog sich an. Dabei redete sie zu jemandem, wahrscheinlich Toby. Gonzo blätterte die feuchte Zeitung durch. Im Lokalteil ging es um das Bürgerbegehren gegen den Verkauf der STAWOBAU-Wohnungen. Auf der dritten Seite war dann in der rechten Spalte eine Notiz mit einem Bild von einem südländisch aussehenden Kerl mit kurzen Haaren und einer langen Narbe auf der Wange. Schlagartig war das Kribbeln aus Gonzos Bein verschwunden.

»Der 33jährige Untersuchungshäftling Giorgio C. starb, wie jetzt erst bekannt wurde, an den schweren Verletzungen, die er sich bei einer Schlägerei während des Fußballspieles im Gefängnis an der Krawehlstraße zugezogen hatte.« Der Gefängnisarzt, hieß es weiter, habe auf der Krankenstation noch einige Stunden um das Leben des Mannes gekämpft. »Als Todesursache gab der Arzt einen Schädelbruch an, den sich der Tote seiner Meinung nach bei einem Sturz während der Schlägerei zugezogen hatte. Obwohl der Mediziner Fremdverschulden ausschließt, hat die Kriminalpolizei die Ermittlungen aufgenommen.«

Gonzo nahm die Zeitung mit hinüber zum Videomonitor, auf dem noch der Verletzte zu sehen war, der von dem Kerl mit der Hakennase in den schwarzen Van geschleppt wurde. Er hielt das Zeitungsbild neben den Bildschirm. Wenn Giorgio C. keinen Zwillingsbruder besaß, dann hatte er an dem Tag jedenfalls nicht im Gefängnis gehockt.

Gonzo spielte eine Weile mit der Visitenkarte der Ermittlerin. Ihre Adresse war eine Kneipe der City, gegenüber von Lichtburg-Kino und Burgplatz. Wenn er sich richtig erinnerte, spülten sich in dem Laden die Schnauzbärte und Strickjacken aus Sozial-, Ausländer- und Jugendamt gleich um die Ecke nach Dienstschluss ihren Bürokratenfrust weg.

Mit der Karte in der Hand steuerte er den Schreibtisch an. Dann überlegte er es sich doch anders und tippte Hassenkamps Nummer ein. Es dauerte eine Weile, bis einer von seinen Kommissaren abnahm. Gonzo erfuhr, dass der Hauptkommissar nicht im Präsidium war.

»Und wo ist er?«

»Worum geht es denn?«

Gonzo kratzte sich mit der freien Hand zwischen den Beinen. »Er hat mal gesagt, dass er DIE SÖHNE DER GROSSEN BÄRIN mit Gojko Mitic sucht. Ich hab ihn jetzt aufgetrieben, aber da ist noch jemand, der auch scharf drauf ist.«

»Der Chef ist im Einsatz«, sagte der Kommissar. »Versuchens Sie's man am Wasserturm. Wissen Sie, wo das ist?«

Zehn Minuten später schlug er sich durch ein Gewirr von Nebenstraßen Richtung Wasserturm durch und entdeckte bei einem Ampelstopp, dass das Wasser aus dem Glas des Weihnachtsmannes inzwischen vollkommen ausgelaufen war. Die Rentiere standen bis zu den Hufen im künstlichen Schneematsch. Im Radio ließ sich der Typ, der von sich behauptete, der coolste Moderator westlich der Emscher zu sein, mit seiner Kollegin verbinden, die angeblich mit ihrem Ü-Wagen auf dem Weihnachtsmarkt am Kennedyplatz stand und fragte nach den aktuellen Rennern an den Waffelbuden und Geschenkständen. Gonzo schaltete wieder auf den Polizeifunk, weil der ganz eindeutig das bessere Programm hatte.

Er ließ den Kombi langsam über die Brücke am Wasserturm rollen. Auf dem Bürgersteig standen zwei Mannschaftswagen, und ein Trupp Uniformierter untersuchte unter dem Kommando von ein paar Zivilpolizisten die Fahrbahn und die Gegend um den alten Wasserturm. An der Taxischlange vor dem Bau klapperte ein Team die wartenden Wagen ab. Neben dem Eingang von Il Nanos Bestattungsinstitut machte er Karin Risse mit Bindisch aus, der gerade ein Statement in ihr Mikro absonderte. Hassenkamps Kleinbus entdeckte er erst beim zweiten Hinsehen auf der Grünfläche neben dem Gebäude. Der Hauptkommissar lehnte neben der offenen Wagentür und sah seinen beiden Videokommissaren zu, wie sie das feuchte Laub filmten. Erst als Gonzo ausstieg, machte er die markierten Fußspuren aus, auf die sie es abgesehen hatten.

»Hast du wirklich DIE SÖHNE DER GROSSEN BÄRIN?«, fragte Hassenkamp.

Gonzo hob die Schultern. »Ich kann mich ja mal darum kümmern.«

»Man soll nichts versprechen, was man nicht halten will.«

Hassenkamp scheuchte seine Männer zur Rückfront des Wasserturms und stapfte hinterher. Gonzo hängte sich an ihn. Ihr Atem bildete kleine Wölkchen vor ihren Mündern. Gonzo versenkte die klammen Finger in den Taschen. Zwischen den Büschen an der Rückseite war ein Areal mit Flatterband abgesperrt. Unter abgerissenen Zweigen verfärbte ein dunkler Fleck die Gehwegplatten. Gonzo sah nach oben. An dem Eisengeländer der Galerie zwischen Mauerwerk und Wasserreservoir arbeiteten zwei Spurensicherer in weißen Overalls.

»War das der …«

Hassenkamp nickte. »Unser Freund mit dem Gewehr. Warum er runtergefallen ist, wissen wir noch nicht genau. Aber es kann gut sein, dass da jemand nachgeholfen hat.« Der Hauptkommissar sah Gonzo an. »Wie man hört, warst du ja wieder mittendrin. Breitscheidt würde sich gern mal deine Bilder ansehen.«

Einer von Hassenkamps Leuten winkte. »Hier ist was!«

Gonzo sah Hassenkamp über die Schulter, während der seinen Kollegen dabei beobachtete, wie er mit seinem Kugelschreiber ein paar Blätter zur Seite schob, unter denen eine Anstecknadel mit einem Rubin zum Vorschein kam. »Könnte unserem Freund gehört haben«, vermuteten die Kommissare. Hassenkamp ordnete an, dass die Nadel gefilmt und dann in ein Asservatentütchen gepackt wurde. Er deutete auf den dunklen Fleck, neben dem die Nadel gelegen hatte und holte ein paar Polaroids aus der Brusttasche. »Identifizierung läuft noch, aber große Hoffnungen machen wir uns nicht.« Gonzo sah einen südländischen Typ verkrümmt auf der Stelle liegen, mit der sich Hassenkamps Leute gerade beschäftigten. Der Mann war Mitte zwanzig, hatte dunkles Haar und eine blutende Wunde am rechten Ohr. »Klamotten aus einer türkischen Boutique«, sagte Hassenkamp. »Flugticket Istanbul-Düsseldorf und retour in der Brusttasche. Ankunft keine zwei Stunden vor dem Gemetzel hier. Die fliegen ein, erledigen ihren Job und sind wieder weg, ehe wir Piep sagen können.«

»Es sei denn, sie haben Pech«, meinte Gonzo.

»Oder jemand hilft nach«, sagte Hassenkamp.

Gonzo druckste herum, weil er nicht wusste, wie er auf die Bänder der Verkehrsüberwachung aus dem Innenstadttunnel kommen sollte, nach denen Brockmann suchte.

»Boysen ist übrigens tot«, sagte Hassenkamp. Er ließ seine beiden Kamerakommissare noch eine Totale von dem Wasserturm machen, dann genehmigte er ihnen die Mittagspause. Gonzo stiefelte hinter Hassenkamp zu dessen Kombi zurück. »Sag mal, kann es sein, dass ihr mir in der Nacht auf dem Präsidium eine Wanze in den Wagen gesetzt habt?«

Der Blick des Hauptkommissars wurde schmal. »Keine Ahnung, wovon du redest.«

Gonzo ballte die Fäuste. »Hast du was davon gewusst?«

Hassenkamp schüttelte den Kopf. Auf der Brücke stauten sich die Wagen, weil die Uniformierten jetzt eine Fahrbahn dichtmachten und in Fünferkette nach Projektilen und anderen Spuren suchten. Der Hauptkommissar holte eine Thermoskanne unter seinem Fahrersitz hervor und goss sich einen Becher Kaffee ein. Er trank, füllte nach und hielt ihn Gonzo hin. Gonzo wärmte sich die Hände an dem Becher, ehe er vorsichtig das pechschwarze Gebräu schlürfte.

»Ich nehme an, Breitscheidt wollte dich unter Kontrolle halten«, sagte Hassenkamp schließlich. »Bei uns versteht eh niemand, wieso Aschhoff den immer noch hält. Breitscheidt hat bis jetzt so fast alles vermasselt. Jeder andere wäre schon längst im Archiv gelandet.«

Gonzo gab ihm den Kaffeebecher zurück. »Es gibt da jemanden, der sucht ein bestimmtes Videoband aus dem Innenstadttunnel.«

»Ja.« Hassenkamp schraubte den Becher wieder auf die Kanne. »Tut mir leid mit dem Unfall von der Kleinen, ehrlich.«

Gonzo wartete, bis er die Thermoskanne wieder im Wagen verstaut hatte. »War es denn ein Unfall?

»Phantasier dir da doch nichts zusammen«, meinte Hassenkamp. »Das habe ich auch diesem Breuckmann …«

»Brockmann«, sagte Gonzo.

» … gesagt. Ich habe keine Ahnung, was da mit den Bändern gewesen ist. Die Kollegen in der Verkehrsleitzentrale sind ein bisschen chaotisch. Haben keinen Plan, welche Kameras gerade laufen und vergessen schon mal, eine Kassette einzulegen.«

»Oder lassen welche verschwinden?«

Hassenkamp zuckte mit den Schultern. »Der alte Mann verrennt sich da in etwas. Oder er will uns kleinen Bullen was anhängen, bloß weil er beim Verfassungsschutz ist.«

»Wenn es noch Bänder aus der Nacht in der Leitzentrale gibt«, meinte Gonzo langsam. »Du könntest dich doch nochmal umhören, ja?«

»Könnte ich. Vielleicht.«

»Man soll nichts versprechen, was man nicht halten will.«

Hassenkamp verzog die Mundwinkel. »Weißt du Gonzo, du bist wie die Krätze. Wenn man dich erstmal am Hals hat!«

»Ich besorg dir auch DIE SÖHNE DER GROSSEN BÄRIN«, sagte Gonzo, obwohl er keine Ahnung hatte, ob es den Film überhaupt auf Video gab.

»Ich schau mal«, sagte Hassenkamp. »Und jetzt halt mich nicht länger von der Arbeit ab. Sind schließlich deine Steuern, die wir hier verquatschen.«

Auf der Brücke stand Karin Risse mit ihrem Team am Straßenrand und machte vor der Kulisse der herumwuselnden Polizisten ihren Aufsager.

»... konnten die genaueren Umstände der Schießerei, bei der der unmittelbar zuvor verhaftete Ingo Boysen tödlich verletzt wurde, auch heute noch nicht geklärt werden«, bekam Gonzo auf dem Weg zu seinem Wagen mit. »Zum bisherigen Stand der Ermittlungen meinte Polizeisprecher Blindfisch ... Scheiße!«

Gonzo blieb stehen, um zu sehen, ob sie es im zweiten Anlauf ohne Versprecher schaffte. Als sie ihn ausmachte, drückte sie ihrem Tonmann das Mikro in die Hand und kam herüber. Ihre blauen Augen strahlten. Gonzo vermutete entweder Belladonna oder ein neues medizinisches Genprogramm.

»Du bist mir was schuldig«, sagte sie und versuchte, sich mit den Händen die Kälte aus den Armen zu reiben. »Breitscheidt hat mich verhaftet, weil er gedacht hat, du hättest mir dein Material von der Schießerei gegeben, ehe du abgehauen bist. Ich hab drei Stunden in der Verwahrzelle gesessen.«

»Drei Stunden!« Gonzo grinste.

»Aber so geht das natürlich nicht«, meinte sie. »Das gibt eine Beschwerde beim Presserat, eine beim Innenminister und eine bei Aschhoff. Persönlich vom Intendanten.«

»Wow«, sagte Gonzo. »Das Imperium schlägt zurück.«

»Arschloch.« Dann wurde sie ernst. »Hast du‘s dir überlegt? Wir bieten dir die großzügigen Sozialleistungen einer der größten europäischen Rundfunkanstalten.«

Gonzo erinnerte sich mit Schaudern an seine Zeit im Dortmunder Studio. Für die Unmengen von Dienstplänen, Memos, Abrechnungen und Überstundenzetteln hatten ganze Wälder sterben müssen. Für jeden frischen

Akku hatte er einen Dreifachdurchschreibesatz ausfüllen müssen. »Schaun wir mal«, sagte er.

Sie stieß ihn in die Seite. »Oder gefällt es dir etwa, wie dein Freund Herbert dich rumscheucht?«

»Du würdest mich nicht rumscheuchen?«

»Sicher würde ich dich rumscheuchen. Aber es würde dir mehr Spaß machen.«

»Meinst du?«

Sie stapfte mit den Füßen gegen die Kälte. »Reden wir später nochmal drüber. Hier friert man sich ja die Eier ab.«

»Woher willst du das denn wissen?«, erkundigte sich Gonzo und machte, dass er zu seinem Wagen kam. Als er gleich darauf an ihr vorbeirollte, scheuchte sie gerade ihr Team durch den trägen Verkehr auf die Fahrbahn. Der Tonmann entging in letzter Sekunde einem heranschießenden Paketlieferwagen. Gonzo fand, dass sie ihre Sache ziemlich gut machte.

Er fuhr die Steeler Straße hinauf an dem alten Programmkino vorbei, dessen Schautafel die Werkschau einer lokalen Filmgröße ankündigte; im Hauptprogramm lief DIE TRUMAN SHOW. Auf dem Parkplatz des Supermarktes hundert Meter weiter hatte er Glück und konnte die Lücke ergattern, die ein türkischer Brotlieferwagen hinterließ. Gonzo stellte den Motor ab und trabte mit hochgezogenen Schultern über den Platz. Es war höchste Zeit, im Kleiderschrank nach der gefütterten Bomberjacke zu suchen, die er einmal günstig von einem Glatzkopf auf dem Flohmarkt an der Altendorfer Straße erstanden hatte. Vorher würde allerdings noch die Runen-Aufnäher abtrennen müssen. Ein Typ im Blaumann und mit gefütterten Ohrenschützern brachte mit seinem Akkuschrauber ein Schild an der Hauswand an. SCHREIBBÜRO SCHRÖDER – TEXTE ALLER ART.

Neben dem Supermarkt-Eingang hockten ein paar Teenager in Thermojacken und Fellstiefeln und einem Mini-Trödelmarkt auf der Decke vor sich. Die Lüftungsanlage in ihrem Rücken verteilte warme Luft, die nach Schnellbäckerei und Lebkuchengewürz roch. Zwischen einem Ratekrimipuzzle mit 500 Teilen und einem Tierquartett stand eine Plastikweihnachtskrippe und eine Schüttelkugel mit einem Weihnachtsmann, der auf einem Snowboard balancierte. Gonzo hob die Kugel hoch und kippte sie ein paar Mal hin und her. Der Weihnachtsmann surfte durch das Schneegestöber.

»Drei Mark«, sagte das Mädchen, ohne von ihrem Gruselroman aufzusehen.

Gonzo drehte die Kugel um. Der Weihnachtsmann schien schwerelos durch den Schnee nach unten zu gleiten.

»Ist fast geschenkt«, meinte das Mädchen.

»Eine Mark.« Gonzo kramte in der Hosentasche.

»Vergessen Sie's!« Die Kleine legte »Ich jagte die Killer-Zombies weg«. »Sie werden doch wohl nicht ein Kind über's Ohr hauen wollen?«

Gonzo schätzte das Kleingeld in seiner Hand ab. »Einsfünfzig. Letztes Angebot.«

Die Kleine griff nach dem Schüttelglas. »Das ist echt Glas. Sowas gibt's heute nicht mehr.«

Ein Rentner drängte sich zwischen ihnen durch. Die Weihnachtskrippe und das Puzzle wurden Opfer seiner Taschenkarre. »He!«, brüllte das zweite Mädchen.

Der Alte raunzte: »Was steht ihr auch so blöd hier rum!« Die Mädchen suchten die Puzzleteile zusammen und bemühten sich, die Krippe wieder aufzubauen. Dem Plastikchristkind fehlte ein Arm und ein Bein. Das Schüttelglas kam auf einen sicheren Platz neben einem Stapel mit weiteren Abenteuern des Geisterjägers.

Gonzo drängte sich mit den Hausfrauen in ihren bunten Allwetterjacken ins Geschäft. FÜNF MARK FÜR JEDE WARE, DEREN VERFALLSDATUM ABGELAUFEN IST verkündete eine Tafel. Er schnappte sich eine Drahtkarren und klapperte die Regale ab. Bei den Spirituosen gab es Wodka im Sonderangebot. Er lud drei Flaschen in den Wagen, schaufelte nebenan ein halbes Dutzend Plastikschüsseln mit Spaghetti bolognese zum Heißmachen dazu und machte sich dann an den Sonderposten mit Super-Hi-Fi-Mini-Anlagen für 99,99 und Wühltischen mit Gameboy-Spielen vorbei auf die Suche nach der Kühltheke, um seinen Joghurt-Vorrat aufzufrischen. Unterwegs nahm ihm der Opa an einer Gangkreuzung mit seinem Einkaufswagen die Vorfahrt. Gonzo lud gerade eine Palette Bio-Joghurt ein, als der Alte neben ihm auftauchte und anfing, die Verfallsdaten auf den Bechern zu kontrollieren. Gonzo fischte eine Packung eingeschweißten Lachs aus der Truhe nebenan. Schließlich war bald Weihnachten. Der Opa hatte endlich zwei Becher gefunden, die ihm zehn Mark einbringen würden und packte sie zufrieden zu dem anderen Kram in seine Karre. Seinen Taschenroller hatte er vorn angehängt.

Gonzo trödelte noch einige Zeit bei den Süßigkeiten herum, dann quetschte er sich bis zur EXPRESSKASSE – BIS FÜNF TEILE durch. Der Opa war natürlich schon da. Er packte seinen Kram aufs Band und knallte den Trennklotz dahinter, als ginge es um die Verteidigung der freien Marktwirtschaft. Hinter der Kasse patrouillierte ein Sicherheitsmann im blauen Dress an den Sensorbügeln entlang.

Gonzo fing an, seine Sachen auszuladen. »Das ist zuviel!«, krächzte der Alte.

»Ist es nicht.« Gonzo schob den Karren des Alten weiter und hob drei Finger. »Wodka, Nudeln, Joghurt.«

Der Opa lief rot an. »Das sind mehr als fünf Teile!«, dröhnte er, damit es die Kassiererin auch ganz bestimmt hörte. Die Frau sah von ihrem Scannerfeld auf. »Hallo Gonzo!«

Gonzo hob zwei Finger. »Hallo Renate.«

»Unerhört!«, zischte der Alte.

Die Kassiererin nahm den Trennblock weg und wollte seinen Kram einscannen. »Das ist alles abgelaufen!«, erklärte der Alte. »Ich krieg 25 Mark raus!«

Renate klingelte nach dem Marktleiter und sagte dem Opa, dass er warten müsse. Sie hatte gerade Gonzos Wodka eingescannt, als der Alte seinen Karren durch die Sicherheitsschranke schob und der Alarm lospiepte. Der Alte starrte wie gebannt auf die roten Lämpchen.

»Zweiundvierzigneunzig.« Gonzo gab Renate einen Fünfziger und sah interessiert zu, wie der Sicherheitsmann den Taschenroller des Opas filzte. Der eingeschweißte Lachs tauchte auf. Renate reichte Gonzo das Wechselgeld. Gonzo warf einen Blick in Renates Ausschnitt. Sie lehnte sich ein Stück vor.

»Betrug!«, keifte der Opa. »Ihr wollt mich bloß loswerden, weil ich euch Geld koste!«

»War das nicht dein Lachs?«, fragte Renate.

»Muss mir in seine Tasche gerutscht sein.«

Inzwischen verfolgten vier tuschelnde Kassenschlangen gebannt das Schauspiel, wie der Sicherheitsmann den Alten zu einer Tür neben den Kassen zerrte. Der Opa drohte mit einer Klage bis zum Bundesgerichtshof.

Der Sicherheitsmann versprach ihm, dass er das gleich mit der Polizei besprechen könnte.

»Und?«, erkundigte sich Renate. »Wie geht's Toby?« Die Leute in der Schlange hinter Gonzo vergaßen zu drängeln, weil der Opa sich mit Händen und Füßen gegen den Türrahmen stemmte, so dass der Sicherheitsmann über Funk Verstärkung anfordern musste.

Gonzo steckte sein Wechselgeld ein. »Er ist dein Sohn, nicht meiner!« Vor ein paar Monaten hatte Renate ihm mit einer rührseligen Geschichte weißzumachen versucht, dass Toby das Ergebnis einer gemeinsamen Nacht am Baggersee war. Gonzo erinnerte sich noch mit Grausen an die paar Tage, die der Junge bei ihm im Loft gewohnt und alles durcheinandergebracht hatte.

Mit vereinten Kräften bugsierten der Sicherheitsmann und sein Kollege den Opa endlich in ihr Büro. Renate strahlte Gonzo an. »Das gibt jetzt einen Punkt für mich!«

Gonzo legte die Stirn in Falten.

»Unsere Ladenklau-Lotterie«, erklärte sie. »Wir haben eine Wette laufen, an welcher Kasse die meisten erwischt werden. Ich hab in diesem Monat schon 12 zusammen. Wer gewinnt, kriegt eine Reise.«

»Eurodisney?«, vermutete Gonzo.

Sie sah ihn erstaunt an. »Woher weißt du das denn schon wieder?«

Gonzo wünschte ihr noch viel Glück, schlug ihre Einladung zu einem gemütlichen Weihnachtsgansessen mit weiteren Einblicken in ihre Bluse aus und packte seine Einkäufe zusammen. Draußen stoppte er an der Flohmarktdecke der Kinder und fischte die Schneekugel aus dem Kram.

»Drei Mark!«, sagte das Mädchen mit dem Gruselroman automatisch.

Gonzo fand inzwischen, dass es ein fairer Preis war und drückte ihr das Geld in die Hand. Im Wagen fieselte er die alte Schneekugel von dem Teppichklebeband, an dem sie auf dem Armaturenbrett klebte und warf sie in den Fußraum vor dem Beifahrersitz. Dann pappte er den Snowboard-Weihnachtsmann fest. Beim Anfahren wirbelten die ersten Flocken auf. Während er noch in der Schlange vor der Ausfahrt stand, läutete sein Handy. Er fischte den Apparat aus dem Chaos der Mittelkonsole.

»Stimmt das?« Jacqueline schniefte. »Ich habe gerade mit Herbert telefoniert. Er sagt, dass Betty …«

»Es stimmt«, sagte Gonzo.

Das Büro, das die beiden sich gemietet hatten, lag direkt gegenüber der Pfarrbücherei von St. Mariä Empfängnis im Erdgeschoss eines Wohnhauses. Gonzo stellte den Wagen auf den Parkplatz NUR FÜR KIRCHENBESUCHER und starrte an den Fünfziger-Jahre-Fassaden der Häuser entlang. Das letzte Laub lag in großen Haufen unter den Bäumen und ein katholischer Hausmeister stopfte es in Jutesäcke.

Gonzo stieg aus. Die Straße kam ihm viel kürzer vor als zu seiner Schulzeit. Im Dreieck Gemar-Kino-Bücherei-Eisdiele war er an mehr als einem Nachmittag verschollen. Eva Lottas nackten Filmhintern hatte er zu seinem heftigen Bedauern im Kalle Blomquist-Buch nicht wiederfinden können und die Mädels aus der Eisdiele hatten auch nie mit ihm ins Gebüsch hinter der Kirche verschwinden wollen, egal wie viele Fruchtbecher er ihnen spendierte. Gegenüber lud eine Weinhändlerin Kisten aus einem waghalsig in der zweiten Reihe geparkten Transporter. Die Frau aus dem Geschenkeshop daneben stand in der Tür und gab gute Ratschläge.

Gonzo riss sich zusammen und überquerte die Straße, ehe ihn der Laubsammler wegen unchristlichen Herumlungerns zur Mithilfe einstellen konnte. Im Hauseingang suchte er nach dem Klingelknopf. Bevor er drücken konnte, summte bereits das Türschloss.

»Komm rein.« Jacqueline stand im Flur. Sie war blass und ihr Lidstrich war erst halb restauriert. »Du bist der erste Besucher.«

Drinnen zeichneten sich auf der Blümchentapete noch die Möbel der Vormieterin ab. Die Büroausstattung von NEWS AND FEATURES kam direkt aus dem Möbeldiscount. Regale und Büroschränke in verschiedenen Stadien des Zusammenbaus standen herum, dazwischen lagen Telefonleitungen, Computerkabel und Berge von Pressemitteilungen, Promomappen und andere Nachrichtentrümmer.

In der Küche hatten sie zum Glück schon die Kaffeemaschine angeschlossen. Jacqueline drückte Gonzo einen Becher in die Hand. »Herbert sagt, du wärst dabeigewesen?«

Gonzo fand es besser, ihr nur das Nötigste zu erzählen. Aber auch das wenige reichte, um ihren Lidstrich vollends zu verschmieren. »Scheiße«, murmelte sie. »Was soll denn aus unserer Agentur werden?«

»Du schaffst das schon.«

Er hatte nicht den Eindruck, dass sie das überzeugte.

Sie deutete auf die Einrichtung im Bürozimmer. »Wir haben hier unser ganzes Geld reingesteckt. Außerdem hat der Vermieter Kaution verlangt. Betty wollte einen Kredit auf ihre Wohnung aufnehmen, für die ersten paar Monate.« Erst jetzt schien ihr die ganze Tragweite von Bettys Unfall aufzugehen. »Was mach ich jetzt nur?«

Gonzo entdeckte auf dem Bürotisch die Pressemappe für den Elvis-Wettbewerb. Er drückte sie Jacqueline in die Hand und verdrängte das Bild von Bettys blutüberströmtem Gesicht hinter der zersplitterten Windschutzscheibe. »An die Arbeit.«

Sie schniefte noch einmal, ehe sie entschlossen nickte und sich an ihren Computer setzte. »Okay. Wir fahren gleich. Ich suche noch ein paar Hintergrund-Infos über Elvis zusammen.« Gonzo lehnte in der Tür und nahm einen Schluck Kaffee. Jacqueline steckte sich eine Zigarette an und hämmerte auf ihre Tastatur ein. »Wann er hier in Deutschland war und so weiter.«

»1958 bis 1960«, sagte Gonzo.» Er ist in Bremerhaven angekommen und war in Hessen stationiert. Sein Friseur da unten lebt noch.«

Sie starrte auf ihren Bildschirm. »Stimmt. 1.10.58.« Als sie ihn ansah, war ein ganz seltsames Interesse in ihrem Blick. »So alt bist du schon?«

Gonzo verzog die Mundwinkel. »Du bist eine selten blöde Kuh.«

Sie grinste. »Weißt du«, sagte sie, »Betty hat mir erzählt, dass du sie anfangs mal angemacht hast. Sie hat gemeint ...«

»Sag es mir lieber nicht.« Gonzo trat hinter sie. Auf ihrem Bildschirm flimmerte eine Elvis-Memorial-Homepage.

»Kommst du damit auch hier ins Zeitungsarchiv?«

»Klar.«

»Kannst du mal was nachsehen?«

»Kommt drauf an.« Sie gab ein paar Befehle ein und landete auf einer Seite, auf der sie nach ihrem Zugangspassword gefragt wurde. »Hat mir ein Kollege von der Zeitung verraten«, erklärte sie, während sie es eintippte. »Was willst du wissen?«

»Luigi«, sagte Gonzo.

»So geht das ja nun nicht«, sagte sie. »Ein bisschen mehr muss ich schon wissen.«

»Er ist tot«, sagte Gonzo. »Noch nicht lange.«

Jacqueline suchte mit ein paar Optionen herum. »Drei Treffer!«, verkündete sie schließlich. »Alles Artikel aus den letzten zwei Wochen.«

Sie rief sie auf und Gonzo las zuerst einen harmlosen Polizeibericht. Der 31jährige Luigi P. war bei einer Messerstecherei in einer Kneipe auf der Altendorfer Straße schwer verletzt worden. »Als Täter wird der 38jährige türkische Staatsangehörige Mehmet B. gesucht«, hieß es. »Nach Angaben von Zeugen war Luigi P. mit dem Türken in Streit geraten, weil dieser die Freundin des Italieners beleidigt hatte.«

In der nächsten Meldung hieß es dann nur, dass Luigi P. im Krankenhaus seinen Verletzungen erlegen war und die Kripo immer noch nach Mehmet B. suchte.

Die dritte Meldung stammte aus der letzten Woche: »Blutrache am Ehrenzeller Markt«. Im Text hieß es, dass Giorgio C., Besitzer des CLUB MESSALINA und Verwandter des kürzlich ermordeten Luigi P., den gesuchten Mehmet B. vor dem Lokal des türkischen Kulturvereins am Ehrenzeller Markt gestellt und niedergestochen hatte. Als Motiv hatte er angegeben, dass er den Tod seines Verwandten habe rächen wollen. Giorgio C. war in der Nähe des Tatortes festgenommen worden und saß wegen Fluchtgefahr in Untersuchungshaft. Ein Foto von Giorgio C. war auch dabei. Trotz Augenbalken erkannte Gonzo den Kerl mit den kurzen Haaren und der Narbe auf der Wange wieder.«

Jacqueline überflog den Text mit gerunzelter Stirn. »Macho-Scheiße«, sagte sie.

Gonzo dachte an Il Nano. »Oder Krieg.«

»Blödsinn.«

Er drückte ihr seinen Kaffeebecher in die Hand. »Wir müssen los. Herbert braucht die Story!«

Sie inspizierte ihr Spiegelbild in der Fensterscheibe. »Ich komm gleich.«

Auf dem Weg zum Wagen kam er an den laubgefüllten Jutesäcken vorbei, die der Kirchenhausmeister an der Parkplatzmauer aufgereiht hatte. Hinter Gonzos Scheibenwischer hing eine Einladung der Pfarrbücherei zu einem Frauenkrimi-Abend mit einer Dortmunder Schriftstellerin. Gonzo zerriss das Blatt und stopfte die Schnipsel in einen der Jutesäcke. Jacqueline brauchte zehn Minuten, bis sie sich wieder restauriert hatte und aus dem Haus kam. Sie hatte ihre graue Schultertasche umgehängt, und ihr weißes

Lackmäntelchen flatterte im Wind. Keuchend ließ sie sich neben Gonzo auf den Beifahrersitz fallen.

»Neu?«, fragte sie, als sie den Snowboard-Weihnachtsmann entdeckte. Gonzo nickte und fuhr los. Auf der Gemarkenstraße zerrten Rentner ihre Taschenkarren über die Fahrbahn, ohne nach links oder rechts zu sehen. Gonzo quälte sich im Schritttempo zum Holsterhauser Platz durch und war froh, als er endlich wieder aufs Gas gehen konnte. Im Polizeifunk war alles ruhig und bei den Rettungsdiensten gab es nur die üblichen Einsätze und Verlegungsfahrten. Im Lokalfunk meldeten sie die aktuellen Radarfallen, Baustellen und Staus.

Er hielt sich links vom Frohnhauser Markt, nahm den Weg über die Berliner Straße, vorbei an dem ehemaligen Luxor-Kino, in dem jetzt ein Tapetensupermarkt residierte. Eine Brücke führte über die Eisenbahnschienen zwischen Bahnhof West und Frohnhausen. Gonzo steuerte auf die Kreuzung Helenenstraße zu. Kinder tobten über die Straße. Zwischen Izmir-Reisebüro und Dönerbuden hielten sich wacker ein Modellbahnshop und ein POMMES-PAUL, bei dem es angeblich die beste Currywurstpommesrotweiss der Stadt gab.

»Türkenland«, murmelte Jacqueline.

Gonzo sagte nichts, bis sie zur Pferdebahn kamen. Auf dem Parkstreifen an der alten Fabrikmauer stand ein Wohnwagen am anderen. Hin und wieder schimmerte rotes Licht durch die Gardinchen an den Fenstern. Jacqueline sah sich irritiert um, als trotz der Kälte ein paar Frauen in Hot Pants und Overknee-Lederstiefeln vorbeikamen. »Ist es das, was ich denke?«

»Ist es.«

»Kennst du dich hier aus?«

Eine füllige Blondine winkte Gonzo vom Straßenrand entgegen, ließ dann aber die Hand schnell sinken, als sie Jacqueline sah. Jacqueline rutschte nervös auf ihrem Sitz herum. »Was denkt die denn jetzt?«

Gonzo grinste. »Keine Ahnung.«

Kurz vor dem Ende der Pferdebahn ging es nach rechts durch ein Tor auf ein Gelände mit einer alten Industriehalle, in der man früher Panzer für den Endsieg gebaut hatte. Seit zwei Jahren gab es hier Popkonzerte, Flohmärkte und Disco. Im Sommer hatte ein Privatsender zwischen den verrotteten Bahngleisen und Lagerhallen eine Actionserie über ein paar supercoole Motorrad-Cops gedreht.

Vor dem Eingang der Halle mit dem grüngelbblauschimmernden NEMESIS-Schriftzug prunkten ein paar amerikanische Straßenkreuzer zwischen deutschen Mittelklassemodellen. Neben der Tür rauchten ein junger und ein alter Elvis eine Zigarette. Gonzo holte die Suzie samt Kassetten und Akkus von der Ladefläche. Jacqueline war schon mit den beiden Kings ins Gespräch gekommen, als er bei ihr auftauchte.

»He«, sagte der junge Elvis, als er Gonzos Kamera sah. »Wenn du mit dem Sieger reden willst, dann bleib gleich hier!« Er strich sich seine Gel-Tolle zurück und produzierte einen Hüftschwung, der dem King gefallen hätte.

Drinnen in der Halle versuchte auf der Bühne ein fetter Senioren-Elvis im Glitzeranzug, die beiden Takte von Suspicious Minds einzuholen, die er hinter dem Musik-Playback herhinkte. Am Tonmischpult hingen ein paar Mädchen mit Priscilla-Mähnen herum und am Regietisch lehnte ein kleiner, stämmiger Anfangsfünfziger mit stahlgrauen Haaren und gesundem Sonnenbankteint. »Ceyhun«, flüsterte Jacqueline und machte sich auf den Weg.

Gonzo checkte das Licht, obwohl er längst wusste, dass er nur unter den Bühnenscheinwerfern brauchbare Bilder bekommen würde und schleppte die Suzie die Treppe hoch. Der Elvis starrte ihm entgegen und vergaß den Refrain. Das Playback brach ab.

»Er hat mich total rausgebracht«, beschwerte der Elvis sich. Gonzo schirmte mit der Hand die Augen gegen die Scheinwerfer ab, um den Tonmann auszumachen. »Geht das alles nochmal von Anfang?« Und dem Elvis nickte er zu: »Wir kriegen das schon hin!«

»Sischer!«, nuschelte Elvis in breitestem Kölnisch. »Der muss dat nur mit der Mussig rischtisch mache!«

Die Musik lief wieder an, und diesmal klappte es tatsächlich mit den Suspicious Minds. Gonzo drehte den ganzen Song mit und kümmerte sich nicht um Jacqueline, die dauernd winkte, weil sie wohl ganz andere Bilder haben wollte. Am Schluss wischte sich Elvis den Schweiß von der Stirn und fragte, ob er gut gewesen sei. Gonzo hob den Daumen. »Spitze!«

»Damit mal eins klar ist«, zischte Jacqueline, als er von der Bühne kam. »Das ist mein Film und du bist nur der Kameramann.«

Gonzo stützte die Suzie auf dem Oberschenkel ab. »Regel Nummer eins: Fang nie Streit mit deinem Kameramann an!«

»Ach?!«

»Ja. Jedenfalls wenn du hinterher Bilder auf dem Band haben willst.«

Sie funkelte ihn an. Dann drehte sie sich um, zog die Schultern hoch und wandte sich ihm nach ein paar Sekunden mit ihrem unschuldigsten Lächeln wieder zu. »Okay, Schätzchen. Was hältst du davon, wenn wir jetzt erstmal mein Interview mit Ceyhun drehen, dann noch ein paar Fragen an die Elvisse hier?«

»Gute Idee«, sagte Gonzo.

Wegen des Lichtes musste Ceyhun sich für das Interview auf die Bühne setzen. Mit seinen Hamsterbäckchen, dem offenen Hemd, unter dem an einem Kettchen ein Golddollar blinkte und seiner leisen Stimme nahm man ihm den Nachtclubbesitzer sofort ab. Bloß der nachdenkliche Blick seiner dunklen Augen passte nicht zu dem Bild. Obwohl er sich bemühte, konnte er seinen türkischen Akzent nicht ganz verbergen, als er davon erzählte, wie sehr er den King immer bewundert hätte und dass der Wettbewerb seine persönliche Referenz an ihn wäre. Als Hauptgewinn hatte er ein Woche USA mit Trip nach Graceland ausgesetzt. »Sogar einer von meinen Angestellten macht mit!« Ceyhun blinzelte in die Halle. »He, Elvis, willst du ins Fernsehen?«

Ein Typ, der hinten im Halbdunkel Stühle herumgeräumt hatte, kam nach vorn. Als er ins Licht trat, setzte schlagartig das Kribbeln in Gonzos Bein wieder ein. Der Bursche war Ende zwanzig, hatte helle blaue Augen und den Teint einer Kellerassel. Sein Haar war so schwarz, dass es einfach gefärbt sein musste. Mit seiner Hakennase sah er dem King überhaupt nicht ähnlich.

»Was ist, Chef?« Elvis erklomm die Bühne. Als er mit wiegenden Hüften näherkam, war Gonzo sich sicher, dass er die Hakennase erst letzte Nacht auf Bettys Video gesehen hatte, wie sie den verletzten Giorgio vom Unfall weg in den schwarzen Van schleppten.

Elvis streifte Gonzo nur mit einem Blick, während Ceyhun ihm erklärte, dass er ins Fernsehen kommen könnte. Sein Interesse galt ganz eindeutig Jacqueline, und die war auch ganz begeistert von ihm. Inzwischen drängten sich vor der Bühne noch ein knappes Dutzend andere Elvisse und wollten auch ins Fernsehen. Ceyhun brachte sie mit einer Handbewegung zum Schweigen. Gonzo behielt Ceyhuns Elvis im Auge. Entweder erkannte der ihn tatsächlich nicht wieder oder er war ein verdammt guter Schauspieler.

Oder es war ihm egal gewesen, auf wen er damals in der Nacht aus seinem Van geschossen hatte.

»Gonzo?« Jacqueline schnippte mit den Fingern. »Aufwachen. Arbeit!« Sie zeigte auf den Elvis. »Das ist Erik. Wir machen gleich ein Interview mit ihm.«

Erik nickte Gonzo zu und streckte ihm die Hand entgegen. Gonzo zögerte eine Sekunde, bevor er ihm seine reichte. Dann arrangierte Jacqueline an Erik herum, wie er stehen und wohin er schauen sollte und hantierte mit ihrem Aufnahmegerät und dem Mikro. »Was ist denn?«, fragte sie leise, als sie ihr Kabel an die Suzie anstöpselte. »Du siehst aus, als würdest du gleich kollabieren.«

Gonzo schüttelte den Kopf. »Nichts. Letzte Nacht zu wenig geschlafen.« Er konzentrierte sich auf den Bildausschnitt und zog den Zoom einmal ganz weit auf, als Jacqueline noch die Fragen absprach. Der Gedanke, dass Erik ihn vielleicht gleich draußen in eine Ecke zerren und ihm eine Kugel verpassen könnte, machte ihn mehr als nur nervös. Prompt wackelte das Bild. Zum Glück redete Erik gerade nicht und Gonzos Zitterpartie würde beim Schnitt auf der Strecke bleiben.

Erik machte bei seinen Antworten auf junger Rebell und schickte einen perfekten James Dean-Blick unter den halbgesenkten Lidern in die Kamera, während er erzählte, warum er Elvis nachmachte. »Die Rebellion, das Charisma, das Ursprüngliche. Für mich ist er das absolute Idol. Wenn ich seine Songs singe, weiß ich, dass er weiterlebt.«

»Viele sagen sowieso, dass Elvis noch lebt?« Jacqueline brauchte wohl irgendeinen Übergang für ihren Kommentartext.

Erik lächelte sie an. »Nein, Elvis ist natürlich tot. Er hat es mir gestern noch persönlich gesagt.«

Jacqueline konnte gerade noch die Tonklappe schlagen, ehe sie anfing zu kichern. Erik grinste sie an und schon waren die beiden in Richtung Garderobe verschwunden, wo Erik sich umziehen sollte, damit Gonzo seine Nummer aufnehmen konnte. Das letzte, was Gonzo von den beiden sah, war Eriks Arm auf Jacquelines Schulter.

Der kölsche Elvis schlich sich heran und wollte wissen, ob Gonzo ihn nicht irgendwie ins Fernsehen bringen könnte. »Notfalls nehm isch auch de Mini-Playback-Show!«, erklärte er.

Gonzo versprach, dass er ihn empfehlen würde und suchte sich eine Ecke, wo er vor den anderen Elvissen sicher war. Ceyhun saß auf seinem Regietisch und baumelte mit den Beinen. Hinter ihm drückten sich zwei muskulöse Teenager in schwarzen Jacken und schwarzen Baretten herum. Gonzo legte die Suzie auf einem Packen Anmeldeformulare für den Wettbewerb.

»Erik ist wirklich gut!«, erklärte Ceyhun mit echtem Enthusiasmus. »Guter Mann. Sehr gut.«

»Dann ist ja wohl klar, wer gewinnt, was?« Gonzo schaffte ein Grinsen.

Ceyhun zuckte mit den Schultern. »Nur der Beste. So ist das doch hier bei euch in Deutschland, oder? Es gewinnt immer nur der Beste.« Ceyhun entblößte eine Reihe Zähne, die mehr gekostet haben mussten, als Gonzo im ganzen Jahr verdiente. »Anderswo gewinnt immer der Schwager vom Chef oder der Onkel vom Veranstalter oder der Bruder vom Neffen des Beleuchters. Aber hier ...« Er breitete die Arme aus. »Immer nur der Beste.«

Gonzo studierte flüchtig die Anmeldeformulare. Man musste angeben, ob man als Elvis bis 40 oder in der Altersklasse darüber auftreten wollte, welche Songs man singen wollte und ob man besondere Lichteffekte brauchte. »Kein Auftritt länger als 5 Minuten« stand ganz unten in fetten Lettern. Gonzo steckte ein paar von den Blättern ein. »Macht er bei dir im Club auch den Elvis?«

»Erik? Nein. Der kümmert sich um dies und das.«

»Dies und das.« Gonzo nickte. »Schon lange?«

Ceyhuns Blick wurde ein wenig distanziert. »Was ist schon lange. Heutzutage.« Und nach einer Pause: »Du solltest dir den ganzen Wettbewerb ansehen.« Er zwinkerte. »Du und deine kleine Freundin. Hinterher feiern wir dann noch. Im Club.«

Gonzo bekam zwei Freikarten zugesteckt und dann musste er wieder auf die Bühne, weil Erik inzwischen im Elvis-Kostüm aufgetaucht war und seine Nummer machen wollte. Das Licht ging bis auf einen Spot aus, und Gonzo hatte Erik gerade in einer Halbtotalen eingefangen, als das Playback anfing. Erik bekam den Einsatz perfekt hin: »There's a man in New Orleans who plays rock and roll, / He's a guitar man with a great big soul. / He lays down a beat like a ton of coal, / He goes by the name of King Creole.«

Gonzo kämpfte gegen den Schweißausbruch der Schocksekunde. Erik rockte sich mit heiserem Timbre durch den Song, riss das Mikro mit sich, als er sich hinkniete, wieder aufsprang und in den leeren Saal sang, als würden dort tausend Leute sitzen. Gonzo ging ganz nah heran, fing die Schweißperlen auf Erik Stirn ein und die gespannten Halsmuskeln, während der Sänger auf den nächsten Einsatz wartete.

Als der Song zu Ende war, fiel die Elvis-Pose schlagartig von Erik ab. Ein paar Konkurrenz-Elvisse rangen sich zu einem Applaus durch. Jacqueline strahlte. »Wow!«

»Das war der King!« Erik wischte sich mit einem nicht gerade sauberen Taschentuch die Stirn ab. »Kann ich eine Kopie von dem Band haben?«, fragte er.

»Klar.« Gonzo zerrte eines der Anmeldeformulare heraus. »Schreib deine Adresse auf!«

Erik versprach ihm, dass er auch für die Kosten aufkommen würde und lud ihn zum Schluss noch zum Wettbewerb ein. Gonzo bekam noch zwei Freikarten zugesteckt. Und mit einem Blick zu Jacqueline. »Bring sie mit, okay?«

Gonzo nickte und steckte den Zettel mit Eriks Adresse ein. Dann kam auch schon wieder Jacqueline und verlangte, dass er noch ein paar Szenen mit den anderen Elvissen drehte. Das Ganze zog sich noch eine ganze Stunde hin, weil sich bei jeder Aufnahme mit mehr als einem Elvis immer einer in den Vordergrund drängelte und irgendwelche Showposen absonderte.

Als sie dann endlich wieder vor der Halle standen, dämmerte es schon. Der Wind war kühler geworden, es rieselte nass vom Himmel, mal als dürftige Schneeflocken, die auf dem Weg zum Boden schmolzen, mal als eiskalter Nieselregen, der auf der Haut biss. Gonzos Jacke hielt die Kälte nicht lange ab. Noch während er die Suzie verlud zog sich eine Gänsehaut über seinen Rücken. Jacqueline hatte sich schon in den Kombi verzogen und hantierte an den Schaltern herum. »Standheizung!«, bibberte sie.

»Gibt‘s nicht!« Gonzo schlug die Klappe zu und machte, dass er hinters Steuer kam. Um zur Ausfahrt zu gelangen, musste er die Halle auf einer Schottertrasse umrunden. Als er die letzte Ecke erreichte und den Fuß schon auf dem Gas hatte, um endlich zu beschleunigen, sah er aus den Augenwinkeln den dunklen Wagen vor der Bühnenrampe. Gonzo wechselte auf die Bremse. Der Wagen entpuppte sich tatsächlich als der schwarze Van. Beim Vorbeifahren konnte er einen Blick aufs Nummernschild erhaschen. BB 3000. Er umklammerte das Lenkrad, schaltete automatisch und verpasste trotzdem fast die Ausfahrt, weil sich in seinem Kopf ein paar wilde Gedanken drehten.

13.

Unten auf der Pferdebahn fing gerade das Stoßgeschäft an. Die Freierkolonne rollte im Schritttempo an den Frauen vorbei, die sich an den Caravans die Beine in den Bauch standen. Jacqueline musterte die Szene mit unbewegtem Gesicht und sagte nichts, bis Gonzo schon fast wieder in der Innenstadt war. Vor der Einfahrt zum Studio drückte er ihr die Kassette mit den Bildern in die Hand. »Viel Spaß beim Schneiden.«

»Willst du nicht dabei sein?«

Er zuckte mit den Schultern. »Regel Nummer zwei: Der Kameramann macht nur die Bilder.«

»Wieviel Regeln gibt's eigentlich?«

»Regel Nummer drei: Frag niemals, wieviel Regeln es gibt.«

Er sah ihr noch nach, wie sie mit ihrer Umhängetasche über der Schulter am Pförtner vorbei in den Innenhof abzog, dann drehte er eine Runde um den Block, um zu sehen, ob vor der ENTE inzwischen ein Parkplatz freigeworden war. Er hatte Glück und erwischte eine Lücke hinter Steinboeks aufgedonnertem Geländewagen, schnappte sich Grabowskis Pfand-Thermosflasche und machte sich auf den Weg. In der ENTE fachsimpelten Judas und Magnus Magnussen ganz hinten in der Ecke darüber, ob die Welt nun am letzten oder am ersten Tag des Jahrtausends untergehen würde. Hohlbaum stand am Rotamint daneben und steuerte neueste Erkenntnisse über den Computergau zum Millenniumswechsel bei. Aus der Musikbox säuselte Elvis Love me tender und Steinboek schmachtete an der Theke Karin Risse an, die sich deutlich mehr für ihren Wein als für ihn interessierte. Grabowski hatte die Tische mit kleinen Tannengestecken dekoriert und machte die Runde, um die Kerzen in dem Grün anzuzünden.

»Übertreibst du das nicht ein bisschen?«, fragte Gonzo.

»Wenn die Welt schon untergeht, dann will ich wenigstens nochmal richtig Weihnachten feiern!« Grabowski kassierte seine Thermoskanne und gab Gonzo das Pfand zurück. Gonzo wedelte Steinboek mit Ceyhuns

Anmeldeformular unter der Nase herum. »Das wäre doch was für dich.« Er winkte Grabowski zu. »Einen Wein für die Dame hier. Ich bin ihr was schuldig.«

Karin Risse neigte den Kopf. »Denk bloß nicht, dass du so billig davonkommst!«

»Sag mir, was du willst und ich besorgs dir.«

»He-he!«

»Im Rahmen der Möglichkeiten«, sagte er vorsichtshalber.

Sie trank ihren Wein. »Wie war das, da drin bei Boysen? Hast du Angst gehabt?«

Er sagte, dass er sich nicht mehr erinnern konnte und sie vergaß das Thema. Zusammen sahen sie zu, wie Steinboek mit seinem Nobelkugelschreiber die Anmeldung für den Wettbewerb ausfüllte und sich dann bei Grabowski erkundigte, ob er mal sein Fax benutzen könnte. Sie grinsten sich an. Gonzo erzählte von dem Dreh bei Ceyhun. »Weißt du was über den?«

Die Risse hob ihr leeres Weinglas und wartete, bis Grabowski noch einmal auf Gonzos Kosten nachgefüllt hatte. »Geschäftsmann«, meinte sie dann bloß.

»Macht ihr etwas über seine Elvis-Show?«

Sie schüttelte den Kopf. »Zuviel Rotlicht. Das verträgt sich nicht mit unserer Stellung als eine der größten ...«

»Geschenkt.« Gonzo nippte an seinem Mineralwasser. Die Risse bestellte sich noch einen Wein auf seine Rechnung und versuchte wieder, ihn für ihren Verein anzuwerben. Steinboek hatte zweimal fünf Mark in die Musicbox geworfen und Love me tender in Serie gedrückt. Nach dem dritten Whisky fing er an, mitzusingen, und nach dem sechsten erklärte er lauthals, dass er damit bei Ceyhuns Wettbewerb die Reise nach Graceland gewinnen würde. So wie er sein Becken kreisen ließ, standen seine Chancen gar nicht schlecht. Als er gegen Mitternacht anfing, die Adressen von allen Anwesenden aufzuschreiben, damit er ihnen eine Ansichtskarte vom Grab des Kings schicken könnte, fand Gonzo, dass er Zeit war, sich zu verdrücken. Er war schon an der Tür, als er merkte, dass Karin Risse mitkam. Sie schaukelte ein wenig und hängte sich bei ihm ein. Als sie sich an ihn drückte, wusste er nicht genau, ob das am Wein oder an den Hormonen lag. Deswegen lehnte er sie draußen an seinem Kombi und behielt sie im Auge, während er aufschloss.

»Ich kann nicht mehr fahren«, sagte sie.

Gonzo machte die Beifahrertür auf. »Ich bring dich.«

Die Straßen waren nicht feucht, aber auch nicht ganz trocken. Gonzo hielt nach vereisten Pfützen und überfrierender Nässe Ausschau. Der Weihnachtsmann spähte aus seinem Glas interessiert nach Gonzos Fahrgast. Karin Risse klappte die Sonnenblende herunter und musterte sich im Schminkspiegel. Außen ihnen war kaum jemand mehr unterwegs. Die Verkehrsampeln blinkten Dauergelb. In den Nebenstraßen brannten keine Laternen mehr.

Die Studioleiterin wohnte in einem aufgemotzten Altbau am Rüttenscheider Markt, und Gonzo sagte nicht nein, als sie fragte, ob er noch mit hochkommen wollte. In ihrer Wohnung lagen helle Teppiche auf den lackierten Naturholzdielen. Sie besaß wenig Möbel, aber die waren teuer und sahen gut aus, wenn man Glas und Stahl mochte. Im Wohnzimmer stapelten sich in dem Regal neben dem Großbildfernseher Berge von Spielfilm-Videos. Karin Risse lehnte sich in den Türrahmen und zog Gonzo an sich. Ihr Kuss war zuerst verspielt, dann glitten ihre Hände über seinen Rücken und ihr Zunge wurde aktiver. Gonzos Finger gingen ebenfalls auf Wanderschaft. Ihr Seufzen machte ihm klar, dass er auf dem richtigen Weg war. Vielleicht war es doch gar keine so schlechte Idee, wieder in den Schoß seines ehemaligen Muttersenders zu wechseln.

»Erstmal duschen!« Sie zog ihn in ein Bad mit blankgewienerten Fliesen, indirekter Beleuchtung und ordentlich aufgereihter Kosmetik im Glasregal über dem Waschtisch. Ihre Dusche war geräumig, die drei Duschköpfe umnebelten sie innerhalb von Sekunden. Gonzo schäumte sorgfältig ihre Brüste ein, ihre Haut glitschte aneinander und eine Viertelstunde später taumelten sie in ihren dicken Bademänteln ins Schlafzimmer.

Über der Spielwiese hing ein übergroßer Druck von Munchs Schrei. Auf dem Nachttisch versprach ein Taschenbuch »Immer Spaß beim Sex!« Gonzo blätterte ein paar Seiten durch. »Weiterbildung?«

»Das sieht ja hervorragend aus«, stellte Karin Risse fest, als sie Gonzo musterte und machte sich daran, ihn erst auf den Rücken zu legen, um ihn dann zur Seite zu drehen. Gonzo spürte seine Bandscheibe. »Hör mal«, sagte er vorsichtig.

»Still!«

Gonzo fand sich in einer Art stabiler Seitenlage wieder. Karin Risse hantierte geschickt mit einem Kondom und musste dann aber doch ein wenig mit der Hand nachhelfen, damit er seinen Weg fand. »Gut?«, fragte sie, als er unter ihren Bewegungen stöhnte.

Gonzo nickte, weil er sich nicht sicher war, ob das Ziehen in seinen Hüften nicht doch von der Bandscheibe kam.

»Das ist die fliegende Gazelle«, erklärte Karin Risse. Und nach ein paar Minuten, als ihr Atem gerade schneller zu werden begann: »Jetzt machen wir das mal umgekehrt.«

Gonzo war froh, sich aufrichten zu können. Zwischen ihren Brüsten lief ein dünner Schweißtropfen herunter. »Können wir nicht was Gemütliches machen?«, fragte er. »So mit Gummianzug und Handschellen?«

Ihre Augen leuchteten. »Den heulenden Hund«, sagte sie. »Den kennst du bestimmt.«

Gonzo kannte ihn nicht, und nachdem er ihn kennengelernt hatte, war er sich sicher, dass sich die Bekanntschaft für ihn nicht lohnte, weil er die meiste Aufmerksamkeit darauf verwenden musste, in dem Gewirr aus Armen und Beinen nicht aus dem Gleichgewicht zu kommen.

»Komisch, dass du den nicht kennst.« Karin Risse gab sich seinem Rhythmus hin. »Der ist wirklich gut.« Nach einer Weile, als Gonzo schon heftiger zu werden begann, drückte sie ihn sanft weg. »Noch nicht. Wir müssen noch den stürzenden Geier machen. Da geht wirklich die Post ab.«

Gonzo gab sich alle Mühe, aber bei ihm ging die Post weder beim Geiersturzflug noch bei der Affenschaukel ab. Lediglich der schlafende Löwe schien ihm einigermaßen praktikabel, weil er dabei meistens nur daliegen musste. Eine halbe Stunde und vier Stellungen später schwitzte er wie ein Zehnkämpfer nach der Dschungelolympiade und fragte sich, ob sie die Sache in absehbarer Zeit auch noch einmal zu Ende bringen würden. Schließlich drehte er sie herum und suchte sich seinen Weg. Er stützte sich ab und pumpte, sie verhakte ihre Beine hinter ihm. Kurz bevor er spürte, dass er gleich soweit war, sah Gonzo, wie sich ihre Züge spannten. Für einige Sekunden wirkte sie, als würde sie sich auf eine hochkomplizierte Rechenaufgabe konzentrieren. Dann war es zuerst mit Gonzos und dann auch mit ihrer Beherrschung vorbei. Aufseufzend entspannte sich Gonzo. Sie strahlte ihn an. »Was war das denn?«

»Der keuchende Kameramann!«, grinste Gonzo.

»Wieder was gelernt.« Sie tippte ihm auf die schweißfeuchte Nase. »Und nächstes Mal darfst du deinen Gummianzug und die Handschellen mitbringen, okay?«

Gonzo wusste nicht, wie lange er geschlafen hatte. Als er aufwachte, stieg der Mond ins Zimmer und leuchtete die Szene aus. Am Fenster tanzten Schneeflocken vorbei. Karin Risse lag zusammengerollt neben ihm und hatte sich das Oberbett angeeignet. Gonzo fröstelte, aber er schaffte es nicht, sie aus der Decke auszuwickeln, so sehr er auch zerrte. Sie roch nach Duschschaum, Nachtschweiß und keuchendem Kameramann.

Gonzo blieb eine Weile auf dem Rücken liegen, starrte an die Decke und versuchte, auf dem grauen Untergrund ein paar Beziehungen zwischen den Dingen zu konstruieren, die in den letzten Tagen passiert waren. Als er zu keinem Ergebnis kam, schlüpfte er aus dem Bett, suchte seine Sachen im Bad zusammen und schaltete in der Küche die Kaffeemaschine ein.

Während die Kanne durchlief, warf er einen Blick auf die Videosammlung im Wohnzimmer. Karin Risse stand eindeutig auf Charlton Heston und Mel Gibson. Er fand BEN HUR, den OMEGA-MAN und alle Teile von MAD MAX. Unter einem Stapel Hollywood-Western entdeckte er auch ein paar Gojko Mitic-Filme.

»Bingo!«, murmelte er und zog DIE SÖHNE DER GROSSEN BÄRIN heraus. Er nahm das Band mit in die Küche, saß noch fast eine Stunde mit seinem Kaffee am Tisch, und als er Hunger bekam, holte er sich ein paar Knack-und-Back-Brötchen aus Risses Vorrat. Draußen wurde es hell. Auf dem Platz bauten sie mit Gerumpel die Stände für den Wochenmarkt auf. Er machte noch einmal Kaffee und stellte ihn in der Thermoskanne auf den Tisch. Dann schnappte er sich DIE SÖHNE DER GROSSEN BÄRIN und zog leise die Wohnungstür hinter sich zu.

Ein weißer Flaum hatte draußen alles bedeckt. Auf den Bürgersteigen zeugten dünnen Pfade von Zeitungsausträgern und Frühaufstehern. Der Verkehr schob sich in Zeitlupe am Marktplatz vorbei, die ersten Lieferwagen rollten in die Gassen zwischen den Ständen. Eine Straßenbahn bremste sich sandstreuend an die Haltestelle heran. Vermummte Gestalten krochen aus dem Wartehäuschen. Auf Gonzos Windschutzscheibe hatte jemand mit dem Finger 99 in den Schneestaub geschrieben. Er kratzte eine handtellergroße Fläche frei, damit er wenigstens Sicht auf seinen Vordermann hatte.

Weil es ohnehin nur ein paar hundert Meter bis zum Polizeipräsidium waren, ließ Gonzo den Kombi im zweiten Gang über den Rüttenscheider Stern und über die Juristenmeile mit ihren Anwaltspraxen hinunter zum Landgericht zuckeln und angelte das Handy von der Mittelkonsole. Er hatte Glück. Hassenkamp meldete sich mit einem preußischen »Morgen!«

»Kann ich mal reinkommen?«

»Gonzo, bist du das?«

Gonzo grunzte.

»Sonst kriegt man dich doch nicht vor Zehn aus dem Bett.«

»Geht es?«, fragte Gonzo.

»Klar. Bring Brötchen mit.«

Also machte Gonzo zuerst noch Zwischenstation am Kiosk auf der Verkehrsinsel zwischen Landgericht und Präsidium. An den drei Stehtischen in der überheizten Bude bereiteten sich die ersten Rentner auf ihre Rolle als Öffentlichkeit bei den anstehenden Verhandlungen vor. Gonzo verlangte »Einmalmettunterehälftezweimalfleischwurstsenfoben« und trabte gleich darauf mit der Papiertüte in der Hand über die Straße. Der Schneeteppich war inzwischen fast völlig zertreten. Der Pförtner hantierte mit Besen und Schaufel vor seinem Glaskasten herum.

Unten in Hassenkamps Videobunker packte Gonzo die Brötchen auf den Bürotisch neben dem Schaltpult und legte DIE SÖHNE DER GROSSEN BÄRIN dazu. »Versprochen ist versprochen.«

Hassenkamp begutachtete die Videohülle. »Ich glaub's nicht!« Behutsam deponierte er das Band auf seinen Großmonitor. »Den hebe ich mir für heute Abend auf.«

Gonzo durchforstete seine Taschen, bis er endlich den Zettel mit Eriks Adresse fand. Er schob ihn Hassenkamp hin. Der Hauptkommissar sah von seinem Fleischwurstbrötchen auf. »Ich hab mir doch gleich gedacht, dass da ein Haken dran ist.«

»Nur eine unwichtige Information für die Menschheit, aber eine wichtige für mich!«

Hassenkamp ließ sich Zeit mit seinem Brötchen und erzählte, dass er sich in der Verkehrsleitzentrale wegen der Bänder aus der Nacht von Bettys Unfall umgehört hatte. »Für die war der Unfall reine Routinesache, deswegen hat sich auch keiner groß gekümmert, als am anderen Morgen Bindisch aufgetaucht ist und die Bänder mitgenommen hat.«

»Bindisch?«

Hassenkamp zuckte mit den Schultern. »Er hat gesagt, dass er Material braucht, um ein Video über die Arbeit der Verkehrsüberwachung für die Fernsehsender zusammenzustellen. Also hat er sich gleich die frischen Bänder gegriffen.«

Gonzo kratzte sich am Oberschenkel, weil das Jucken wieder eingesetzt hatte und diesmal von oben nach unten zog. »Weißt du von so einem Video? Müsstest du das nicht für ihn zusammenschneiden?«

Hassenkamp fegte die Brötchenkrümel auf dem Tisch zusammen und entsorgte sie in den Papierkorb. »Nicht unbedingt. Der feine Herr Bindisch gibt sowas gern an eine PR-Agentur. Ist aber auch egal, denn als ich ihn dann am Nachmittag in der Kantine deswegen fragte, was meinst du, was er mir da sagt?«

Gonzo rutschte auf die Kante seines Stuhls. »Was?«

»Erstens soll ich mich um meinen eigenen Kram kümmern und zweitens wäre das Projekt sowieso gestorben und die Bänder hätte er weggeschmissen.«

Gonzo fragte sich, was Brockmann oder seine Ermittlerin von der Information halten würden.

»Vielleicht gibt's aber doch noch ein paar Bilder von der Nacht aus dem Tunnel«, meinte Hassenkamp schließlich. »Vorhin hat einer von den Verkehrsüberwachern angerufen, dass sie doch noch was gefunden haben. Ich fahre nachher mal rüber. Gegen Mittag.«

»Was dagegen, wenn ich da kurz mit reinschaue?«

Hassenkamp hob die Schultern. »Was kann ich dafür, wenn du überall reinschneist?« Er nahm sich Gonzos Zettel mit Eriks Adresse vor. »Dann wollen wir mal.«

Er rollte auf seinem Bürostuhl zu seinem Abfrageterminal und tippte den Namen ins polizeiliche Informationssystem ein. Gonzo trat hinter ihn.

DATENSATZ GESPERRT.

Dahinter ein paar Kürzel, die Gonzo nichts sagten.

Hassenkamp drehte sich um. »Du hast ein Talent, komische Sachen auszugraben.«

Gonzo starrte immer noch auf den Monitor. »Wieso gesperrt?«

Hassenkamp tippte auf die Kürzel. »Deswegen.«

»Nun komm schon.«

Der Hauptkommissar schloss genervt die Augen. »Das darf ich dir nicht sagen. Damit gefährde ich eine laufende Ermittlung.«

Gonzo dämmerte etwas. »Soll das heißen, dieser Erik ist ein Polizeispitzel?«

»Für einen Spitzel treiben wir nicht so einen Aufwand.«

Das Kribbeln in Gonzos Bein erreichte die Zehen. Er bog sie im Schuh zusammen und entspannte sie wieder. »Er ist ein Undercover-Bulle?«

»Ich hab nichts gesagt«, sagte Hassenkamp. Gonzo wanderte einmal durch den Raum. Bei der Sache passte immer weniger zusammen.

»Dafür bist du mir eigentlich noch einen Gefallen schuldig«, sagte Hassenkamp. »Wie wäre es mit TECUMSEH?«

14

Die Kneipe der Ermittlerin zwischen Theater und Lichtburg entpuppte sich als Nachbau der Kulisse von Hoppers NIGHT HAWKS, und damit das auch jeder begriff, hing eine Kopie des Bildes an der Wand gegenüber vom Eingang. Draußen verkündete eine Neonschrift, dass man MARY'S betrat, und drinnen war alles sehr amerikanisch.

Aus der echten Wurlitzer in der Ecke säuselte Peggy Lee Fever, die Barstühle waren gemütliche, auf verchromten Stahlfüßen festgeschraubte Ledersitze. Die Tafel neben dem Tresen verkündete, welche SNACKS und DRINKS es gab und dass heute PHILLIES besonders angesagt waren. Die Blondine hinter der Theke hatte ein schickes star-spangled Käppi auf dem Kopf und studierte »100 Cocktails – schnell gemixt«. »Oh«, sagte sie, als sie von ihrem Buch aufsah. »Hallo Gonzo.«

»Hallo Susann.« Gonzo kletterte auf einen Barhocker. »Nicht mehr im Filmgeschäft?« Im Sommer hatte er sie noch als willige grüne Witwe in einem Pornostudio unten im Stadthafen vor der Kamera gehabt.

Susann rückte näher. »Ausbildung vom Arbeitsamt«, sagte sie leise. »Hat mir mein Vermittler persönlich besorgt.« Sie grinste. »Dafür qualifiziere ich ihn auf meinem Spezialgebiet weiter.«

Gonzo überflog die Getränketafel. »Was kann ich mir denn davon leisten?«

»Ein Wasser«, entschied Susann. »Still oder mit Kohlensäure? Tonic? Eis? Limone?«

Gonzo entschied sich für eine heimische Abfüllung mit wenig Nitrat und Magnesium. Während Susann die Designerflasche aufmachte und über die Eiswürfel im vorgekühlten Glas leerte, machte Gonzo im Barspiegel die Ermittlerin aus. Sie saß in der hintersten Ecke, und seltsamerweise war Hohlbaum bei ihr. Er hatte sich sein Monokel ins Auge geklemmt, blies mit seiner Pfeife dünne Rauchschwaden in die Luft und wedelte mit einem Foto vor der Ermittlerin herum, bis sie es ihm endlich wegnahm und einsteckte. Die anderen Gäste waren gesichtslose Krawattenträger aus den Stadtämtern in der Nähe und ein paar dekorative Mädchen, die Anschluss suchten. Gonzo drehte sich mit seinem Wasser auf dem Hocker herum und sah zu Mary Amos, bis sie ihm mit einer Kopfbewegung signalisierte, dass sie ihn zur Kenntnis genommen hatte.

»Ihr kennt euch?« Susann wischte über die blanke Theke.

»Ein bisschen«, sagte Gonzo.

»Sie ist schon in Ordnung«, meinte Susann. »Ich meine, schließlich hat sie mir den Job hier gegeben.«

»Und diese Ermittlungen, die sie macht?«

Susann verschanzte sich hinter ihren 100 Cocktails. »Sie war früher mal bei den Bullen. Aber nicht lange. Hat sich dann von so einem Versicherungsfuzzi einwickeln und ein Kind anhängen lassen.«

Gonzo schüttelte den Kopf.

»Sprich sie bloß nicht darauf an«, warnte Susann. »Das Blag ist der größte Fehler, den sie jemals gemacht hat. Bei der Scheidung hat sie's ihrem Ex und seiner neuen Tussi einfach dagelassen und dafür seinen Wagen mitgenommen.«

Susann holte sich ein paar Flaschen und versuchte sich nach der Anleitung an einem CAIPIRINHA. Gonzo sah durchs Fenster, wie draußen zwei Politessen die Stadtkasse aufbesserten. Dann durfte er Susanns Kreation probieren. Er schüttelte sich. »Nicht mein Fall.«

»Banause.«

Endlich war die Ermittlerin mit Hohlbaum fertig und kam herüber. »Kommen Sie!« Sie steuerte die Tür neben der Bar an, auf der in Goldbuchstaben PRIVAT stand.

Gonzo kletterte hinter ihr drei Treppen in die Höhe und gönnte sich dabei einen ausführlichen Blick auf ihren Hintern in der engen Hose. »Genug gesehen?«, fragte sie, als sie oben waren. Er nickte und sie machte die Tür zu ihrem Büro auf.

Es gab ein paar billige Büromöbel, einen Schreibtisch mit einem Computer und an den Wänden einen Stadtplan von Avignon und ein Plakat von »Desperately seeking Susan«. Aus dem Fenster hatte man einen perfekten Blick auf den Burgplatz mit der Münsterkirche. Eine Madonna stand auf der Fensterbank und sah hinüber. Die Ermittlerin hängte ihre Jacke auf die Lehne des Bürostuhls. Sie trug wieder ihren Schulterhalfter und der Kolben der Waffe schmiegte sich unter ihre Achsel. »Also?«

Als erstes erzählte er ihr von Bindischs Aktion, und dass es möglicherweise doch noch ein paar Bilder von den Tunnelkameras gab. »Ich schaue deswegen gleich mal bei der Verkehrsüberwachung vorbei.«

»Da würde ich gern mitkommen.«

»Okay«, sagte Gonzo und hoffte, dass er damit seinen Teil der ganzen Angelegenheit erledigt hatte. Die Ermittlerin musterte ihn lange, ohne dass er sagen konnte, dass ihm ihr Blick unangenehm war. Im Fotorahmen auf dem Schreibtisch machte er ein Bild von ihr in Polizeiuniform aus. Zusammen mit ein paar anderen grinste sie vor dem Eingang zur Nordwache in die Kamera. Gonzo hätte sich die Aufnahme gern näher angesehen, weil er glaubte, in einer der anderen Polizistinnen Roswitha Pless zu erkennen, die im Sommer als Chefin einer Sonderkommission den Ruhrkiller gejagt hatte.

»Sie wissen doch noch mehr«, meinte die Ermittlerin schließlich. »Dass Bindisch die Bänder zur Seite geschafft hat, habe ich inzwischen auch schon herausgekriegt. Wo Bindisch ist, ist Breitscheidt nicht weit und wo der ist, taucht garantiert auch Aschhoff auf. Dann haben wir noch den schwarzen Van, der zur Soko Breitscheidt gehört. Herr Brockmann hat das inzwischen in seinem Amt überprüft. Bei welcher Ermittlung der Van eingesetzt wird, konnte er nicht herausfinden. Nur, dass beim Straßenverkehrsamt ein falscher Kfz-Brief auf den Namen Erik Crueger für den Wagen ausgestellt worden ist. Bloß gibt es keine Daten über diesen Crueger.«

»Das ist einer von Breitscheidts Bullen«, sagte Gonzo. »Undercover. In einem Club unten an der Pferdebahn.

»Etwa der Club CC?«, fragte sie.

Gonzo nickte und erzählte, wie er Erik alias Elvis getroffen hatte. Die Ermittlerin schob nachdenklich ihre Computermaus auf dem Schreibtisch hin und her. »Er war der Kerl mit der Hakennase auf Bettys Video? Der, der den Verletzten in den Van gebracht hat?«

»Ja.« Gonzo kratzte sich am Kopf. »Das war der Italiener, der angeblich im Knast gestorben ist.« Als sie von Giorgio C. hörte, langte die Ermittlerin zu ihrer Jacke und zog das Bild heraus, das ihr Hohlbaum vorhin gegeben hatte. »Der hier?«

Der Mann auf dem Bild war genau der, den Erik zum Van geschleppt hatte. Gonzo nickte und die Ermittlerin legte nachdenklich den Kopf zur Seite. »Sie kennen Hohlbaum?«

»Sicher. Und was haben Sie mit ihm zu tun?«

Sie lächelte ihn an. »Manchmal sind gute Beziehungen zur Presse ganz nützlich.«

Gonzo schnaufte. »Da gibt's bessere als Hohlbaum.«

»Sie zum Beispiel?« Sie wurde ernst. »Wissen Sie, was der Graf mir eben erzählt hat? Er wollte ein bisschen mehr über den Tod dieses Giorgio bei dem Fußballspiel herausfinden. Er wollte mit dem Gefängnisarzt sprechen, der den Totenschein ausgestellt hat – abgelehnt. Er wollte von Birdisch wissen, wie die Ermittlungen stehen, die Aschhoff wegen der Sache eingeleitet hat – kein weiterer Kommentar. Das kam dem Grafen alles sehr komisch vor.«

»Kann ich mir denken«, sagte Gonzo. »Welche Vermutung hat er? Freimaurer? Die CIA? Alle beide?«

»Sicher«, meinte Mary Amos. »Er übertreibt manchmal ein bisschen. Aber er hat den Pathologen aufgetan, der Giorgio für die Staatsanwaltschaft obduziert hat. Nach dessen Befund kann sich Giorgio die Verletzungen, an denen er gestorben ist, durchaus schon zehn oder zwölf Stunden vorher zugezogen haben.«

Gonzos Fußsohlen begannen plötzlich zu kribbeln. »Klar«, sagte er. »Bei dem Unfall auf der 224, den Betty gefilmt hat.

Die Ermittlerin deutete ein Nicken an. »Giorgio war außerdem nicht irgendwer. Er war der Sohn von Il Nano.« Sie sah ihn aufmerksam an. »Schon mal von Carlo Carletto alias Il Nano gehört?«

»Flüchtig.« Gonzo begriff auf einmal, welche Bilder der alte Italiener von ihm hatte haben wollen. Nicht die aus dem Gefängnis, sondern die, die Betty gedreht hatte.

Die Ermittlerin stand auf und schlüpfte in ihr Jackett. Der Kolben der Waffe verschwand unter Designerseide. Sie holte ihren Webpelz vom Kleiderhaken und schnippte mit den Fingern. »Auf, auf! Besuchen wir Ihre Freunde.«

Gleich darauf kletterte er hinter ihr die Treppe hinunter. In der Bar zwinkerte Susann Gonzo zu und sagte leise: »Wenn ich mich bewähre, macht Sie mich zu ihrer Geschäftsführerin.«

Gonzo beeilte sich, um hinter Mary Amos herzukommen. Sie steuerte draußen sofort auf seinen Kombi zu und pflückte das Knöllchen von der Windschutzscheibe. »Mitleid mit der leeren Stadtkasse?«

»Nein.«

Sie warf den Strafzettel weg und kletterte auf den Beifahrersitz. Ihr Blick streifte den Weihnachtsmann in seiner Schneekugel. »Ein Talisman?«

Gonzo murmelte etwas, weil er genug damit zu tun hatte, den Wagen aus der engen Lücke herauszumanövrieren. Der Duft ihres Parfüms mischte sich mit dem Geruch der feuchten Fußmatten. Mary Amos drehte das Fenster einen Spalt herunter. Kaum hatte er es aus der Parkbox geschafft, als hinter ihm sofort mit Fernlicht und Hupe der Kampf um seinen Platz begann. Gonzo nutzte die Chance, wechselte auf die Überholspur und drängelte sich zur nächsten Ampel durch.

»Sie haben sich in letzter Zeit ziemlich unbeliebt gemacht«, meinte die Ermittlerin nach einer Weile. »Meint jedenfalls Hohlbaum.«

»Ich bemühe mich.« Gonzo wich einem Bauzelt der Telekom aus. Er sah zu ihr hinüber. »Was ermitteln Sie denn eigentlich so?«

»Dinge, die von Interesse sind.« Sie schien einen Moment zu überlegen, ob sie ihm trauen konnte. »Was interessiert Sie denn so?«

Gonzo starrte auf die Fahrbahn. »Ich bin Kameramann. Ich mache nur die Bilder.«

»Auch eine Einstellung«, meinte sie.

Gonzo musste an Boysens Paranoia und seinen Verfolgungswahn denken. »Boysen hat irgendetwas von einer Allianz gefaselt.« Er kratzte sich am Kopf. »Alle gegen ihn, so etwas in der Art.«

Mary Amos fuhr nachdenklich mit dem Finger in den Schlitz in Gonzos Wagenhimmel. »Sie denken, er hat sich das nur eingebildet?«

Gonzo schaltete das Licht ein, weil die geschlossene Wolkendecke den Tag bereits für beendet erklärte. Er wollte auf die Nachbarspur, um bei der nächsten Ampel abzubiegen und hatte Glück, dass er den Truck noch rechtzeitig sah, der von hinten herandonnerte. Er riss das Lenkrad wieder zurück. Die Ermittlerin hielt sich an der Halteschlaufe über der Tür fest und der Weihnachtsmann im Schüttelglas versank in einer Schneewolke.

Als es wieder ruhiger voranging, suchte er im Radio nach den Nachrichten, erwischte aber nur den Lokalfunk und musste sich anhören, wie Oberbürgermeister Defregger erklärte, dass die holländischen Einkaufstouristen einen wesentlichen Faktor in der Kalkulation des örtlichen Einzelhandels darstellten. Laut Wetterbericht würde in den nächsten Stunden eine Kaltfront mit Schnee und Eisregen über sie herfallen. Gonzo hatte die Seitenscheiben heruntergedreht und ließ sich die Luftstrom um den Kopf wehen. Der Weihnachtsmann surfte in seiner Schneekugel tapfer durch das Flockengestöber. Mary Amos inspizierte den Müll, den er spazieren fuhr. Ihr Parfüm machte Gonzo Kopfschmerzen. Die Ermittlerin kramte in ihren Taschen, holte ihr Notizbuch heraus, blätterte und schrieb sich etwas auf.

Gonzo konzentrierte sich auf die laubbedeckte Straße. Buchenblätter segelten durch die Luft, die Fahrbahn war fast abgetrocknet. Die Winterreifen griffen prächtig und der Kombi zog an den Ampeln an wie Schumachers Ferrari.

Die Verkehrsleitzentrale der Polizei saß in einem tristen Funktionsbau zwischen Innenstadt und Westviertel. Gonzo ließ sich erst gar nicht auf den Kampf mit dem Pförtner in seiner Bude an der Parkplatzeinfahrt ein, sondern setzte den Kombi daneben auf den Bürgersteig.

Er hielt der Ermittlerin die Flügeltür am Eingang auf. »Lassen Sie mich reden«, sagte er, als sie an ihm vorbeiging.

An der Glaskanzel mit dem Eingangspförtner mussten sie sich erst ausweisen und bekamen dann noch einen Passierschein. »Abzeichnen lassen!«, verlangte der Uniformierte noch, ehe er sie zum Fahrstuhl schickte.

In der Überwachungszentrale verteilte die Aircondition die trockene Luft zwischen den Reihen von Monitoren über den Steuerungspulten für die Ampeln. Ein halbes Dutzend Uniformierter versuchte, den Verkehr an den Kreuzungen auf ihren Bildschirmen einigermaßen im Fluss zu halten. Hassenkamp saß im Glasbüro am anderen Ende des Raumes mit dem Schichtleiter zusammen. Als er die Ermittlerin in Gonzos Schlepptau entdeckte, verzog er die Mundwinkel. »Sie schon wieder?«

Mary Amos produzierte ein nettes Lächeln und hielt sich ansonsten an Gonzos Anweisung. »Du hast ein Band?«, fragte Gonzo.

Hassenkamp deutete auf den Schichtleiter. »Der Kollege hat mit grade erzählt, dass wieder mal Ebbe in der Kaffeekasse ist.«

Ehe Gonzo reagieren konnte, hatte Mary Amos einen Fünfziger gezückt und in die Blechbüchse neben der Kaffeemaschine gestopft. Der untersetzte Polizist schob eine Kassette in den Recorder neben seinem Tisch und machte den Monitor auf dem Rollwagen an. Als Gonzo nach vorn schoss, um das kleine Bild zu erkennen, stieß er mit der Ermittlerin zusammen. Es war die Aufnahme einer Kamera aus dem Einfahrtsbereich des Tunnels. Das eingeblendete Datum und die Uhr stimmten. Nur ein paar Minuten vor Bettys Unfall. Die Ermittlerin hatte ihre Hand auf Gonzos Schulter gelegt. Ihre Haare streiften seine Wange, als sie sich noch weiter vorbeugte.

»Die Kamera war letzte Woche kaputt«, erklärte der Schichtleiter träge. »Die Techniker haben sie irgendwann zwischendurch repariert und wohl vergessen, deswegen eine Meldung reinzugeben. Also hat sie in der Nacht auch gar nicht auf dem Plan gestanden.«

Gonzo interessierte es herzlich wenig, wer welche Meldung vergessen hatte. Der nächtliche Verkehr zog träge unter den Linse in den Tunnel. Ein Taxi, ein paar Kleintransporter, ein Wagen des Zeitungskonzerns, der die Ausgabe des nächsten Tages auslieferte. Dann Bettys Kleinwagen und auf der zweiten Spur der schwarze Van. Die Szene dauerte höchstens eine Sekunde.

Gonzo fragte, ob sie das noch einmal sehen könnten. Der Schichtleiter fuhr das Band zurück und wieder vor. »Geht das nicht in SloMo?«, fragte Gonzo. »Oder Einzelbilder?«

»Wir sind hier bei der Polizei und nicht in Hollywood«, sagte Hassenkamp.

»Ich hab schon vor zwei Jahren einen Antrag für eine Bearbeitungseinheit gestellt«, klagte der Schichtleiter.

Mit einem bisschen Phantasie konnte man am Steuer des Kleinwagens noch Betty erkennen. Bei dem Van rasten nur die abgedunkelten Seitenscheiben vorüber. Gonzo ließ sich die Szene noch einmal vorspielen und achtete auf das Nummernschild des Van. »Er ist es«, sagte die Ermittlerin neben ihm.

Hassenkamp sah auf. »Irgendetwas, was ich wissen sollte?«

»Nur ein Haufen Vermutungen«, meinte Gonzo. »Kann ich das Band haben?«

»Natürlich nicht.«

»Ich kann auch einen Beweissicherungsbeschluss erwirken«, meinte Mary Amos. Der Schichtleiter wurde auf einmal nervös und erkundigte sich bei Hassenkamp, in was er ihn da überhaupt hineingezerrt habe. Der Hauptkommissar hatte Mühe, ihn wieder zu beruhigen. Am Ende war man sich wenigstens einig, dass der Schichtleiter das Band erst einmal in seinem Schreibtisch aufhob und nicht überspielte.

»Klasse haben Sie das gemacht!«, zischte Gonzo, als er mit Mary Amos wieder im Fahrstuhl stand. »Sie denken doch nicht etwa, dass Ihnen ein Bulle auch nur die Uhrzeit sagt, wenn er nicht will.«

»Mit einem Beschluss haben wir das Band innerhalb von 24 Stunden«, sagte sie. »Mein Vater hat noch seine Zulassung als Rechtsanwalt. Er muss nur einen Richter anrufen.«

»Haben Sie eine Ahnung, was in 24 Stunden alles verschwinden kann?«

Sie ging nicht darauf ein. Gonzo stopfte die Hände in die Hosentaschen und stieß auf den Passierschein. Er zerrte ihn heraus. »Wenn der nicht abgezeichnet ist, kommen wir hier nie wieder raus.«

Er wollte den Aufzug anhalten, aber die Ermittlerin nahm ihm den Zettel aus Hand, fischte einen Kugelschreiber aus ihrer Handtasche und malte einen Krakel auf die gestrichelte Linie. »Kein Problem.«

Als sie wieder draußen waren, entdeckte Gonzo, dass der Parkplatzwärter gerade einen Zettel hinter seinen Scheibenwischer klemmte. Ein Pinguin mit roter Bommelmütze und rotem Jutesack versprach NIKOLAUSSERVICE MIT KNECHT RUPRECHT UND ECHTEM SCHIMMEL. Im Fenster seiner Bude stand eine Flasche Schlehenfeuer und eine Tüte mit dem Pinguin der Nikolausagentur.

Gonzo zerknüllte das Papier, lud die Ermittlerin ein und machte, dass er wegkam. »Und jetzt?«, fragte er an der nächsten Ampel.

Die Amos hatte wieder ihr Notizbuch herausgeholt und notierte sich etwas. »Wir haben den schwarzen Van und diesen Erik, auf den er zugelassen ist«, meinte sie schließlich. »Ich denke, wir sollten mal mit ihm reden.«

Gonzo fragte sich, ob das eine gute Idee war, aber dann erinnerte er sich an das Schulterhalfter der Ermittlerin. An Argumenten würde es wenigstens nicht fehlen. »Als ich Boysen zum zweiten Mal getroffen habe, hat er einen alten Kollegen erwähnt, bei dem er unterkriechen wollte. Einen Erik.« Gonzo beugte sich vor. »Mit diesem Arschloch Boysen hat die ganze Sache überhaupt erst angefangen.«

An der nächsten Kreuzung drängelte er sich auf die richtige Spur. Die Ermittlerin entspannte sich. »Haben Sie sich eigentlich schon mal gefragt, wie das alles hier funktioniert?«, wollte sie auf einmal wissen. »Hier, in dieser Stadt?«

»Wie kommen Sie denn darauf, dass hier etwas funktioniert?« Gonzo quetschte den Kombi durch die einspurige Baustelle unter der Eisenbahnbrücke und bog auf die Pferdebahn ein. Die Mädchen der Abendschicht drückten sich zwischen den Wohnwagen herum. Gonzo ging vom Gas, um Ceyhuns Club nicht zu verpassen. Trotzdem rollte er fast an der Parkplatzeinfahrt vorbei und musste erst zurücksetzen, um den Kombi hineinzumanövrieren. Vor dem Haus mit der unscheinbaren Fassade parkte der schwarze Van. Ganz hinten machte Gonzo einen schwarzen Bestattungswagen aus. REQUIESCAT IN PACE stand in geschwungenen Buchstaben in den Fenstern unter den beiden Palmzweigen. Gonzo fühlte sich ein bisschen ungemütlich. »Il Nano«, sagte er. Die Ermittlerin schien das nicht zu überraschen.

Weil der einzige freie Stellplatz der neben dem schwarzen Van war, blieb ihm nichts anderes übrig als den Kombi in die Lücke zu steuern.

»Nehmen Sie Ihre Kamera mit«, sagte Mary Amos.

Während Gonzo die Suzie auslud, legte die Ermittlerin ihr Schulterhalfter mit der Waffe ab und verstaute alles unter dem Vordersitz. Sie fischte das leere Schüttelglas aus dem Stauraum vor ihren Füßen, rieb es am Sitz sauber und steckte es ein. »Diesmal rede ich!«

Gonzo schulterte die Suzie und warf im Vorbeigehen einen Blick in die Fahrerkabine des Van. Am Rückspiegel baumelten drei Schaumgummiwürfel, auf den Sitzen verteilten sich leere Coladosen, Schokoladenpapier, Kosmetikzeug und ein paar zerfledderte Zeitschriften mit viel nacktem Fleisch. Auf der Ablage lag eine Kassettenhülle. »Forever – The King«

Mary Amos war schon zur Tür vorausgegangen. Über ihren Köpfen surrte die Videokamera in Position und aus einem Lautsprecher neben der Tür wollte man wissen, was sie hier suchten.

»Wir sind angemeldet. Wir müssten noch mal mit Erik reden«, sagte die Ermittlerin. »Wegen dieser Fernsehgeschichte über seine Elvis-Nummer.«

Gonzo hob die Suzie in Richtung der Videokamera. Das Objektiv starrte eine Weile reglos auf sie herunter, ehe es in seine Warteposition zurückschnurrte. Die Tür ging auf. Ein kräftiger Bursche in schwarzen Jeans und Lederjacke machte das Licht im Foyer an und beäugte sie skeptisch.

»Ceyhun weiß schon Bescheid«, murmelte Gonzo.

Dem Plüsch an den Wänden sah man im Schein der Neonlampe seine Jahre an. An den Haken der Garderobe auf der einen Seite hing ein zu klein geratener Wintermantel neben ein paar teuren Kamelhaarkreationen. Nacktfotos der aktuellen Tänzerinnen sollten den letzten Appetit wecken. Ein Gang führte nach hinten zu einer Samtportiere, an der sich zwei von Ceyhuns Bodyguards auf Klappstühlen herumlümmelten. Rechts ging eine Holztreppe nach oben.

»Erik ist oben!«, sagte der Kräftige. »Dritte Tür.«

Die Ermittlerin kletterte hinauf, als wäre sie hier zu Hause. Auf dem Treppenabsatz ließ ein verkümmerter Ficus einen Regen trockener Blätter fallen, als Gonzo im Vorbeigehen an die Zweige stieß. Mary Amos wartete schon an der dritten Tür. »Ich rede!«, sagte sie noch einmal, als Gonzo bei ihr war. Sie drückte die Klinke.

Erik hockte im Halbdunkel auf einem alten Bürostuhl vor einem Regiepult und einer Batterie von Monitoren. Gonzo erkannte den Blick auf den Parkplatz, die Türkamera und drei Kameras, die den Clubraum überwachten. Die anderen Bildschirme waren dunkel.

»He!« Erik strahlte Mary Amos an. »Ich hab euch schon kommen sehen. Wo ist denn Ihre kleine Kollegin?«

Gonzo machte die Tür zu. Als er sich gegen die Wand lehnte, kam er an den Lichtschalter. Viel Geld für Tapeten hatte Ceyhun nicht investiert. Ein paar Elvis-Poster klebten an der Wand und die Gestalt neben den Monitoren entpuppte sich als originalgroßes Pappdisplay des Kings in seinem weißen

Showanzug, die Finger voller Ringe und die dunkle Sonnenbrille vor den Augen. Erik wollte aufstehen.

»Mach dir keine Umstände.« Die Ermittlerin drückte ihn auf seinen Stuhl und klemmte ihn vor dem Regiepult ein. Eriks Blick wanderte von ihr zu Gonzo und wieder zurück. »He, wer ist sie denn?«

Er langte nach einem roten Knopf an der Steuereinheit für seine Videokameras, aber Mary Amos packte sich seine Hand und quetschte sie auf der Ablage fest. Erik stöhnte auf und wollte nach ihr greifen, aber sie wich aus, ohne ihn loszulassen. Sie holte die Schneekugel heraus und knallte sie auf Eriks Fingerknöchel. Es knackte leise. Erik brüllte auf, aber die Ermittlerin nagelte seine Finger weiter mit der Kugel auf das Regiepult. »Immer ruhig!«

Gonzo sah die Spannung in ihren Körper, und wunderte sich, woher sie Kraft nahm. Automatisch langte er nach der Suzie und machte sie an. Das Licht war zwar grausam schlecht, aber auch abgesoffene Bilder waren besser als gar keine.

»Es geht nur um ein paar Fragen«, sagte die Amos. Erik zappelte. Die Ermittlerin rollte die Kugel über seine Fingerknöchel. Erik schwollen die Stirnadern an. »Als Polizist musst du doch vollzugsfähig sein, nicht?«, erkundigte sie sich. »Aber wenn du einen steifen Zeigefinger hast, kannst du keinen Abzug mehr drücken. Wenn du Glück hast, schleppst du für den Rest deines Lebens die Akten für Breitscheidt.«

Erik spannte sich. »Woher …«

Gonzo lehnte sich neben der Tür an die Wand, hielt die Suzie aus der Hüfte auf Erik und bemühte sich, das eiskalte Gefühl zu ignorieren, das ihm den Rücken hochkroch. Auf den Monitoren für den Club hatte er inzwischen ein paar Gestalten ausgemacht. Während die Amos mit der Schneekugel weiter den Schmerzpunkt an Eriks Finger austestete, versuchte er die Gestalten an dem Tisch unten im Club zu identifizieren. Il Nano saß Ceyhun gegenüber, rührte bedächtig in seinem Kaffee und sagte gerade etwas. Der Klubbesitzer thronte wie ein Buddha auf seinem Stuhl und hörte mit halbgeschlossenen Augen zu. Aschhoff und Defregger an den Längsseiten des Tisches taten das gleiche. An der Bar im Hintergrund vertrieben sich ein paar Bodyguards beim Backgammon die Zeit. Auf dem einzigen freien Stuhl hing ein heller Damenmantel. Als Gonzo aufsah, registrierte er, dass die Ermittlerin inzwischen auch bemerkt hatte, wo sie hineingeplatzt waren.

»Boysen«, sagte sie zu Erik. »Giorgios Unfall. Der schwarze Van, die Knallerei auf Gonschorek und der Crash im Innenstadttunnel. Such dir ein Thema aus.« Sie rollte die Kugel über seinen mittleren Fingerknochen.

»Boysen war ein Arschloch«, japste Erik.

Gonzo fand es beruhigend, dass jemand seine Meinung teilte. Er tippte auf die Monitore: »Was ist da unten los? Ist das der Festausschuss für den Elvis-Wettbewerb?«

Die Ermittlerin sah ihn an und er erinnerte sich, dass sie das Reden übernommen hatte. Er zuckte mit den Schultern.

»Boysen hat überhaupt nichts gewusst«, keuchte Erik. »Bloß das, was er sich nach dem Geschichte mit der Razzia in Giorgios Club am Valentinstag zusammengesponnen hat, kam so ungefähr hin.«

Gonzo runzelte die Stirn.

»Weiter?«, sagte die Ermittlerin.

Erik starrte mit zusammengekniffenen Zähnen auf seine Hand. Schweiß stand ihm auf der Stirn. »Dafür reißt Breitscheidt euch den Arsch auf!«

»Immer eins nach dem anderen.« Mary Amos verstärkte den Druck mit der Kugel. Eriks Halsmuskeln schwollen wieder an.

»Boysen war hier«, presste er schließlich hervor. »An dem Tag, als er durchgedreht ist. Wir waren mal zusammen im Streifendienst … Er war fix und fertig, weil sie ihm das Umgangsrecht für seinen Jungen weggenommen hatten und wollte sich ausquatschen. Ich hab versucht, ihn schleunigst hier rauszukriegen.« Sein Blick irrte zu den Monitoren. Die Herren hatten Gesellschaft bekommen. Diana Zander saß auf dem Stuhl, auf dem eben noch ihr Mantel gelegen hatte. Gonzo war nicht einmal besonders überrascht, sie hier zu sehen.

»Warum?«, fragte die Ermittlerin. »Gab es hier was, was er nicht sehen sollte? Haben vielleicht die da unten an dem Tag auch grade zusammengesessen?«

Erik schüttelte angestrengt den Kopf. »Bloß Giorgio und Ceyhun und … und die Anwältin. Ich hab keine Ahnung, ob Boysen sich was dabei gedacht hat, dass Giorgio hier war, obwohl der doch eigentlich im Knast sein sollte. Boysen hat ja bloß von seinem Jungen rumgelabert, und ich hab ihn schnell rausgebracht. Unten ist uns dann die Anwältin über den Weg gelaufen.«

»Die Zander?« Gonzo trat ein Stück zu Seite, um ihn besser im Licht zu haben.

Erik nickte. »Sie hat Boysen erkannt und einen Riesentanz aufgeführt. Dann hat sie das ganze Treffen abgeblasen und dafür gesorgt, dass Giorgio sofort wieder in den Kahn zurückging. Der war mit irgendeiner Bescheinigung vom Gefängnisarzt rausgekommen.«

»Und auf dem Rückweg hat es dann diesen Unfall gegeben«, sagte die Ermittlerin.

Erik rang sich ein schmerzhaftes Grinsen ab. »Der Türke hat mir gesagt, ich soll hinterherfahren, nur zur Sicherheit. Als es geknallt hat, hab ich Giorgio aus dem Wagen geholt und in die Krawehlstraße zurückgefahren. Der Arzt da war fix und fertig, als ich ihn abgeliefert habe.«

Auf den Monitoren erkannte Gonzo ein paar Bewegungen. Il Nano trippelte hinter seinem Stuhl hin und her und fuchtelte mit den Armen. Der Zwerg war wütend. Der Türke sah sich alles gelassen an, während Aschhoff und Defregger genervte Blicke wechselten. Die Anwältin musterte ihre Fingernägel.

»Und du hast dann Breitscheidt natürlich sofort gemeldet, dass Boysen hier war«, vermutete die Ermittlerin.

»Hab ich nicht. Das muss die Anwältin gemacht haben. Auf dem Rückweg vom Knast hat Breitscheidt Kontakt mit mir aufgenommen und rumgebrüllt, weil er von dieser Reporterin gehört hatte, die bei dem Unfall dazugekommen ist. Deswegen ist er fast durchgedreht.«

»Und hat dich mit dem Van losgeschickt, damit du das Mädchen aus dem Verkehr ziehst, ja?« Die Stimme der Ermittlerin klang so gelassen, wie sie unmöglich sein konnte. Erik wollte nicht sofort antworten, so dass sie ihn erst wieder mit der Kugel daran erinnern musste, in welcher Lage er sich befand.

»Ich hatte mir die Autonummer von dem Mädel gemerkt«, keuchte er. »Ich hab verdeckt nach ihr fahnden lassen und erfahren, dass sie zu Boysens Haus unterwegs war. Also bin ich hinter ihr her. Ich sollte ihr bloß das Videoband abnehmen, mehr nicht.« Gonzo erinnerte sich an den schwarzen Van, der damals gleich hinter Betty aufgetaucht war. »Aber bei Boysen bin ich nicht an sie rangekommen, da war ja alles dicht wegen des Großeinsatzes. Also hat Breitscheidt mich weggeschickt. Den Van sollte ich stehen lassen.«

»Ach«, sagte Gonzo. »Und wer hat dann in der Nacht aus der Karre auf mich geschossen?«

Erik starrte ihn an. »Geschossen? Keine Ahnung. Zwei Tage später hat Breitscheidt sich dann gemeldet und mir gesagt, wo ich den Wagen wieder abholen kann.«

»Und wer ist dann mit dem Van hinter der Reporterin her in den Innenstadttunnel gefahren?«, fragte Mary Amos.

»Keine Ahnung. Ehrlich nicht.«

»Lüg nicht.« Sie drückte die Kugel auf den Fingerknochen. Erik heulte auf.

»Breitscheidt hat doch die ganze Zeit den Wagen gehabt«, keuchte er.

»Blödsinn«, sagte die Ermittlerin und Eriks Fingerknochen brach. Ihm schossen die Tränen in die Augen.

»Ich hab keinen umgebracht!« Er kämpfte gegen den Schmerz. Das Wasser lief ihm über die Wangen. »Ich bin ein Bulle. Ich darf überhaupt keinen umbringen.«

»Bettys Wagen ist in der Nacht noch aufgebrochen worden«, sagte Gonzo. »Aber das warst du wohl auch nicht, oder?«

»Nein«, keuchte Eriks. »Ehrlich. Ich war immer hier im Club. Fragt den Türken.«

»Das machen wir vielleicht sogar.« Die Ermittlerin gab Erik frei. Als er die Hand hob, hing sein Zeigefinger herunter und er stöhnte vor Schmerz auf. »Das zahl ich dir heim, du Scheiß-Fotze!«

Die Ermittlerin holte mit der Kugel aus. »Tzz«, machte Gonzo und hob die Suzie. Erik starrte auf das rote Lämpchen über dem Objektiv. »Tu, was du nicht lassen kannst«, meinte Gonzo. »Aber sag vorher Bescheid, wem wir das Band schicken sollen. Breitscheidt oder dem Türken oder Il Nano.«

Mary Amos atmete aus und linste durch den Türspalt nach draußen. »Okay«, sagte sie.

Gonzo drückte sich mit ihr auf den Gang und stolperte hinter ihr die Treppe hinunter. Die Lederjacke im Foyer machte ihnen die Tür auf. »Unser Elvis kommt ganz groß raus, was?«, fragte er.

Gonzo hob den Daumen. »Aber klardoch.«

Die Ermittlerin stand fröstelnd neben dem Wagen, während Gonzo die Kassette aus der Suzie holte und die Kamera auf die Ladefläche verfrachtete. Der Van war nicht mehr da. Gonzo deutete auf den leeren Stellplatz. Mary Amos nickte nur und wartete, dass er ihr die Tür aufmachte. Gonzo sah sich um. »Eins interessiert mich schon«, sagte er. »Wieso stehen hier keine Limousinen und warum rennen hier keine Referenten oder Bullen rum, wenn da drinnen unser erleuchteter Oberbürgermeister und der Polizeipräsident rumsitzen?

»Gute Frage.« Die Ermittlerin warf die Schneekugel auf den Rücksitz, kramte ihr Schulterhalfter wieder hervor und legte es an. Dann griff sie sich sein Handy. »Darf ich?«

Er nickte und sie tippte eine Nummer ein. Während er vom Parkplatz rollte, fragte sie nach einem Paulus und wollte wissen, ob er Zeit hätte. »In einer Viertelstunde«, meinte sie schließlich und drückte die Schlusstaste.

Gonzo Magen meldete sich, um ihm zu sagen, dass er mit Karin Risses Schnellbackbrötchen fertig war.

»Ich denke, Sie sollten meinen Vater kennenlernen«, sagte die Ermittlerin. »Fahren wir nach Heisingen.«

Er schlug einen Bogen um die Innenstadt, um dem Getümmel der Einkaufshorden zu entgehen. Stattdessen gerieten sie an der Hans-Böckler-Straße in ein Stop-and-go-Geschiebe, das sich bis zum Folkwang-Museum hinzog. Die Ermittlerin schwieg, während er sich durch den Nachmittagsverkehr auf der Rüttenscheider weiterkämpfte. An der Franziskastraße kontrollierte er unwillkürlich den Rückspiegel. Etwa auf der Höhe der Kirche hatte ihn der schwarze Van zu stoppen versucht. Die Ermittlerin zeigte nach hinten. »Rechts wäre besser gewesen.«

»Wir fahren über Schloss Schellenberg.« Gonzo verschaltete sich. Der Motor heulte auf und er rüttelte den Hebel zurück in den dritten Gang.

»Warum?«

Vor ihnen tauchte ein Drive-in auf. Ein überdimensionaler Hamburger lockte an der Einfahrt. »Deswegen!« Gonzo rollte an die Bestellsäule. Er drückte auf den Knopf der Sprechanlage. »Auch was?«

Sie verzog das Gesicht und schüttelte den Kopf. Also orderte er bei der Blechstimme, die ihn nach seinen Wünschen fragte, nur eine Juniortüte und rollte um den Klinkerbau.

Eine schlitzäugige Schönheit reichte ihm seine Tüte durchs Schiebefenster. WÄHLEN SIE IHRE LIEBLINGSBEDIENUNG forderte ihn ein Schild neben dem Fenster auf. Über den Abstimmungsknöpfen klebten die Polaroids des Serviceteams. Gonzo drückte auf die erstbeste Nummer und hoffte, dass er damit jemanden zu einem Trip nach Eurodisney verhalf.

Dann riss er die Tüte auf und deponierte sie auf der Ablage. Während er sich mit einer Hand von den Pommes frites bediente, kurbelte er mit der anderen am Lenkrad, um sich wieder in den Verkehr einzufädeln. Der Essensgeruch durchströmte den Wagen. Mary Amos drehte ihr Fenster noch weiter herunter.

Ein paar Minuten später knüllte Gonzo die Reste mit der Tüte zusammen und warf sie an der Ermittlerin vorbei aus dem Fenster. Sie reichte ihm ein Papiertaschentuch, damit er sich die Hände abwischen konnte. »Geradeaus. Links. Rechts. Links«, sagte sie. »Und dann auf den Parkplatz vom Seniorenstift!«

15

Das Seniorenstift ähnelte mehr einer Fünf-Sterne-Clubanlage als einem Altenheim. Im Foyer klapperten die Schuhe der Ermittlerin über blanken Marmor. Ein livrierter Jüngling sprang von seinem Empfangstisch auf und fragte, ob er helfen könnte. Im Hintergrund war ein halbes Dutzend Edelfichten mit Lichterketten und goldenen Tannenzapfen aufgebaut. Zwischen den Stämmen stand ein lamettageschmückter Fernseher, in dem eine Endlosschleife mit einer Wochenschau über die Kriegsweihnacht 1944 lief. In den Deckenlautsprechern klimperte Richard Clayderman Weihnachtslieder, dazwischen empfahl eine dezente Frauenstimme die Original Dresdner Weihnachtsstollen und Aachener Printen vom Gebäckstand im Speisesaal.

»Ihr Herr Vater erwartet Sie!«, sagte der Empfangsjüngling zu Mary Amos und trug etwas in sein Besucherbuch ein. Weil vor dem Fahrstuhl eine Gruppe Senioren in Rollstühlen auf ihren Weitertransport wartete, nahmen sie die Treppe. Oben standen Sessel und Sofas auf dem Gang, und sie mussten an einem guten Dutzend Omas und Opas vorbei, die schweigend herumhockten und die Wände anstarrten. Es roch nach Tannengrün und Inkontinenz. Eine kahlköpfige Alte kam ihnen am Stock entgegen. »Ich habe schon gewartet!«, krächzte sie.

»Das ist schön, Frau Hengsbach.« Die Ermittlerin wich geschickt der ausgestreckten Hand aus. Gonzo wäre beinahe über den Krückstock gestolpert. Es ging um eine Ecke. An der Tür, vor der sie schließlich standen, verkündete ein schlichtes Emailschild unter dem Landeswappen: Dr. Paul Amos – Anwalt und Notar.

Mary Amos öffnete, ohne zu klopfen. Das Appartement war dichtgestopft mit Aktenregalen voller Gesetzessammlungen. An dem Kanzleischreibtisch vor dem Fenster thronte ein schmächtiger weißhaariger Mann hinter einer massigen Olympia-Büroschreibmaschine. Mit seinem Kinderlächeln und den klaren blauen Augen erinnerte der Alte Gonzo an Johannes Heesters. Zum schwarzen Anzug trug er ein tadellos gebügeltes weißes Hemd und Fliege. Mit zwei Fingern tippte er gemächlich auf den Tasten herum. In einer Lücke zwischen den Regalen hingen gerahmte Fotos. Gonzo erkannte den Alten zusammen mit einigen Ritterkreuzträgern, mit Adenauer und Seite an Seite mit dem Ruhrbischof. Die Ermittlerin schloss die Tür. »Hallo Paulus.«

»Filia hospitalis!« Der Alte zog den Bogen aus der Maschine und legte ihn umgekehrt auf den Schreibtisch. »Die Hengsbach hat mal wieder ihr Testament geändert.«

»Mein Vater kann von seinem Beruf nicht lassen«, sagte Mary Amos zu Gonzo. Und zu dem alten Herrn: »Herr Gonschorek ist der Kameramann, von dem ich dir erzählt habe.«

Der Alte betrachte ihn aufmerksam über seine Brillengläser. Gonzo hielt den Blick aus. Der Alte schien mit dem Ergebnis seiner Betrachtung zufrieden und deutete auf den Besucherstuhl. »Nil sine magno vita labore dedit mortalibus.«

Gonzo setzte sich, Mary Amos deponierte ihren Mantel auf dem Großbildfernseher neben dem Schreibtisch, räumte einen Stapel Videos mit Hans-Albers-Filmen von einem Hocker und nahm Platz.

»Iuvat ipse labor«, erklärte der Alte.

»Ganz meine Meinung«, sagte Gonzo.

»Lateinstunde machen wir ein anderes Mal«, entschied die Ermittlerin. Ihren Vater interessierte das wenig. Er langte nach seinem Stock und stocherte damit zwischen den Videohüllen herum. »Ich suche noch nach dem MANN IM STROM. Glauben Sie, Sie könnten mir den besorgen?«

»Klar«, sagte Gonzo. »Und ich brauche TECUMSEH mit Gojko Mitic.« Der Alte blinzelte ihn an und produzierte etwas, was wohl als Grinsen gemeint war. »Verstehe«, sagte er.

»Brockmanns Tochter hat für Herrn Gonschorek gearbeitet«, meinte die Ermittlerin. »Und sie scheint dabei in die Kreise von Il Nanos Familie geraten zu sein.« Sie erzählte von Giorgios Unfall und was sie sonst von Erik erfahren hatten. Der Alte schwenkte langsam seinen Stock, während er zuhörte. Gonzo versuchte unterdessen, ein paar der Papiere auf dem Schreibtisch zu entziffern. Paulus schien sich im Wesentlichen mit Testamenten zu befassen. »Ich vermute, die Sache hat etwas mit dem Triumvirat zu tun. Was meinst du?« Der Alte nickte langsam.

»Triumvirat?« Gonzo sah auf. »Was soll das jetzt wieder sein?«

»Wenn man es genau nimmt, habe ich das Triumvirat damals gegründet.« Der Alte lehnte sich in seinem Ledersessel zurück und zeigte mit seinem Stock auf ein Foto an der Wand. Die Ermittlerin stand auf und nahm es ab. »Ostern 1959«, erklärte der Alte. »Tres faciunt collegium.«

Gonzo sah sich das Bild an. Auf der Schwarzweiß-Aufnahme drängten sich drei Männer um eine massige Gestalt in vollem Kirchenornat, bei der hochgewachsenen Person im Hintergrund konnte es sich um den jungen Amos handeln. Gonzo blinzelte. Der Alte kicherte. »Genau«, sagte er. »Johannes XXIII. Die kleine Exkursion in die Heilige Stadt stand am Abschluss meiner Verhandlungen hier.« Er drehte Gonzo sein Profil zu und die Identität mit der schlanken Gestalt auf dem Foto wurde unverkennbar. Der Mann, der mit Demutsmiene den Ringfinger des Papstes küsste, war kaum größer als ein Schuljunge. Il Nano. Der drahtige Kerl mit dem Frontkämpfer-Gesicht und der Oskar-Sima-Verschnitt neben Il Nano sagten Gonzo nichts. »Unser damaliger Oberbürgermeister und der seinerzeitige Polizeipräsident«, erläuterte der Alte und klopfte mit dem Stock auf den Tisch. Gehorsam deponierte Gonzo das Bild auf den Testamenten.

»Sehen Sie, mein junger Freund, wir haben damals, nach der schweren Zeit, hier alles wieder aufgebaut.« Mary Amos schloss die Augen, als der Alte sein Plädoyer begann. »Viele sind hergekommen, weil es hier Arbeit gab. Aus dem Mezzogiorno, aus den Abruzzen, aus Sizilien. Sie wollten sich hier etwas aufbauen. Junge Männer, die sich von niemandem etwas sagen ließen, nicht von den Eltern, nicht von der Polizei. Nur von Il Nano. Der Zwerg hatte Macht, viel Macht.« Der Alte schwenkte seinen Stock. »Es war ein Fehler der Polizei und der Politik, dass es so weit gekommen ist, verstehen Sie?«

Gonzos Erinnerung an die Nachmittage in Carlettos Eisdiele auf der Gemarkenstraße bekam einige Risse. Enzo, der grauhaarige Padrone und seine beiden Jungs hatten den Laden nach einem Brand übernommen. Später, als Halbwüchsiger, hatte er gehört, dass Enzos Ältester einen Kabarettclub in Rüttenscheid aufgemacht hatte, in dem es angeblich auch Separees gab.

»Nein, Sie verstehen nicht«, entschied der Alte. »Es war so, dass man in der Führungsetage dachte, die Italiener würden der Polizei die Arbeit abnehmen, weil sie die Strukturen des eingesessenen Verbrechens zerstörten. Später wollte man dann eingreifen. Aber als man endlich begriff, dass sich die FAMILIE hier heimisch gemacht hatte, war es dafür schon zu spät. Da passte es ganz gut, dass sich Il Nano gerade etwas Ruhe wünschte, um seine Geschäfte in etwas gesittetere Bereiche auszudehnen. Immobilien, kleine Firmen, Beteiligungen. So kam es zum Triumvirat.«

»Die Familie, die Polizei, die Stadt?«, vermutete Gonzo. »Und Sie haben das hingedreht?«

Die Ermittlerin warf ihm einen tadelnden Blick zu, aber dem Alten schien die Formulierung zu gefallen. »Man brauchte eine Person, die das Vertrauen aller genoss«, meinte er zufrieden. »Ich habe die Verhandlungen begleitet. Direkt gegenüber von meiner Praxis übrigens, im CLUB MESSALINA. Il Nano versprach, dass die Familie ihre Geschäfte diskret abwickeln würde. Der Bürgermeister sagte zu, ihm bei seinen Immobiliengeschäften nicht im Wege zu stehen. Die Polizei hat der Zwerg mit Informationen unterstützt, die ihm über die Konkurrenz zu Ohren kamen. Dafür hat sich die Polizei bei Ermittlungen gegen die FAMILIE zurückgehalten. Wenn es Probleme gab – was übrigens höchst selten der Fall war – dann habe ich vermittelt. Als Treuhänder, sozusagen.« Er schob kichernd mit dem Stock das Foto auf den Papieren hin und her. »Als sich alle einig waren, hat uns Il Nano die Audienz beim Heiligen Vater verschafft. Eine beeindruckende Begegnung, sehr beeindruckend.«

Gonzo sagte eine Weile nichts. Dann meinte er: »Il Nano hat etwas von Krieg erzählt.«

»Ich vermute mit unseren alten Freunden, den Türken«, mischte sich der Alte ein. »Schon damals, in den Siebzigern, als ich mich aus der Kanzlei zurückgezogen habe, wollten sie dazugehören.« Er starrte auf seine Schreibmaschine. »Was meine Nachfolgerin in dieser Richtung unternommen hat, weiß ich nicht genau.«

»Ihre Nachfolgerin?« Gonzo versuchte den Verdacht, den er hatte, zu ignorieren, aber dann fragte er doch: »Diana Zander?«

»Eine kompetente Kollegin. Aus einer der ältesten Familien unserer Stadt.«

»Scheiße«, sagte Gonzo.

Mary Amos stand auf und ging zum Fenster. Die Ähnlichkeit mit ihrem Vater war nicht zu übersehen. Gonzo fragte sich, ob es nur bei den Äußerlichkeiten so war.

»Mortem effugere nemo potest.« Der alte Amos betrachtete seine Tochter. »Il Nano hat die Türken gehasst. Giorgio, sein Sohn, hat da pragmatischer gedacht. Doch damals hatte er noch nicht das Sagen in der Familie. Il Nano hat sich erst zehn Jahre nach mir in sein Beerdigungsinstitut zurückgezogen.«

Seine Tochter legte die Hand auf seine Schulter. »Die alten Abmachungen scheinen nicht mehr zu gelten.«

Der Alte blätterte in einem abgegriffenen Adressbuch. »Ich könnte mit Aschhoff sprechen. Seine Familie ist mir noch etwas schuldig.«

»Und was ist mit Brockmann?«, fragte die Ermittlerin. »Er möchte wissen, warum seine Tochter gestorben ist. Deswegen hast du ihn doch zu mir geschickt.«

Der Alte versank in Schweigen. »Ich habe mit ihm gesprochen. Il Nano wird die Beerdigung übernehmen«, meinte er schließlich. »Ad impossible nemo obligator.«

Mary Amos kniff die Lippen zusammen. »Ich kann deine Kalendersprüche nicht mehr hören.« Sie wandte sich an Gonzo. »Kommen Sie. Mein Vater ist müde.«

»Bin ich nicht!«, sagte der Alte. »Übrigens hat dein Mann mir versprochen …

»Ex-Mann!«, sagte sie automatisch, während sie in ihren Mantel schlüpfte.

» …mit meiner Enkeltochter an Weihnachten vorbeizukommen!«

Die Ermittlerin war schon an der Tür. »Danke«, sagte sie trocken. »Du warst eine große Hilfe.«

Als sie aus dem Seniorenstift kamen, hatte der Wind etwas nachgelassen. Gonzo stiefelte zum Wagen und machte der Ermittlerin die Tür auf. Sie sagte nichts, als er losfuhr, und auch nichts, als er in Richtung City steuerte. Sie starrte auf den Weihnachtsmann im Schüttelglas auf dem Armaturenbrett.

»Verstehen Sie jetzt, wie das alles hier funktioniert?«, wollte sie wissen. »Hier, in dieser Stadt?«

Gonzo räusperte sich. »Kein Wunder, dass Aschhoff die Kriminalitätsrate runtergedrückt hat. Bei den Partnern.« Er schaltete einen Gang herunter. »Sie haben das die ganze Zeit gewusst, ja?«

»Es gibt immer Absprachen«, sagte sie. »Und wo eine Hand was gibt, ist auch eine, die was nimmt. Ich sehe das ja jeden Tag bei mir im Geschäft. Die Vermittler vom Wohnungsamt verteilen die Sozialwohnungen von der STAWOBAU an die Huren, damit sie nicht auf dem Strich am Bahnhof rumstehen, wo sie jeder sehen kann. Die Ticketschreiber vom Ordnungsamt kriegen bei mir einen Drink und was zu essen, wenn sie die Wagen meiner Kundschaft in Ruhe lassen.« Sie sah aus dem Fenster. »Mein Vater hat nie richtig von diesem Triumvirat gesprochen. Aber ich habe natürlich gesehen, wer bei ihm in der Kanzlei ein und aus ging.«

Gonzo sah sie von der Seite an.

»Es hat funktioniert«, meinte sie. Und nach einer Weile: »Bis ein Mädel, das gerne Journalistin werden wollte, zur falschen Zeit am falschen Platz war.«

Er rollte langsam über die Hindenburgstraße. Der Feierabendverkehr ließ gerade nach und die ersten Kneipengänger und Kinobesucher stauten sich in Richtung Innenstadt. Die Neonpeitschen tauchten alles in blaukaltes Licht. An einer Tankstelle reihten sich die Wagen vor den Zapfsäulen. Ein aufgeblasener Nikolaus warb vor der Waschanlage für die EXTRA-CLEAN-WEIHNACHTSWÄSCHE.

»Was ist mit Ihrem Video von Erik?«, fragte sie auf einmal. »Ist das alles drauf?«

»Sicher.« Gonzo zuckte mit den Schultern. »Für den Kamera-Oscar reicht‘s natürlich nicht.« Er zerrte das Band unter dem Sicherheitsgurt aus seiner Jacke und reichte es ihr.

Sie steckte es ein. »Ohne ihre Kamera sind Sie wohl nur ein halber Mensch, oder?«

Gonzo sagte, dass er sich darüber noch keine Gedanken gemacht hätte und passte auf, dass er seinem Vordermann nicht zu nahe kam, der in bedächtigen Schlangenlinien vor ihm herpendelte. »Wenn Erik jetzt doch zu Breitscheidt rennt?«

»Wir werden sehen«, meinte sie. »Glauben Sie ihm, dass er den Van im Tunnel nicht gefahren hat?«

»Sie haben doch gehört, was er gesagt hat: Er ist ein Bulle, er darf keinen umbringen.« Gonzo überlegte. »Er scheint ja sowas wie ein Alibi zu haben.«

Sie sah eine Weile dem Reifentanz ihres Vordermannes zu. »Ich denke mir das alles so«, sagte sie schließlich. »Als Breitscheidt erfährt, dass Betty bei Giorgios Unfall gefilmt hat, will er das Band vernichten, weil nicht herauskommen darf, dass Il Nanos Sohn frei herumläuft statt im Gefängnis zu sitzen. Erik stöbert Betty bei Boysens Geiselnahme auf, kommt aber nicht an sie ran.«

»Und irgendwer sieht Betty da mit mir zusammen und denkt natürlich, dass sie vielleicht mir das Band gegeben hat. Also jagen sie mich mit dem Van kreuz und quer durch die Gegend.«

»Irgendwer?« Sie sah ihn von der Seite an. »Sie meinen doch Breitscheidt.«

Gonzo fröstelte. »Fahren und schießen geht nicht gleichzeitig. Es müssen zwei gewesen sein. Weil sie das Band unbedingt wollen, knacken sie in der Nacht auch noch Bettys Wagen. Wieder Fehlanzeige. Dann kriegen sie später vielleicht mit, dass Betty wegen der Nummer des Van recherchiert. Weil sie das Band immer noch nicht gefunden haben, hängen sie sich wieder an Betty. Denn es gibt ja nicht nur das Band, sondern auch sie. Sie hat Giorgio gesehen. Im Tunnel haben sie sie dann erwischt.«

Gonzo entschied, dass die Ermittlerin zu ihrer Kneipe zurückwollte und hielt sich rechts. »Wird Brockmann sich damit zufriedengeben?«, fragte er.

»Sicher nicht«, meinte sie.

16

Nachdem er die Ermittlerin vor ihrer Kneipe abgesetzt hatte, drehte er erst einmal die Fenster herunter, damit der Duft ihres Parfums aus dem Wagen ziehen konnte. Weil die Gegend um den Kennedyplatz wegen des Weihnachtsmarktes entweder abgesperrt oder kriminell zugeparkt war, irrte er auf der Suche nach einem halbwegs legalen Ausweg fast eine Viertelstunde zwischen Jugendcliquen mit roten Weihnachtsmützen und Rentnerpärchen mit vollgepackten Einkaufstaschen durch die Straßen. Am Straßenrand tippte eine Mannschaft des Ordnungsamtes im Akkord gebührenpflichtige Verwarnungen in ihre Geräte. Endlich kam er an der Hauptpost heraus, wandte sich nach rechts und ließ sich vom Abendverkehr aus der Stadt heraus auf die Altenessener Straße treiben.

Die beiden Streifenwagen und der Mannschaftstransporter vor der Einfahrt zu seinem Loft sagten ihm im ersten Moment gar nichts. Erst als ihm ein Uniformierter die rote Kelle zeigte, ahnte er, dass er den Rest des Abends sicher nicht bei einem Bier vor dem Fernseher verbringen würde. Im Hof stand eine Zivilkutsche mit aufgeklebtem Blaulicht. Die Reflexe zuckten über die Fassade. In jedem zweiten Fenster hing ein neugieriger Nachbar und sah den Uniformierten zu, die um den Aufgang zu seinem Loft herumlungerten. Er erkannte Endrulat und Hoffmeister von der Nordwache, aber er sah auch, dass die beiden ihn nicht erkennen wollten. Gonzo folgte dem Wink der Kelle und wischte sich beim Aussteigen die feuchten Hände an der Jacke ab. »Gonschorek?«, fragte die Polizeimeisterin.

»Und wenn?« Oben im Loft brannte Licht. Gestalten wanderten am Fenster vorbei.

Die Polizistin verlangte seinen Ausweis und kontrollierte mit ihrer Taschenlampe, wer er war. Dann brachte sie ihn nach oben. Das Türschloss zum Loft sah unversehrt aus. Drinnen kramten zwei Uniformierte seinen Schreibtisch durch, ein Dreierteam hatte sich die Bänder aus seinem Archivschrank vorgenommen, und mittendrin standen Breitscheidt und Toby. Der Junge hatte eine Schramme auf der Stirn.

»Ihr Sohn war so freundlich, uns aufzumachen!« Breitscheidt hielt Gonzo ein Formular hin. »Durchsuchungsanordnung für ihre Wohn- und Geschäftsräume und alle dazugehörenden Örtlichkeiten einschließlich Ihres Fahrzeuges.«

Gonzo kämpfte den Impuls nieder, Breitscheidt den Wisch ins Maul zu stopfen. Er fing einen geknickten Blick von Toby auf. »Ich war nur mal kurz hier, weil wir drüben nichts mehr im Kühlschrank hatten.«

»Der ist nicht mein Sohn«, sagte Gonzo. »Er hat überhaupt kein Recht gehabt …«

»Ich kenn mich in Ihren Familienverhältnissen nicht aus.« Breitscheidt faltete die Anordnung zusammen und drückte sie Gonzo in die Hand. »Ordnungsgemäß zugestellt. Irgendwelche Einwände? Ihr Freund Herbert hat was von Pressegesetz und Meinungsfreiheit gebrüllt, als wir ihn vorhin in seiner Redaktion besucht haben.«

Gonzo holte tief Luft und fragte sich, ob Erik seinem Herrn und Meister schon alles erzählt hatte. »Worum geht's eigentlich?«

»Ihre Aufnahmen von der Schießerei am Wasserturm«, knarrte Breitscheidt. »Werden dringend zur Aufklärung des Sachverhaltes benötigt.«

Ehe Gonzo etwas Passendes einfiel, winkte der kleine Kerl, der vor Gonzos Panzerschrank kniete, den Kriminaldirektor zu sich. »Da kann ich auch nichts machen!«, erklärte er und packte die Bohrer, mit denen er sich an dem Safe versucht hatte, in seinen Werkzeugkasten. »Den müsst ihr schweißen. Oder sprengen.«

Breitscheidt sah zu Gonzo und schnippte mit den Fingern. »Aufmachen!«

»Kann ich nicht.«

Toby kicherte. Der Kriminaldirektor kam wieder zu Gonzo. »Wir können auch anders.«

»Weiß ich«, sagte Gonzo.

Breitscheidt starrte ihn an.

»Hier gibt's kein Band mehr von der Schießerei«, sagte Gonzo. »Das ganze Material war in der Redaktion.« Wenn er Glück hatte, kam er wie Karin Risse mit ein paar Stunden in der Verwahrzelle davon. Er riskierte einen Blick zu den drei Bullen, die sich durch seine Archivfilme wühlten. Bettys Hi-8-Kassette lag ganz zuunterst bei den Bändern, die sie schon aussortiert hatten.

Breitscheidt forderte ihn noch einmal mit ein paar Paragraphen dazu auf, den Safe aufzumachen und glaubte Gonzo kein Wort, als der sagte, dass er das Ding mit dem Loft übernommen hatte. »Wird abtransportiert!«, ordnete er an. Zuerst versuchten zwei von seinen Leuten den Safe hochzuheben, dann drei und zum Schluss alle fünf. Die Männer ächzten den Stahlwürfel ein paar Zentimeter hoch, dann krachte er wieder auf den Boden. Breitscheidt orderte eine Sackkarre.

»Das gibt eine Beschwerde beim Presserat.« Gonzo ließ sich auf seinen Schreibtischstuhl fallen und räumte die Papiere zusammen, die Breitscheidts Männer verstreut hatten. In der Post war ein Umschlag mit Trauerrand.

Er machte ihn auf. Die Einladung zu Bettys Trauerfeier war auf Bütten gedruckt und ihr Name wurde von zwei geschwungenen Palmzweigen umrahmt. Bettys Vater bat, von Blumen abzusehen und stattdessen an ein Kinderheim zu spenden. Gonzo legte die Karte zur Seite.

»Tut mir echt leid«, sagte Toby neben ihm. »Aber die sind hier so schnell rein, dass ich überhaupt nichts mehr machen konnte.«

»Hatte ich dir nicht deinen Schlüssel abgenommen?«

Toby druckste herum. »Sicher.«

»Also?«

»Dein Schloss taugt doch gar nichts!« Toby wedelte mit seiner Junior-Bankcard. »Das ging klick-klack.« Dann fiel sein Blick auf die Trauerkarte. »Was?« Gonzo hörte ihn schlucken.

»Ja«, sagte er. »Unfall.«

»Scheiße«, murmelte der Junge.

Inzwischen hatten Breitscheidts Männer sich von der Autowerkstatt an der Ecke eine Sackkarre besorgt und versuchten, den Tresor daraufzuhieven. Der Kriminaldirektor wippte auf den Fußballen und kommandierte herum. Sie brauchten fast zwanzig Minuten, bis sie den Kasten unten im Hof hatten. Der Mannschaftswagen wurde durch die Einfahrt rangiert und dann mühten sich noch einmal ein halbes Dutzend Männer damit ab, den Klotz in den Wagen zu wuchten. Als sie es endlich geschafft hatten, hatte der Transporter gute zehn Grad Schlagseite und der Fahrer lamentierte herum, dass der Wagen nicht mehr verkehrssicher wäre. Erst ein Machtwort von Breitscheidt trieb ihn hinters Steuer. Der Transporter rollte vom Hof.

»Negativ!«, meldeten die drei, die sich mit Gonzos Videos beschäftigt hatten. Gonzo starrte auf das Chaos, das sie hinterlassen hatten. Betty hatte fast ein halbes Jahr gebraucht, um das Archiv zu sortieren.

Breitscheidts Leute zogen sich einer nach dem anderen zurück und auch Toby nutzte die Gelegenheit, sich zu verdrücken. Breitscheidt wartete am Fenster, bis alle weg waren. Gonzo spürte wieder das Kribbeln in seinem Bein. »Ich denke, wir haben eine Abmachung.«

Der Kriminaldirektor drehte sich zu ihm herum. »Gilt nicht mehr!«

»Gut zu wissen!«

»Beim nächsten Mal sind Sie dran!« Breitscheidt kam zu Gonzo an den Schreibtisch. »Und wenn Sie auch nur über eine durchgezogene Linie fahren. Das verspreche ich Ihnen.«

Gonzo sah ihn an, aber Breitscheidts stahlgrauer Blick schien durch ihn hindurchzugehen. Im ersten Moment hielt er das für irgendeinen Polizeitrick, aber dann bemerkte er, dass Breitscheidt auf die Einladung zu Bettys Trauerfeier starrte.

»Ein Todesfall«, sagte Gonzo heiser.

Breitscheidt drehte sich um und ging wieder zum Fenster. Das flackernde Blaulicht rollte vom Hof, die Reflexe verschwanden von den Wänden. Gonzo hob die Trauerkarte etwas an. »Ein Unfall. Im Innenstadttunnel. Davon soll's auch ein Video geben.«

»Glaub ich nicht«, sagte Breitscheidt. Und dann: »Steck deine Nase nicht in Sachen, die dich nichts angehen.«

»Wie zum Beispiel Boysen?«, fragte Gonzo und bereute es im gleichen Moment.

Breitscheidt ballte die Fäuste. »Boysen war ein Spinner.«

»Er hat mir was von einer Allianz erzählt«, improvisierte Gonzo. »Und dass jemand Giorgio gewarnt hätte, ehe es da am Valentinstag die Razzia im CLUB MESSALINA gegeben hat.«

Auf Breitscheidts Stirn begann eine Ader zu pochen.

»Klar«, sagte Gonzo. »Irgendwie müssen Sie ja so tun, als würden Sie gegen was ermitteln, weil das sonst beim LKA auffällt. Oder hält Ihnen da Ihr Freund Aschhoff auch den Rücken frei?«

Der Kriminaldirektor drehte sich zur Seite. Seine Hand lag am Holster seiner Dienstwaffe. Gonzo spürte, wie es ihm feucht aus den Achselhöhlen lief. »Ihnen ist der Arsch ganz schön auf Grundeis gegangen, als Boysen da seine Erklärung übers Fernsehen abgeben wollte, was?«, sagte er. »Sie haben ja nicht genau gewusst, was er da am Nachmittag im Club des Türken alles gesehen hatte. Und ob er sich nicht doch alles richtig zusammengereimt hatte.«

Breitscheidt atmete tief durch. Seine Hand entspannte sich. »Du redet schon genau den gleichen Blödsinn wie Boysen.«

»Sie wollten ihn bei seiner Geiselnummer doch am liebsten abknallen«, sagte Gonzo. »Und als Sie und Ihre Leute das vermasselt haben, haben Sie mir die Wanze in den Wagen gesetzt. Für den Fall, dass ich Boysen irgendwo ausgrabe oder er sich bei mir meldet, ja? Hat ja dann auch hervorragend funktioniert.«

Breitscheidt grinste schmal. »Schreib das auf und mach ein Drehbuch draus. Aber lass mich mit dem Quatsch in Ruhe, okay?«

Gonzo fingerte wieder nach der Trauerkarte. »Ich will auch nur in Ruhe meine Bilder machen, verstehen Sie?«

Breitscheidt starrte auf die beiden Palmwedel und das dezente REQUIESCAT IN PACE unten auf der Karte.

»Weiß Ceyhun eigentlich, dass sein Elvis Ihr Erik ist?«

Breitscheidts Kiefermuskeln spannten sich. Gonzo versuchte, sich ein dreckiges Lächeln abzuringen. »Er würde das nicht gerade als vertrauensbildende Maßnahme auffassen, oder? Wo er doch so gern zu eurem Verein gehören möchte.«

»Beim nächsten Mal erwische ich dich wirklich«, sagte Breitscheidt leise.

Gonzo räusperte sich. »Und woran hat's in der Nacht nach der Geiselnahme gelegen? Hat dich die Musik im Van gestört oder hat dein Fahrer die Sache vergeigt?«

Breitscheidts Mundwinkel zuckten.

»Wer ist mit dem Van hinter meiner Assistentin in den Tunnel gefahren?«, fragte Gonzo leise. »Du nicht, oder? Das war die Nacht, in der du die Nordwache wegen der Observierung von Boysen verrückt gemacht hast.«

»Exakt«, sagte Breitscheidt.

»Also wer?« Gonzos Gedanken verwickelten sich. »Doch nicht etwa Bindisch?«

»Blindfisch!«, stöhnte Breitscheidt.

»Natürlich«, sagte Gonzo auf einmal. »Die Zander!?«

Der Kriminaldirektor wandte sich ab und starrte aus dem Fenster.

»Eure Treuhänderin«, sagte Gonzo. »Du hast ihr gesagt, dass sie den Van nehmen soll. Damit für den Fall, dass sich jemand die Nummer merkt die Nachforschungen wieder bei dir landen und du sie irgendwie abwürgen kannst. Richtig?«

»Denk, was du willst«, sagte Breitscheidt leise. Dann wandte er sich um und ging.

»Tür zu!«, sagte Gonzo müde.

Er brauchte fast bis Mitternacht, bis er halbwegs Ordnung in den Haufen Videos und seine anderen Sachen gebracht hatte. Einmal ertappte er sich bei dem Gedanken, dass er den ganzen Kram doch einfach Betty aufs Auge drücken könnte, wenn sie morgen kam. Er suchte ihre Hi-8-Kassette heraus, schob das Band in einen Recorder und kopierte es auf eine normale Kassette. Das Original packte er in die Hülle vom SCHATZ IM SILBERSEE, den Hassenkamp ihm am Ende seiner Karl-May-Phase geliehen hatte und verkramte das Ganze in dem Haufen mit seinen Spielfilmkassetten.

Dann holte er sich ein paar Joghurts aus dem Kühlschrank und während er sie leerlöffelte, rief er die Privatnummer von der Karte der Ermittlerin an. Es meldete sich eine Angela. Sie fragte nicht groß, warum er um halb zwei noch störte und holte Mary Amos ans Telefon. Gonzo erzählte ihr von Breitscheidts Besuch.

»Sie sind ein Idiot«, meinte sie, als er ihr sagte, worüber er mit dem Kriminaldirektor gesprochen hatte.

»Schon klar«, sagte Gonzo. »Aber jetzt wissen wir wenigstens, dass es die Zander war.«

»Und die Zander weiß jetzt bestimmt auch schon, dass wir es wissen.« Gonzo schluckte. Mary Amos schien zu überlegen. »Passen Sie auf sich auf«, meinte sie schließlich.

17

Am Morgens sah draußen alles friedlich aus, und die Sonne schien angenehme Außentemperaturen zu versprechen. Gonzo dachte sich nichts dabei, dass die Heizung knackte und bullerte, während er am Fenster saß und seinen Kaffee trank. Erst als er gegen halb zehn mit der Kopie von Bettys Unfallband in der Hand aus dem Haus trat und ihm der eisige Wind ins Gesicht schnitt, wurde ihm klar, dass er es mit der angekündigten Kaltfront zu tun hatte. Er schleppte die beiden Mülltüten, die er mit hinuntergenommen hatte, zum Container und schaffte es dann gerade noch bis zum Kombi, bevor er vollends zur Eissäule erstarrte. Als er den Wagen durch die Toreinfahrt rangierte, entdeckte er seinen Vermieter auf einer Trittleiter an der Wand. Der Junge schraubte an Gonzos Firmenschild herum. Gonzo trat auf die Bremse und drehte die Seitenscheibe herunter.

»He!« Seine Stimme hallte von den Wänden zurück.

Der Junge nahm das Schild ab und kletterte zu ihm herunter. »Tut mir leid, aber ich weiß nicht, ob der neue Eigentümer einer Gewerbenutzung noch zustimmt.«

»Moment mal!« Gonzo kletterte aus dem Wagen und nahm seinem Vermieter, der jetzt offensichtlich sein Ex-Vermieter war, das Schild aus der Hand. »Ich hab einen Vertrag.«

Der Junge zuckte mit den Schultern. »Ich hab gestern an eine Immobiliengesellschaft verkauft. Die kümmern sich dann um alles Weitere.« Er klopfte Gonzo auf die Schulter. »Nicht böse sein, ja? Ich flieg nächste Woche nach Florida und steige bei einem Kollegen in seiner Softwarefirma ein.«

Er ließ ihn stehen und trabte auf seinen Turnschuhen zurück zu seinem Computer-Internet-Telefon-Laden. Gonzo feuerte das Schild auf die Rückbank und musste dreimal starten, weil ihm immer wieder der Motor absoff. Er hatte den Wagen gerade in Gang bekommen und wollte aus der Einfahrt rollen, als ein eierschalfarbener Bentley ihm den Weg versperrte. Die Sonnenstrahlen blitzten auf dem Nobelblech, die Weißwandreifen schienen nichts von dem Regen, dem Dreck und dem Matsch der letzten Tage abbekommen zu haben. Diana Zander ließ die Scheibe herunter und winkte Gonzo zu sich.

Er machte die Bomberjacke zu, die er vorhin aus dem Schrank gekramt hatte und stieg aus. Sie wartete, bis er den Wagen umrundet hatte, ehe sie die Beifahrertür entriegelte. Gonzo beugte sich nur herunter. »Was?«

»Setzen Sie sich ein bisschen zu mir. Ich war gerade auf dem Weg zu Ihnen.«

Die warme Luft der Standheizung wehte ihm mit einem Hauch Chanel entgegen. Die Zander war perfekt geschminkt und sah in ihrem Jil-Sander-Hosenanzug gerade so sexy aus, wie sie es sich als Anwältin erlauben konnte. An ihrem Ohr klemmte ein Clip. Gonzo glitt in den Wagen. Die Lederpolster waren weicher als sein Bett und die Anzeigen im Naturholz-Armaturenbrett hatten den Charme einer längst vergangenen Zeit. Die Tür fiel mit einem leisen Klicken ins Schloss.

»Ich hatte Sie doch darüber informiert, dass ich die Persönlichkeitsrechte von Frau Boysen vertrete«, sagte sie. Ihr Ladylight flammte auf und sie zündete sich eine dünne Damenzigarette an. »Haben Sie das nicht verstanden oder warum sind Sie sonst in das Haus meiner Mandantin eingedrungen, haben sich dort ein Videoband verschafft und es Ihrer Redaktion zur Ausstrahlung verkauft?«

Gonzo kämpfte die Panik nieder, die ihm im Nacken saß. »Wer sagt, dass ich in Boysens Haus eingedrungen bin?«

Sie zuckte mit den Schultern. »Nachbarn haben Sie beobachtet.«

Gonzo schüttelte den Kopf. »Ich bin hinten rum, und da hat mich niemand gesehen.«

Sie sah ihn an. Der Rauch ihrer Zigarette bis ihm in den Augen. »Dann geben Sie es also zu?«

»Sicher. Wenn Sie zugeben, dass Sie das nur von Breitscheidt wissen können, denn das waren seine Leute, die mir die Wanze in den Wagen gesetzt haben und die an dem Tag hinter mir hergeschlichen sind.« Er verfolgte den Rauch ihrer Zigarette. »Apropos Breitscheidt. Wir hatten da ein aufschlussreiches Gespräch, letzte Nacht. Das wissen Sie doch hoffentlich?«

Sie drückte die halbgerauchte Zigarette aus. »Die Ausstrahlung von Boysens Privatvideo stellt eine Verletzung der Rechte meiner Mandantin dar. Als Ehefrau von Boysen gehörte das Band auch zu ihrem Eigentum und ...«

»Hören Sie endlich mit dem Scheiß auf«, sagte Gonzo leise.

»Dann hören Sie auf, die Ruhe anderer Leute zu stören. Sie und diese Ermittlerin. Verstehen wir uns? Sie sind nicht der Typ für die Helden-Nummer, Gonschorek.«

Er sah sie an. »Wer weiß?«

Natürlich bekam sie keine Angst vor ihm. »Und das in dem Tunnel war ein Unfall«, sagte sie. »Jemand fährt zu schnell, jemand überholt falsch, jemand bekommt etwas nicht mit und schon ist es passiert. So ist es und so bleibt es. Haben wir uns verstanden.«

Gonzo sagte nichts.

»Und bevor ich es vergessen«, meinte sie noch, während sie sich hinüberbeugte, um ihm die Tür aufzumachen. »Ich verhandele gerade mit der Gesellschaft, die dem Jungen sein Haus mit Ihrer Wohnung abgekauft hat. Ich denke, ich werde mir Ihr Loft sichern. Eignet sich bestens als Aktenlager für die Kanzlei.« Sie stieß die Tür auf. »Es wird noch ein paar Monate dauern, bis ich mich dann bei Ihnen wegen der Auflösung Ihres Mietvertrages melde. Damit Sie sehen, dass ich an einer gütlichen Einigung interessiert bin, biete ich Ihnen jetzt schon mal 100.000 Mark

Entschädigung, wenn Sie der Vertragsauflösung zustimmen. Wenn Sie heute gegen halb drei deswegen zu mir in die Kanzlei kommen, können wir eine entsprechende Vereinbarung unterzeichnen und Sie die Hälfte des Betrages als a conto mitnehmen.«

Obwohl Gonzo verstand, was sie sagte, begriff er nicht alles gleich sofort. Erst als er wieder in seinem Wagen saß und den Bentley im Vormittagsverkehr verschwinden sah, wurde ihm klar, dass sie ihm ein Angebot gemacht hatte.

Er kam zu spät zur Trauerfeier in die Aussegnungshalle auf dem Terrassenfriedhof. Draußen standen Wagen, die er nur aus den Werbespots im Fernsehen kannte, am Eingang zur Halle bewachte ein Angestellter von Il Nanos Bestattungsinstitut mit dezenten Goldtressen auf seinem Anzug das Kondolenzbuch.

»Ist dein Chef auch da drin?«, fragte Gonzo. »Der Zwerg?«

Der Junge zuckte zusammen. »Niemand nennt Signor Carletto einen Zwerg«, flüsterte er.

»Natürlich«, sagte Gonzo und drückte ihm die Kassette mit der Kopie von Bettys Band und eine von seinen Visitenkarte in die Hand. »Gib ihm das. Und sag ihm, dass ich nachher mit ihm reden will.« Bevor dem Jungen wieder das Gesicht entgleiste, verbesserte er sich: »Teil ihm mit, dass ich ihm immer dankbar sein werde, wenn er mir nach der Feier ein paar Minuten seiner Zeit opfert.«

Drinnen in der Halle drängten sich die Trauernden auch noch auf den Notsitzen. Der Sarg stand erhöht auf einem versenkbaren Gestell, gesäumt von zwei Reihen Buchsbäumchen. Gonzo schob sich in die letzte Bankreihe und entdeckte erst dann, dass Jacqueline neben ihm saß. Sie tupfte sich mit einem Papiertaschentuch die Tränen aus den Augenwinkeln, aber ihr Lidstrich war ohnehin schon vollkommen ruiniert. Als sie Gonzo sah, griff sie automatisch nach seiner Hand und drückte sie.

Der Geistliche sprach den Standardtext für Jungverstorbene, ließ zwei Kirchenlieder singen und zitierte unter dem Schluchzen der ersten Bankreihe, Bettys Konfirmationsspruch.

In der Halle war es nicht besonders warm und die Kerzen flackerten in der Zugluft der undichten Fenster. Gonzo fröstelte. Jacqueline ließ seine Hand los. In der ersten Reihe machte Gonzo Bettys Vater aus, neben ihm ein paar Frauen, die wohl mit ihm verwandt waren. Am Gang saß die Ermittlerin, in einem schwarzen Hosenanzug und ihrem schwarzen Webpelz. Ihre Lippen waren wieder perfekt ausgemalt und wirkten wie ein unpassender Akzent in der Parade der Trauergesichter. Ganz außen, auf der linken Seite entdeckte Gonzo dann auch den Zwerg. Il Nano verschwand fast hinter der Lehne der Kirchenbank.

»Lasset uns beten!«, sagte der Geistliche.

Die Trauergemeinde erhob sich, Gonzo faltete die Hände vor dem Gürtel und starrte seinem Vordermann in den Nacken, bis ihn das »Amen« erlöste.

Der Geistliche sprach die Aussegnungsformel und dann versank Bettys Sarg unter Orgelklang in die Krypta. Die Abdeckung schob sich knarrend zusammen. Neben Gonzo schniefte Jacqueline und griff wieder nach seiner Hand. Er streichelte sie mit dem Daumen, weil ihm nichts Besseres einfiel, und sie sah ihn dankbar an. »Sie war in Ordnung«, murmelte sie. Gonzo nickte.

Danach dauerte es noch fast eine Dreiviertelstunde, bis die Trauernden den Angehörigen kondoliert hatten und sich durch die Kälte auf den Weg zu ihren Limousinen machten. Gonzo stand im Eingang der Halle, vor der sich schon die nächste Beerdigungsgesellschaft versammelte und behielt Bettys Vater im Blick. Die Ermittlerin hatte er aus den Augen verloren. Als sie auf einmal neben ihm auftauchte, zuckte er zusammen.

»Alles klar?« Mary Amos hielt sich ihren Mantel unterm Kinn zusammen.

»Wie man's nimmt.« Gonzo erzählte ihr kurz von seiner Begegnung mit der Anwältin.

»Ich habe mit Brockmann gesprochen«, sagte Mary Amos. »Er will sehen, ob er etwas gegen Breitscheidt und Aschhoff unternehmen kann. Diskret, aus seinem Amt heraus.«

»Aschhoff?« Gonzo runzelte die Stirn. »Das wird Ihr Vater aber nicht so gern hören.«

Mary Amos zuckte mit den Schultern. Der Angestellte des Zwergs kam aus der Halle und steuerte auf Gonzo zu. »Signor Carletto hat jetzt für Sie Zeit«, flüsterte er. »Bitte folgen Sie mir.«

Die Ermittlerin sah ihm mit einem seltsamen Blick nach, als er dem Jungen in die Halle folgte. Es ging weiter durch die Sakristei, wo der Geistliche gerade mit Laptop und Handy seine nächsten Termine koordinierte, und dann über eine Treppe nach unten in die Krypta. Die Wände waren gekachelt, auf dem Gang warteten die nächsten Toten in ihren Holzschreinen auf ihren Auftritt. Die Träger hatten Bettys Sarg bereits von der Hydraulik gehoben und auf einen Rollwagen gestellt. Im Sozialraum spielten die Bestatter mit den Sargträgern Skat.

»Hier bitte!« Der Junge öffnete eine Stahltür und Gonzo trat in einen kahlen Raum, mit einem Monitor, auf denen das Innere der Halle zu sehen war. Von einem Schaltpult konnten der Sarg hinauf- und hinuntergefahren werden. Mit ein paar anderen Schaltern wurden die Mikrophone und Lautsprecher geregelt. An der Wand über dem Monitor hing ein Kruzifix. Il Nano hockte auf dem abgeschabten Bürostuhl vor dem Pult. Gonzos Kassette lag vor ihm.

»Giorno.« Er drehte sich mit seinem Stuhl um und hob das Band. »Sie haben mir dies hier gebracht?«

Gonzo nickte. »Bilder von Giorgio. Damit seiner Familie die Trauer leichter fällt.« Il Nano hielt ihm das Band hin. Hinter Gonzo fiel die Tür zu, als der Junge sich zurückzog. »Man hat mir gesagt, dass ich es mir hier ansehen kann«, meinte Il Nano mit einer Geste zum Monitor. »Aber ich weiß nicht wie. Viel neumodisches Zeug.«

Gonzo überflog die Apparatur, bis er den Recorder fand, mit dem sich die Angehörigen die Trauerfeier aufzeichnen lassen konnten. Er schob das Band hinein und tüftelte ein bisschen, bis er die Wiedergabe auf den Monitor schalten konnte.

Der Zwerg starrte auf das Bild. Der Unfall, Erik, wie er Giorgio zum Van schleppte. Die Gesichter der beiden, die Giorgios Fahrzeug gerammt hatten. Der Zwerg entspannte sich. »Bene«, sagte er schließlich. »Ich kenne sie nicht.« Er sah Gonzo an. »Grazie.«

Gonzo machte den Recorder aus. »Ist noch Krieg?«, fragte er. »Oder sind Sie sich gestern einig geworden?«

Der Zwerg musterte ihn lange und trommelte dabei mit den Fingern auf den Tisch. »Sie stellen Fragen, die Sie nicht stellen sollten«, meinte er. »Mein alter Freund Amos hat mir am Telefon erzählt, dass sie bei ihm waren. Zusammen mit seiner Tochter. Ich schätze das nicht, was seine Tochter da treibt. Sono arrabbiato.«

Gonzo zuckte mit den Schultern und zeigte auf den Bildschirm. »Was ist damit?«

Der Alte schien noch ein Stück zusammenzuschrumpfen. Der Stuhl kam ins Rollen und Gonzo stoppte ihn, ehe er gegen die Wand prallen konnte. »Scusa«, murmelte der Alte. »Ich traue dem Türken nicht«, sagte er dann. »Als sie kamen und in unsere kleine Gemeinschaft aufgenommen werden wollten, schickte ich Luigi, um zu verhandeln. Es gab Streit und man hat ihn getötet. Giorgio hat Luigis Mörder gefunden und ihn gerächt, so wie es die Tradition befiehlt.«

»Und ist dafür in den Knast gegangen«, sagte Gonzo.

»Es war ein Komplott«, flüsterte der Alte. »Danach sagt der Türke auf einmal, dass er wieder verhandeln will. Der Arzt im Gefängnis ist ein Freund der Familie, also schreibt er ein wie sagt man – furmelar«

»Formular«, sagte Gonzo.

»Appunto. Ein Formular, dass Giorgio das Gefängnis für einen Tag verlassen kann. Er trifft sich mit dem Türken und den anderen, aber dann geht auf einmal etwas schief, man sagt Giorgio, dass er sofort ins Gefängnis zurück muss, und dann passiert auf dem Weg dieser Unfall.«

Gonzo verstand. »Sie haben das wieder für eine Falle der Türken gehalten?«

Il Nano nickte. »Giorgio war schwer verletzt, als er ins Gefängnis zurückkam. Er ist am nächsten Morgen gestorben. Der Arzt hat dann wieder ein – Formular ausgefüllt, dass es bei dem Fußballspiel passiert ist .. «

Gonzo sah auf den Monitor. »Aber es war keine Falle der Türken?«

Il Nano starrte ebenfalls auf den Bildschirm. »Ich kenne keinen dieser Männer«, murmelte er. »Es kann wirklich ein Unfall gewesen sein.«

»Tja«, sagte Gonzo langsam. »Genau wie bei dem Mann, der nach der Schießerei vom Wasserturm gestürzt ist.«

Il Nanos Miene nahm den Ausdruck eines glücklichen Kindes an. »Er ist gestürzt, giusto.«

»Einfach so?«, sagte Gonzo. »Nachdem er vorher seinen Freunden geholfen hat, Boysen umzubringen?«

»Sì. Ich hab dir doch erzählt, dass der Tod ein Freund von mir ist.«

»Dann trägt Ihr Freund eine Krawattennadel mit einem Rubin.« Il Nanos Hand glitt zu seinem Schlips, wo eine kleine Nadel mit Brillantsplittern glitzerte. »Die Nadel lag da, wo der Mann seinen Unfall hatte«, sagte Gonzo. »Die Polizei hat sie gefunden.«

Il Nano kratzte sich mit seiner Greisenhand am Kopf. Dann tippte er wütend an dem Recorder herum, bis das Band herausfuhr. Er warf es Gonzo zu. »Deswegen bin ich Ihnen etwas schuldig«, sagte er. »Ich lasse Sie gehen.«

Gonzo legte das Band auf den Tisch zurück. »Die Polizei denkt, dass der Mann wirklich von Wasserturm gefallen ist«, sagte er. »Keine Sorge.«

Il Nano beobachtete ihn. Seine Augen waren bei Weitem nicht so alt wie sein Körper.

»Was ist passiert?«, fragte Gonzo. »Warum haben die Türken drei Leute eingeflogen, um Boysen zu erschießen?«

Der Zwerg kletterte von seinem Stuhl und wanderte vor dem Tisch auf und ab. »Es war ein Geschenk«, zischte er. »Für die polizia ... die Polizei. Die hat Angst gehabt, dass Boysen etwas weiß ... etwas sagt ... in der televisione. Das wäre das Ende gewesen für uns. Also sagt der Türke, dass er dafür sorgen wird, dass Boysen nichts sagen kann. Und polizia wartet extra, bis die Männer aus Istanbul angekommen sind, bis sie Boysen ... wie sagt man ...«

»Verhaftet.« Gonzo begriff auf einmal, warum Breitscheidt Boysen erst eine ganze Nacht lang hatte observieren lassen, ehe er ihn sich holte. Und ihn den Türken vor dem Wasserturm zum Abschuss freigab.

»Ich bin nur kleiner Mann«, sagte Il Nano mit einem tückischen Lächeln. »So klein, dass dieser bastardo über mich gestolpert ist, als ich wegen der Schießerei oben auf dem Turm ankam und er gerade fliehen wollte.« Il Nano kicherte und schlug mit den Händen auf den Tisch, und sein Kichern wurde zu einem meckernden Lachen.

»Aber trotzdem gehört der Türke jetzt zu euch, ja?«, fragte Gonzo.

Il Nanos Lachen brach ab. »Sì«, sagte er. »Er hat es geschafft. Die polizia war ihm etwas schuldig. Ich war dagegen, aber sie haben nicht auf mich gehört, purtroppo. Also verlange ich, dass sie mir geben die Hälfte der Wohnungen von STAWOBAU, wenn ich zulasse, dass der Türke zu uns gehört.« Sein Gesichtsausdruck wurde kühl. »Und jetzt möchte ich allein sein, per favore.«

Gonzo zog die Tür auf und trat auf den Gang. Auf der Suche nach der Treppe zwängte er sich an den Särgen vorbei. Ein Bestatter zeigte ihm schließlich den Weg. In der Sakristei saß Bettys Vater mit dem Pfarrer zusammen. Gonzo wollte sich vorbeidrücken, aber Brockmann hob müde die Hand. »Bitte!«

Der Pfarrer sammelte seine Sachen zusammen, steckte den Umschlag ein, den Brockmann ihm gab und ging. Gonzo setzte sich. »Hat Ihnen Ihre Ermittlerin alles erzählt?«

Brockmann nickte. Seine Augen waren eingefallen. »Sie sagt, dass wir nichts beweisen können.«

Gonzo starrte aus dem Fenster. Er hätte gern behauptet, dass es vielleicht doch nur ein Unfall gewesen war, aber er brachte kein Wort heraus.

»Mit Aschhoff und diesem Breitscheidt werde ich schon fertig.« Brockmann straffte sich. »Ich kenne genug Leute, dir mir noch etwas schulden.«

»Irgendwann wird es auch die Zander erwischen«, sagte Gonzo.

»Sie gehört offensichtlich zu den Leuten, die es nie erwischt«, murmelte Brockmann. Er sah Gonzo an. »Mary sagt, dass die Anwältin Ihnen Geld angeboten hat. Werden Sie es nehmen?«

Gonzo sagte, dass er sich darüber noch keine Gedanken gemacht hätte. »Sie hat mir das Messer auf die Brust gesetzt. Wegen meiner Wohnung. Ich soll nachher zu ihr und was unterschreiben.«

»So ein Anwalt kann Sie dazu bringen, dass Sie Ihr eigenes Todesurteil unterschreiben, ohne dass Sie was davon merken.«

Gonzo sah wieder aus dem Fenster. Draußen trippelte Il Nano zu seinem Bestattungswagen und ließ sich von seinem Angestellten auf den Sitz helfen.

»Die Zander macht sich an einem wie mir doch nicht die Hände schmutzig«, meinte Gonzo. »Außerdem ist sie die Treuhänderin. Sie soll für Ruhe im Club sorgen und nicht für neue Aufregung. Wenn Sie wissen, was ich meine.«

Brockmann nickte. »Mein Kamerad Amos hat es mir am Telefon erzählt.«

»Sie haben jetzt den Türken mit hineingenommen«, sagte Gonzo. »Da müssen sich wohl erst einmal ein paar Verhältnisse wieder einrenken.«

»Es funktioniert«, sagte Brockmann bitter. »Es funktioniert, wie es schon immer funktioniert hat.«

Der Wind draußen war noch schneidender geworden. Gonzo hatte er das Gefühl, als würde sein Gesicht gefrieren. Er machte, dass er zu seinem Kombi kam und drehte sofort die Heizung auf die höchste Stufe. Trotzdem war er schon fast steif, als endlich der erste warme Luftstrahl aus dem Gebläse kam. Der Motor stotterte wieder beim Anlassen. Wie er sein Glück kannte, war bald ein neues Wagen fällig. Die Uhr am Armaturenbrett zeigte halb zwei. In einer Stunde erwartete die Zander ihn. Er hatte keine Ahnung, ob er hingehen sollte.

Er rollte vom Friedhofsparkplatz und machte routinemäßig den Funkscanner an. Dann schlug er den Weg nach Frohnhausen ein. An einer Ampel verpasste er eine halbe Grünphase, weil er in Gedanken bei der Zander war.

Plötzlich war im Funk die Hölle los. Sie brauchten Rettungswagen und viel Feuerwehr. »Katastropheneinsatz«, schnappte Gonzo auf. »Eingestürztes Wohnhaus Gervinusplatz.« Gonzo trat das Gas durch, als er realisierte, dass das nur zwei Minuten von ihm entfernt war und er mit einem bisschen Glück noch vor allen anderen da sein konnte.

Als er dann eintraf, sank gerade die linke Ecke des Hauses mit einem dröhnenden Krachen in einer Staubwolke zusammen. Es kam ihm vor, als würde der Boden unter ihm beben, und dann entdeckte er das gigantische Loch, in dem die Hausecke verschwunden war. Die Wolke aus Sand, Staub und Dreck wallte durch die Eisluft über dem Krater. Die Gaffer auf der anderen Straßenseite stöhnten auf. Jemand klatschte Beifall, ein paar andere hielten das für eine tolle Idee und in der nächsten Sekunde konnte man unter dem aufbrandenden Applaus sein eigenes Wort nicht mehr verstehen.

Gonzo lud hektisch die Suzie aus und hob sie noch im Laufen vors Auge. Er zog das Bild im Okular scharf und bekam bei seinem ersten Schwenk gerade noch aufs Band, wie verkeilte Dachbalken, Mauerbrocken und eine halbe Wohnzimmereinrichtung vom Rand in den Krater rutschten. Mit der Kamera auf der Schulter zwängte er sich zwischen den Schaulustigen durch bis fast an den Rand des Kraters. Der Staub in der Luft vernebelt ihm das Bild. Er hoffte, dass die Elektronik der Suzie die Geschichte heil überstand.

Dann hörte er, wie die Menge in seinem Rücken aufheulte, jemand brüllte »Vorsicht!«, und auf einmal schien die Straße unter seinen Füßen lebendig zu werden. Es krachte, dass die Trommelfelle schmerzten; er schwenkte blind herum und bekam die Fassade des Nachbarhauses ins Bild, an der sich wie in Zeitlupe zuerst ein paar vertikale Risse entlang des Treppenhauses bildeten, dann knickte die Fassade im Erdgeschoss ein, horizontale Risse teilten das Haus blitzschnell entlang der Stockwerke und dann sackte alles in sich zusammen. Mauerteile, Fenster und ganze Etagen rasten an Gonzo vorbei in den Boden, wo sich das erste Loch jetzt mit dem zweiten vereinigte und den Krater damit mehr als verdoppelte. Es dröhnte und krachte und sogar die Gaffer waren inzwischen so beeindruckt, dass sie das Klatschen vergaßen. In der Ferne näherten sich Sirenen. Gonzo konnte mindestens zwei komplette Löschzüge ausmachen.

Ein Dutzend Dachpfannen zerplatzte vor ihm auf dem Gehweg und der Asphalt der Fahrbahn war von langen Rissen durchzogen. Panisch hupende Autofahrer versuchten, sich durch die Menge der Gaffer aus der Gefahrenzone zu bringen.

Gonzo drehte einen Schuss direkt in den Krater, dann ging er zurück, machte eine Totale und drückte sich schließlich, als die Feuerwehrwagen in die Straße rasten, in einen Hauseingang und wartete ab, wie sich die Sache weiterentwickelte. Der Staub hing überall in seinen Haaren, auf dem Gesicht, in seinen Kleidern und legte sich auf seine Bronchien. Sein Handy klingelte. Gonzo fischte den Apparat aus der Hosentasche.

»Einsatz!«, brüllte Herbert. »Gervinusplatz. Da ist eine Menge Feuerwehr unterwegs.«

»Bin schon da.«

»Wieso …«

»Du weißt doch«, sagte Gonzo, »wer zu spät kommt, kriegt keine Bilder mehr!« Er drückte die Verbindung weg und machte sich wieder an die Arbeit. Er schätzte den Durchmesser des Kraters auf gut 50 Meter. An den Seiten sackten immer noch Stücke der Hausfassade ab. Gonzo entzifferte noch eine Leuchtschrift, nach der hier einmal die Redaktion der »Frohnhauser Wochenpost« gestanden hatte. Versorgungsleistungen ragten in den Krater, ein Schwall dunkelbrauner Brühe ergoss sich aus einem Kanalisationsrohr in die Tiefe. Dazwischen segelten einzelne Zeitungsseiten durch die Luft. Aus dem Rest des Hauses auf der anderen Seite der Grube stürzten Steine und das Mobiliar der Redaktionsbüros in die Tiefe. Gonzo zog den Zoom auf und holte die offenstehenden Räume so nah wie möglich heran. Ein Schreibtisch rutschte bis zur Kante, verkeilte sich dort mit einem Regal, die ganze Konstruktion schwebte ein paar Sekunden über dem Nichts, als könne sie sich nicht entscheiden und wählte dann aber doch den Abgang in die Tiefe. Die Akkuanzeige blinkte. Gonzo zerrte ein paar frische Akkus aus der Weste und setzte sie ein, während die Feuerwehrmänner absaßen und der Einsatzleiter über sein Megaphon Ordnung in die ganze Sache brachte. Die Gaffer wurden abgedrängt und herrenlose Wagen aus dem Einsatzbereich geschoben, damit die Rettungswagen und der Katastrophenschutzzug des Technischen Hilfswerkes an die Unglücksstelle herankamen. Gonzo hatte sich seinen Presseausweis um den Hals gehängt. Der Einsatzleiter kam heran. »Du schon wieder!«

Gonzo zuckte mit den Schultern. »Man tut, was man kann.«

»Keine Behinderungen, sonst fliegst du raus!«

Gonzo versprach es und durfte weiterdrehen. Aus den Reihen der Gaffer hörte er jemanden etwas wie »Leichenfledderer« brüllen.

Das Katastrophenteam vom THW und die Feuerwehrmänner kämpften sich an den Rand des Kraters heran. Zwei Rettungsteams stürmten das restliche Redaktionsgebäude, um nach Verletzten zu suchen. Krankenwagen kurvten über den Bürgersteig. Der Boden unter ihm kam erneut in Schwingungen. Über die Straße liefen jetzt meterlange Risse bis zu den Nachbarhäusern. Gonzo verwackelte den Bildausschnitt absichtlich ein wenig mehr, damit die Sache dramatischer wurde. Am Rest des Zeitungshauses platzten die letzten Fensterscheiben.

Die Feuerwehr fing an, die Nachbarhäuser zu evakuieren. Nach einer Viertelstunde tauchten dann auch die Einsatzwagen der Stadtwerke und des Stromversorgers auf. Männer in orangefarbenen Overalls sperrten Wasserleitungen, ein paar Trupps hantierten an dem Trafohäuschen an der nächsten Ecke herum und ein Team stellte überall Pyramidenständer mit der Warnung vor ausströmendem Gas auf. Die Gaffer zogen sich allerdings erst zurück, nachdem ihnen einer erklärt hatte, dass gleich der Rest des Häuserblocks in die Luft fliegen würde.

Gonzo versuchte, sich daran zu erinnern, ob der Fernsehelektroniker, der ihm die Suzie verkauft hatte, auch etwas über Funkenbildung beim Aufnehmen erzählt hatte. Vorsichtig drückte er die Taste. Nichts explodierte. Er nahm die Suzie auf die Schulter und machte ein paar hektische Action-Bilder der herumwuselnden Rettungskräfte, während er sich zum Einsatzleiter der Feuerwehr vorkämpfte. Der Mann lehnte am Kühler seines Wagens.

»Tagesbruch!«, sagte er. »Hat man nicht alle Tage.«

»Tagesbruch«, sagte Gonzo. »Verstehe.«

Wenn es in Gebieten mit intensivem Bergbau zu geringen tektonischen Verschiebungen kam, erklärte der Einsatzleiter, konnten Stollen und

Schächte auf mehreren hundert Metern zusammenbrechen. »Und dann rutscht alles von oben nach!«

Inzwischen waren auch die ersten Reporter und Zeitungsfotografen aufgetaucht. Gonzo machte zu seinem Erstaunen auch Hohlbaum in der Horde aus. Soweit er sich erinnerte, hatte er den Grafen immer nur auf Terminen gesehen, bei denen es ein Büffet und Getränke gab. Hohlbaum stand wie gelähmt vor der Szene und vergaß sogar, an seiner Pfeife zu ziehen. Dann wurde er mit den anderen von der Feuerwehr zurückgeschoben. Er kam neben Gonzo zu stehen. »Was ist das denn bloß?«, murmelte er.

»Tagesbruch«, sagte Gonzo. »Hat man nicht alle Tage.«

»Die ganze Redaktion ist weg«, stellte Hohlbaum mit brüchiger Stimme fest. »Die ganze Wochenpost.«

»Hast du nicht gesagt, dass ihr sie plattmachen wolltet?«, erkundigte sich Gonzo.

Der Graf wandte sich ihm zu. Hinter seinem Monokel schimmerte es feucht. Gonzo setzte die Suzie an, aber der Graf winkte müde ab und er ließ die Kamera wieder sinken.

»Ich hatte schon eine tolle Geschichte für meinen Einstieg«, sagte er. »Das wäre ein Knaller geworden. Die im Mutterhaus hätten sich umgeguckt.« Er nahm das Monokel aus dem Auge. »Der Tod von diesem Giorgio im Gefängnis war gar kein Unfall. Der Italiener hat die Familie hier in der Stadt geführt. DIE Familie, verstehst du?«

Gonzo nickte. »Klar.«

»Es gab da Streit mit den Türken, die ins Gebiet der Italiener eindringen wollten«, fuhr Hohlbaum fort. »Was da genau abgelaufen ist, kriege ich noch raus. Auf alle Fälle waren diese Messerstechereien zwischen Türken und Italienern und diese Blutrache da am Ehrenzeller Markt nicht die Eifersuchtsgeschichte, wie Bindisch das in seinen Pressemitteilungen immer hingestellt hat. Das war Krieg, verstehst du. Ich habe sogar einen Tipp gekriegt, dass Giorgio am Tag vor seinem Tod gar nicht im Knast war, sondern mit irgendeiner Sondergenehmigung unterwegs zu einem Treffen mit den Türken. Hast du in der Richtung was gehört?«

Gonzo sah durchs Okular und nahm noch ein paar Sekunden Getümmel der Rettungskräfte mit. »Nein«, sagte er schließlich. »Ich hab nichts gehört.« Er nahm die Suzie herunter. »Ich muss los. Die Welt will sehen, wie sie kaputtgeht.«

Er schleppte die Suzie zum Wagen und deponierte sie auf der Ladefläche. Die Rettungskräfte hatten sich inzwischen einigermaßen organisiert, die Verletzten wurden abtransportiert und von hinten hupten sich die ersten Übertragungswagen der Konkurrenz durch die Menschenmenge. Wahrscheinlich würden sie jetzt wieder drei Tage lang jeden Abend eine Live-Schaltung zum Unglücksort machen und Geschichten von den Leuten erzählen, die vielleicht noch unter den Trümmern lagen.

Er fuhr gerade los, als das Handy klingelte. Herbert verlangte sein Band. »Wir sind die einzigen, die echte Action-Bilder haben und nicht bloß die Rettungsarbeiten«, jubelte er. »Komm sofort rein, hier liegen schon wieder jede Menge Anfragen.«

Gonzo sagte ihm, dass er schon unterwegs war und hupte sich den Weg frei.

Mit einem Scheck von Herberts Sekretärin in der Tasche und dem befriedigenden Gefühl, dieses Jahr endlich mit einem deutlichen Plus abzuschließen, verließ Gonzo den Parkplatz des Zeitungskomplexes. Die Uhr am Armaturenbrett zeigte kurz vor Drei.

Die Kanzlei der Anwältin lag nicht weit von der Kneipe der Ermittlerin entfernt, ganz in der Nähe des Hauptbahnhofes. Weil es in der Gegend sowieso keine Parkplätze gab, stellte Gonzo den Kombi auf den Behindertenparkplatz an der Hauptpost. Als er um die Ecke bog, erwartete ihn ein Riesenauftrieb an Polizei. Er wollte zum Wagen zurück und die Suzie holen, aber die Menschenmenge, die sich mit ihm auf den Willy-Brandt-Platz drängte, trieb ihn einfach vorwärts durch die Gassen des Weihnachtsmarktes.

Gonzo wurde von einer Horde Jugendlicher eingekeilt und bis zur Absperrung durchgeschoben. Die Uniformierten hatten sich untergehakt und stemmten sich gegen die Schaulustigen. Gonzo hielt nach einem Bullen Ausschau, den er kannte, und meinte weiter rechts, Bantzok und Hoffmeister auszumachen. Was der ganze Auftrieb sollte, war nicht zu erkennen. Gonzo tippte auf einen Selbstmörder und suchte die oberen Stockwerke und das Dach des Bürohauses ab, aber dort tat sich nichts. Vor dem Eingang standen zwei Rettungswagen, die Sanitäter drückten sich vor dem Blumengeschäft herum. Entweder war die Action gar nicht so schlimm gewesen oder sie war schon vorbei. Gonzo arbeitete sich an der Polizeikette entlang und wollte sich gerade durch einen Spalt zwängen, als ein paar Zivilpolizisten aus dem Haus traten und mit dem Einsatzleiter der Schutzpolizei redeten. Dann kam der Notarzt heraus und trieb die Sanitäter zu ihren Wagen zurück. Die Türen wurden zugeklappt.

»Gonzo, natürlich.« Obermeister Hoffmeister löste sich aus der Absperrkette und schob ihn mit seiner schwarz behandschuhten Hand zurück. »Keine Feier ohne Videogeier, was?« Erst dann bemerkte er, dass Gonzo ohne Kamera war. »Hast du Urlaub oder haben sie dir die Mühle geklaut?«

»Was ist passiert?« Gonzo sah an Hoffmeister vorbei wie ein Streifenwagen vor den Eingang gefahren wurde.

»Das übliche.« Hoffmeister zuckte mit den Achseln. »Kommt ein Typ zu seinem Anwalt und knallt ihn ab.«

Gonzo hielt nach dem Praxisschild Ausschau. »Welcher Anwalt? Der Gottlich oder die Zander?«

»Zander. Zwei Kugeln in den Kopf. Saubere Arbeit. Sie werden das Büro neu tapezieren müssen. Außerdem Gottlich unter Schock und zwei Sekretärinnen mit Nervenzusammenbruch.«

Gonzo Gedanken verhakten sich. Wenn die Zander tot war, gab es auch kein Angebot mehr. Magnus Magnussens Prophezeiung fiel ihm ein. Sein Weg würde ihn mitten ins Zentrum führen.

Dann brachten sie den Täter aus dem Haus. Bettys Vater trug keinen Mantel, nur den schwarzen Anzug, den er auch bei der Beerdigung angehabt hatte. Er hielt sich gerade und wirkte eigentlich nur wie einer, der gerade beim Ladenklau erwischt worden war. Als er am Streifenwagen wartete, bis man ihm die Tür aufmachte, versuchte er, sich mit den gefesselten Händen etwas aus dem Gesicht zu wischen. Sein Blick traf Gonzo. Gonzo hob zögernd die Hand. Brockmann neigte leicht den Kopf. Dann wurde er auf die Rückbank des Streifenwagens verfrachtet. Als der Wagen losfuhr, kam ihm der Leichentransporter der Gerichtsmedizin entgegen. Hoffmeister ließ Gonzo hinter den Einsatzwagen vorbei, ehe er der Polizeikette den Befehl gab, den Platz zu räumen. Gonzos Hals war trocken, und obwohl er die schneidende Kälte des Windes auf der Haut spürte, fror er nicht.

18

An der Tür zur Ente hieß es in bunten Klebebuchstaben MERRY X-MAS – GESCHLOSSENE GESELLSCHAFT, umrahmt von einer Sternschnuppe von Glitzerschnee aus der Sprühdose. Gonzo hielt seinen Berg Geschenkpäckchen mit dem Kinn fest, um die Tür zu öffnen.

Drinnen rieselte aus allen Lautsprechern leise der Schnee und dann erklang Rolf Zuckowskis In der Weihnachtsbäckerei. Jacqueline und die Rothaarige von Herberts Empfangstresen stimmten glühweinglasschwenkend ein. Die Jungredakteure und Praktikantinnen, die Gonzo auf seinem Weg zur Theke entgegenkamen, trugen das selige Funkeln im Blick, das offenbar nur Betriebsweihnachtsfeiern auslösen konnten. Auf den Tischen flackerten die Kerzen in Grabowskis Tannengestecken, das Deckenlicht war zu einem angenehmen Halbdämmer heruntergedreht. Es roch nach Punsch, Zimtsternen und diversen Herrenparfüms.

Am Redakteursstammtisch saß Hohlbaum und schwenkte ein Foto von Il Nanos Sohn vor den skeptischen Mienen seiner Kollegen. Der Qualm seiner Pfeife nebelte jeden in seiner Umgebung ein. Seit seine Karriere als Chef der »Frohnhauser Wochenpost« geknickt war, ehe sie überhaupt begonnen hatte, versuchte er, seine Geschichte vom Gangsterkrieg unterzubringen. Außer einem Zweispalter über Giorgios Beerdigung mit ein paar verklausulierten Andeutungen über die »starken Familienbande des erfolgreichen Nachtclubbesitzers« hatte Gonzo aber bisher noch nichts gelesen.

Am Rotamint diskutierte Judas mit Magnus Magnussen eingehend, ob der Saturn im Quadrat eine Glückssträhne beeinflussen konnte oder nicht. Magnussen meinte, dass die ganze Sache eher mit Kabbala und Numerologie zu tun habe und versprach Judas zu Weihnachten alle Glückszahlen für das nächste Jahrtausend. Am Stammtisch wurde es laut, Hohlbaum schoss in die Höhe und verließ die Runde. »Ignoranten!«

»Fördernd ist Gelassenheit!«, ermahnte ihn Magnussen, als der Graf sich zu ihm und Judas stellte. Gonzo drückte Hohlbaum sein Geschenk in die Hand. »Alles Gute!«

Der Graf befühlte das Päckchen. »Videos?«

Gonzo nickte. »Weiterbildung!«

Der Graf riss das Papier auf, starrte auf die drei Teile des »Paten« und knurrte: »Irrsinnig komisch!«

Gonzo war schon dabei, Judas mit einer Flasche Drei-Sterne-Cognac zu bescheren, die er vor zwei Tagen in Herberts Geschenkpaket »Für verdiente Mitarbeiter« gefunden hatte. Magnussen bekam Schimaniaks Gedichte »Vor Kohle«. »Ehe dich diese Spökenkiekerei vollkommen verblödet!«

Gonzo drängte sich weiter zu Steinboek. Der städtische Pressesprecher stand mit gerunzelter Stirn vor der Musikbox. »Elvis ist weg!«, stellte er fest.

Gonzo sah sich die Titel an. Der einzige Elvis, den er zwischen Spice Girls, DJ Bobo und Michael Jackson fand, hieß Costello. »Elvis ist out«, sagte Grabowski, der gerade mit einer neuen Flasche Champagner für den Stammtisch vorbeikam. »Sagt jedenfalls der Aufsteller. Wir müssen uns auf ein jugendliches Publikum einstellen!«

Steinboek schüttelte erschüttert den Kopf. »Alles weg. Beatles, Rolling Stones, Beach Boys!«

Gonzo drückte ihm sein Geschenk in die Hand. »Du musst halt mit der Zeit gehen!« Steinboek blätterte den Tischkalender durch, in dem die Tage bis zum Jahrtausendwechsel heruntergezählt wurden. Das Ding war in dem Päckchen gewesen, mit dem Bindisch seinen »lieben Kolleginnen und Kollegen von den Medien« für die erfolgreiche Zusammenarbeit in den letzten zwölf Monaten gedankt hatte. Zwei Tage später war dann die vorerst letzte Pressemitteilung aus dem Präsidium aus Gonzos Fax gekrochen: »Verdienter Kriminalbeamter verlässt das Präsidium. Kriminaldirektor Breitscheidt setzt Karriere als Leiter des Zentralen Archivsystems im LKA fort.«

»Besuchst du den King denn jetzt in Graceland?«, fragte Gonzo, weil er überhaupt nicht mitbekommen hatte, was aus dem Wettbewerb des Türken geworden war.

»Das war doch alles Betrug!« Steinboek suchte in dem Kalender nach dem Geburtstag von Elvis. »Zweiter Platz. Dabei war Love me tender sein bestes Lied.«

»Natürlich«, sagte Gonzo.

»Gewonnen hat natürlich irgendein Schwager vom Bruder vom Veranstalter. Kannst du dir das vorstellen – ein Türke der Elvis singt? Und dann auch noch In the Ghetto! Diesen Schmalz!«

»Skandalös!«, nickte Gonzo und schaffte es endlich, sich bis zur Theke durchzudrängeln. Er packte seine restlichen Geschenke auf den Tresen, bekam von Grabowski gratis ein Iserlohner Winterbier gezapft und spülte damit den Geschmack der Printen weg, die es vorhin auf dem Weihnachtsmarkt umsonst gegeben hatte. Grabowski stellte eine Flasche Malz und ein Mineralwasser auf sein Tablett. »Da hinten«, sagte er zu Gonzo, ehe er sich damit auf den Weg machte, »da sitzen zwei, die haben nach dir gefragt. Wollen irgendwas über dich schreiben. Sprich mal mit ihnen.«

»Später«, sagte Gonzo, weil sich gerade Jacqueline neben ihn schob. »Mann, dieser Magnussen nervt!«, stöhnte sie. »Redet dauernd irgendwas vom Saturn im Quadrat.«

»Fördernd ist Geduld!« Gonzo grinste.

Jacqueline wühlte sich durch seine Geschenke. »Wo ist meins?«

Er gab ihr ihr Päckchen und sie wickelte den Papp-Oscar aus, den ihm seine WDR-Kollegen in Dortmund damals zum Abschied geschenkt hatten. Dann ließ er sie mit ihren Hollywood-Träumen und dem Hellseher vom Dienst allein, weil Herbert mit roter Nase und Wollfäustlingen an den Händen hereinkam. »Weiße Weihnachten!«, bibberte er und kippte den Wodka, den Grabowski ihm hinstellte. »Wir brauchen Impressionen. Friedhöfe im Schnee, heimelige Familienfeiern, die Menschen rücken zusammen und so weiter. Machst du das morgen schnell für mich?«

Gonzo zuckte mit den Schultern. »Mal sehen.«

»Was ist das denn für eine Einstellung?«

»Ich hab ein Angebot.«

Herbert genehmigte sich noch einen Wodka. »Dich nimmt doch keiner mehr. In deinem Alter.« Doch dann blinzelte er. »Etwa von der Risse?«

»Sie bietet die großzügigen Sozialleistungen einer der größten europäischen Rundfunkanstalten.«

»Gonzo, wenn du denkst, dass ich dich zu sehr herumgescheucht habe ...«

»Hast du nicht.«

»Ich meine, wir sind doch immer gut miteinander ausgekommen.«

»Sicher«, sagte Gonzo. Irgendeine schwarze Seele hatte auf der Musicbox die DOORS gedrückt. »This ist the end« jammerte Jim Morrison. Grabowski machte sich mit einer neuen Flasche Malz und einem Mineralwasser auf den Weg. Als er zurückkam, kramte er unter dem Tresen herum, bis er ein kleines Päckchen fand. »Hat jemand für dich abgegeben. So eine Lady. Schwarze Haare, roter Porsche.«

Gonzo zog die Klebestreifen vom Papier und wickelte das Geschenk aus. Eine kleine Madonna aus schwarzem Stein. Gonzo hatte nach der Geschichte mit Brockmann nur noch einmal in der Kneipe der Ermittlerin vorbeigeschaut. Sie hatte ihm gesagt, dass ihr Vater Herrn Brockmann im Prozess wegen des Mordes an der Anwältin verteidigen würde und sich schon darauf freute, ein paar von seinen alten Kameraden bei der Staatsanwaltschaft und unter den Richtern endlich wiederzusehen. Außerdem hätte ein Arzt gerade festgestellt, dass Brockmann wegen seines Gesundheitszustandes ohnehin haftunfähig wäre.

Gonzo strich mit der Fingerspitze über den polierten schwarzen Stein und versenkte die Madonna in seiner Jackentasche. Eine Hand legte sich von hinten über seine Augen. »Was wird das?«, fragte Gonzo. »Das blinde Huhn?«

Karin Risse nahm die Hand weg. »Entschuldige, ich bin zu spät. Aber wir mussten noch unseren scheidenden Polizeipräsidenten abfeiern.«

Gonzo hob eine Augenbraue.

»Kam vor drei Stunden durch. Aschhoff geht nach Usedom.« Ehe sie zu Einzelheiten kommen konnte, war auch schon Steinboek bei ihr und gab ihr einen Wein aus. »Hast du mein Fax bekommen?«

Die Risse nickte.

»Und?«

»Mal sehen«, sagte sie und drehte ihm den Rücken zu. Steinboek schmollte und zog ab.

»Was für ein Fax?«, fragte Gonzo.

»Defregger legt irgendein Strukturentwicklungsprogramm für die Gegend hinterm Bahndamm auf«, sagte sie. »Großer Presseauftrieb mit Lokaltermin, Landesminister, Oberbürgermeister und Pipapo. Bessere Integration der Türken in Borbeck und Altendorf, Maßnahmen gegen Ghetto- und Slumbildung. Steinboek nervt schon seit Tagen rum, weil er deswegen eine Sondersendung haben will.« Sie blinzelte Gonzo an. »Wie geht‘s deiner Bandscheibe?«

Gonzo grinste und reichte ihr sein letztes Päckchen. Sie schüttelte es. Es klirrte metallen. »Ist es das, was ich hoffe?«

Gonzo nickte und fischte einen kleinen Schlüssel aus der Tasche. »Aber leider nur geliehen. Von den Jungs aus der Nordwache.«

Die Risse klimperte unternehmungslustig mit dem Päckchen. »Dann sollten wir keine Zeit versäumen.«

Draußen empfing sie dichtes Schneetreiben. »Heute fahr ich!« Sie lehnte ihn an ihren WDR-Dienstwagen und schloss auf. Hinter dem Scheibenwischer hing ein hektographierter Zettel. Gonzo pflückte ihn von der Windschutzscheibe und kletterte auf den Beifahrersitz. Während Karin Risse den Motor anließ, strich er die Zettel glatt: MILLENNIUM – SIND SIE BEREIT FÜR DAS ENDE?

»Und? «, fragte sie. »Bist du's?«

Gonzo kämpfte gegen die Kälte in dem Wagen. »Keine Ahnung. Fahr los.« Der Wagen rollte vom Bürgersteig und schon nach ein paar Minuten hatten die Schneeflocken die Spur verwischt.

This is the end, my friend …

Was noch zu sagen wäre:

Auch diese Geschichte ist – genau wie die anderen drei – ein Roman, oder, um es noch einmal ganz deutlich zu sagen: Handlung und Personen sind frei erfunden, Ähnlichkeiten mit wirklichen Ereignissen oder tatsächlich existierenden Personen wären rein zufällig. Die einzigen realen Personen sind jene, die uns bei den Recherchen unterstützt haben. ihnen sind wir zu Dank für ihre Unterstützung verpflichtet, die sie manchmal in den einen oder anderen Konflikt mit ihren Dienstvorschriften gebracht hat. Zudem gilt unser Dank dem unbekannten Werbezettelausträger im Einkaufszentrum, und, für den Hinweis auf das Wasserturm-Massaker während der Ruhrkämpfe, Dirk Hallenberger, der uns dazu die Bücher von Ludger Fittkau und die Artikelserie von Thomas Rother verschafft hat. Grazie an Giuliana Attolini für die Nachhilfe in Italienisch. Werner Biedermann steuerte wieder die Western zu Kommissar Hassenkamps Sammlung bei. Gedankt sei auch Gerd Herholz und Elisabeth Roters-Ullrich, die von Anfang an an Gonzo geglaubt haben, ebenso wie Conny Lens und Leo P. Ard. Ganz persönlich bedanken möchten wir uns bei allen, die uns mit ihrer Geduld unterstützt und mit ihrer Kritik ermutigt haben: Barbara H. (»Wehe, Du nennst meinen Namen!«), Sabine D. (»Weiter so, Jungs!«), Birgit W. (»Waaalter, Telefon!«), die echte Jacqueline (»Klasse!«) und nicht zuletzt Severin Weissbach für seine Unterstützung bei:

http://www.karr-wehner.de

»Und wie war das noch mal mit dem Weißabgleich?«

»Zu spät.«

»Aber der heulende Hund, wie geht der …«

»Nein! Aus! Schwarzblende!«

Die Bonusgeschichte

Wilde Dreizehn

Eine Mary Amos-Story

Es gibt Tage und Tage. Valentinstage, Volkstrauertage, Fastentage, Feiertage. Und es gibt Freitag, den 13.

Dann tauschen Angela und ich unsere Jobs. Weil sie sich wegen ihres Aberglaubens nicht auf die Straße wagt, macht sie in meinem Büro die Abrechnungen und ich kutschiere dafür ihre Kunden durch die Stadt. Angela gehören drei Taxen und das Appartement über meiner Kneipe und meinem Büro: »Mary Amos Security«. Ich wohne nebenan und teile mir mit ihr die Küche.

»Denk an die Wilde Dreizehn!«, hatte sie mich noch ermahnt, ehe sie sich über die Buchführung hermachte. Die Dreizehn war ein Serienräuber, der inzwischen ein Dutzend Mal die Kassen in kleinen Läden geplündert hatte, immer kurz vor 13 Uhr, wenn die Besitzer gerade zur Mittagspause schließen wollten. Bei seinem dritten Coup war er leer ausgegangen, weil der Gerichtsvollzieher dem Besitzer fünf Minuten vorher die Ladenkasse gepfändet hatte. Vor Wut hatte der Räuber in die Decke geschossen. Seitdem hieß er in der Zeitung nur die »Wilde Dreizehn« und die Polizei wusste, dass er eine alte Armeepistole besaß.

Meine siebte Fahrt bekam ich gegen Mittag. Ich stand in der Schlange vor Il Nanos Beerdigungsinstitut am Wasserturm und addierte aus lauter Langeweile die Ziffern auf den Nummernschildern der vorbeifahrenden Wagen, als der Opa kam. Mit seinem Reisekoffer sah er nicht nach bewaffnetem Überfall aus, sondern eher nach »Hallo Kinder, hier kommt euer Opa!«, aus. Er wollte aber nicht zum Bahnhof, sondern zum Flughafen nach Düsseldorf. Ich lud sein Gepäck in den Kofferraum. Seine Aktentasche nahm er mit nach vorne.

»Zwölf Wochen Gran Canaria!« Er wedelte mit einem Flugticket. »Und wenn's einem gefällt, geben sie dir noch eine Woche gratis dazu!«

»Na dann viel Spaß.« Ich machte mich auf den Weg zum Autobahnzubringer. Der Alte umklammerte seine Tasche. »Halten Sie doch mal da vorne, Frollein. Ich will noch meinen Lottoschein abgeben.«

Ich kurvte rechts ran und sah dem Alten nach, wie er kurz vor dem Tabak-Laden stehenblieb, durch die Glastür spähte und etwas aus seiner Tasche kramte, bevor er hineinging. Ich fischte das Buch von der Ablage, mit dem Angela sich die Wartezeit vertrieb: »Blutige Unschuld – ein Schicksal auf dem Babystrich«. Die Uhr am Armaturenbrett zeigte 12.46 Uhr. Ich zählte die Ziffern zusammen. Das Taxameter sprang auf 18.40 Mark. Ich hatte mich gerade im Babystrich festgelesen, als der Opa die Beifahrertür aufriss.

»Weiter geht's, Frollein!« Er klemmte sich seine Tasche zwischen die Beine. In der Hand hielt er eine Pistole.

»In meinem Wagen wird nicht geschossen!« Ich zeigte auf das Schild am Handschuhfach: VON FAHRGÄSTEN VERURSACHTE VERUNREINIGUNGEN WERDEN IN RECHNUNG GESTELLT.

»Ist eh nicht geladen!« Aus der Tasche ragten ein paar Geldscheine. »13 Richtige getippt?«, fragte ich.

»Blödsinn«, sagte er. »Es gibt höchsten eine ordentliche Elferwette oder zweimal sechs Richtige. Der Rest ist Aberglaube!« Er sah über die Schulter nach hinten. Niemand kam uns hinterher. »Mit meiner Rente kann ich mir nicht mal 'ne Schiffsfahrt auf dem Baldeneysee leisten«, meinte er. »Außerdem sind die alle versichert gewesen.« Er fischte ein paar Rollen Silbergeld aus der Tasche und packte sie auf die Ablage. »Können Sie das wechseln? Ist mir zu schwer.«

»Kommt auf den Kurs an.«

»Sagen wir 600?«

»500«, schlug ich vor.

»Das sind mindestens 700!«

»Risikobeteiligung«, sagte ich.

»In Ordnung. Aber dafür bringen Sie mir am Flughafen den Koffer noch bis zur Abfertigung. Ich bin nämlich nicht mehr der Jüngste.«

Ich nickte. Er öffnete das Handschuhfach und deponierte die Rollen zwischen Angelas Sonnenbrille, ihren Taschentüchern und ihren Tampons. Ich gab ihm 500 in Scheinen aus meiner Kasse und fragte: »Die Waffe?«

Er packte sie auch ins Handschuhfach. »Können Sie haben. Ich setz mich zur Ruhe. Zwölfmal ist genug.«

»Plus der eine Flop«, sagte ich.

Er grummelte etwas von »dumme Geschichte« und sagte für den Rest der Fahrt nichts mehr. Am Flughafen stellte ich mich in die Ladezone und packte seinen Koffer auf einen Kuli. Während ich ihn hinter ihm durch die Halle karrte, rasselten auf der Anzeigetafel die Abflüge in ihre Position. Flug 0364 Las Palmas, und eine 4 für das Gate.

Automatisch rechnete ich: 3 plus 6 plus 4. Ich zählte die Buchstaben und teilte probehalber die Flugnummer durch 13. »Zufall«, dachte ich. »Alles nur Zufall.«

Der Alte hatte seinen Schalter gefunden. Ich stellte den Koffer hinter ihm ab. Vor ihm teilten sich zwei pubertierenden Teenies einen Walkman. Die Lautstärke war bis zum Anschlag aufgedreht. Udo Lindenberg plärrte »Keine Panik auf der Titanic.«

Der Opa checkte ein. Ich sah ihm nach, wie er beschwingt mit seiner Tasche im Gate verschwand und fragte mich, ob ich mir nicht doch ein paar Sorgen um ihn machen sollte.

ENDE